科幻星系丛书

青年科幻作家培育
和科幻创作传播
交流项目

文明的颂歌

分形橙子

著

中国科学技术出版社

·北 京·

图书在版编目（CIP）数据

文明的颂歌 / 分形橙子著 . -- 北京：中国科学技
术出版社 , 2024. 10. --（科幻星系丛书）. -- ISBN
978-7-5236-1107-4

Ⅰ . Ⅰ247.5

中国国家版本馆 CIP 数据核字第 20246YV619 号

策划编辑	王卫英
责任编辑	刘　畅
封面绘图	张于吉
封面设计	北京中科星河文化传媒有限公司
正文设计	中文天地
责任校对	焦　宁
责任印制	徐　飞

出　　版	中国科学技术出版社
发　　行	中国科学技术出版社有限公司
地　　址	北京市海淀区中关村南大街 16 号
邮　　编	100081
发行电话	010-62173865
传　　真	010-62173081
网　　址	http://www.cspbooks.com.cn

开　　本	710mm×1000mm　1/16
字　　数	206 千字
印　　张	16.5
版　　次	2024 年 10 月第 1 版
印　　次	2024 年 10 月第 1 次印刷
印　　刷	河北鑫玉鸿程印刷有限公司
书　　号	ISBN 978-7-5236-1107-4 / Ⅰ·97
定　　价	69.80 元

目 录
CONTENTS

赞神的宫殿

赞神的宫殿

未知的未知

很多历史学家都认为这只是一个巧合，但更多的人认为这是冥冥之中的宿命。2020 年 3 月 22 日凌晨 2 点 24 分，位于中国青海省海西州茫崖市的冷湖天文台利用近地天体望远镜第一次发现了"拉玛"。

最初，拉玛只是一个在群星之中穿行的暗淡亮点，天文台的工作人员一开始以为拉玛是太阳系内的行星，差点将其忽略过去。但是一个细心的工作人员进行了简单的核实，发现拉玛的运行轨迹不属于任何一颗已知的行星。通过进一步的观测发现，拉玛位于太阳系之外，而且正向太阳系的方向迅速飞来。

这个现象引起了天文台的极大兴趣，天文台组织人员进行了仔细的核查，进一步发现拉玛的运行轨道与常见的小行星和彗星的椭圆形轨道不同，呈现一种陡峭的极端双曲线轨道，以一个与黄道面呈 30 度的角度从海王星外围切入太阳系。这下问题变得似乎有点严重了，根据拉玛的亮度推算，这颗不明天体的体积也许和火星或者金星不相上下，如果它是一颗来自奥尔特星云的彗星，那么很可能会对地球造成极大影响。

经过谨慎测算核实之后，冷湖天文台立即将此不明天体上报了中国国家航天局下属的小行星观测中心。结合紫金山天文台和中国国家天文台，以及贵州省 500 米口径球面射电望远镜（FAST）的交叉观测证实了数据的准确性之后，中国国家航天局小行星观测中心将此天体相关情况上报到国际小行星中心，并发起亚洲－太平洋小行星监测网对其进行跟踪观测。

几乎与此同时，位于智利的甚大望远镜（VLT）阵列和西班牙加那利群岛拉帕尔马岛的穆查丘斯罗克天文台威廉·赫歇尔望远镜也注意到了拉玛奇特的轨道。

3月23日，泛星巡天望远镜的观测证实了拉玛的存在。

4月1日，从卡特林那巡天系统的回溯发现中，人们注意到拉玛的踪迹，它正沿着一个陡峭的极端双曲线轨道以100千米每秒的速度向太阳系极速袭来。

起初，人们以为拉玛是一颗没有被发现的彗星。众所周知，经常会有一些奥尔特星云中的彗星以奇异的轨道形状逼近太阳，然后匆匆离去，就像每76年就会回归一次的哈雷彗星一样。但是VLT的叠加影像发现该天体没有任何显示有彗发的迹象。同时，对拉玛的轨道分析和光学观测表明，拉玛的确是一颗来自太阳系之外的天体。黑暗的宇宙空间中存在着一种不隶属于任何恒星系的流浪行星。这些行星很可能是在恒星系形成初期被抛出了所在星系，成为独自流浪在黑暗冷寂的宇宙空间中的独狼行星。

4月4日，美国宇航局（NASA）行星防御协调办公室（PDCO）发布最新通报，拉玛很可能是一颗闯入太阳系的流浪行星，质量可能与火星不相上下。一时间，舆论哗然。

4月5日，PDCO向国际小行星预测网所有成员国发布了紧急预警，地面上所有的天文望远镜都被动员起来开始追踪拉玛的轨迹。太空中的哈勃二号和斯皮策也调转了角度，将镜头对准了拉玛袭来的方向。

4月7日，NASA喷气推进实验室根据汇总的数据进行了计算，建议将拉玛定为 5 级威胁，并且首次发布了都灵危险指数橙色预警^①。

科学界早已预知到会出现小行星或者彗星撞击地球的情况，据此建立了国际小行星预测网，用以协调遍布在全球和太空的观测站。2017 年 10 月，人类首次观测到了造访太阳系的系外天体——一个叫作"奥陌陌"的长条状小行星。但是与拉玛相比，奥陌陌只是一片小小的碎屑，对太阳系没有造成任何可感知的影响。而拉玛的到来让人类社会猝不及防，人类从未有过针对流浪行星的预警计划。

但是科学家们都知道，拉玛本身并不是最严重的威胁。拉玛被发现的时候，早已穿过了奥尔特星云，闯入了柯伊伯带和离散盘。

如果拉玛真的是一颗质量与火星相当的流浪行星，那么它很可能会给地球带来灭顶之灾。首先，拉玛从奥尔特星云穿过，引力搅动会破坏巨量的彗星轨道，可能导致大量长周期彗星偏离轨道向太阳系内部飞来。然后，拉玛闯入柯依伯带和离散盘，很可能带来大量短周期彗星。如果计算无误，这一次可不是 1994 年苏梅克－列维 9 号撞击木星那么简单了，也许会有大量彗星越过木星轨道，冲向内行星。即使只有一颗彗星撞击地球，也足以毁灭地球地表生命圈。最坏的情况当然是拉玛与地球直接相撞，那么地球将彻底被摧毁，变成一片烈火和岩浆肆虐的地狱，连细菌都无法存活。即使拉玛与火星或者金星相撞，那么溅射的巨量碎片也足以毁灭地球表面的所有生命。

即使彗星和拉玛没有击中任何一颗内行星，但流浪行星的巨大质量也足以对内行星的运行轨道造成影响。而对处于生命宜居带的地球，

---

① 都灵危险指数是用来评估在 21 世纪小行星和彗星撞击地球的危险等级。其中橙色 5 级预警表示，有近地物体接近，可能会带来区域性的严重破坏，但未能确定是否必然发生。天文学家需要高度关注，并判断是否会发生撞击。如果该天体 10 年内可能撞击地球，各国政府可被授权采取紧急应对计划。

它的运行轨道的任何轻微改变都可能造成严重后果。如果地球略微靠近太阳，那么温度上升会导致严重的温室效应。如果地球略微远离太阳，那么地球很可能迎来前所未有的冰期。更不用提还有月球这个不可控的因素。不管怎样，按照目前的观测，所有的可能都指向了一个黑暗的结果：地球将迎来灭顶之灾。

4 月 13 日，国际天文学联合会以阿瑟·克拉克作品中的"拉玛"为之命名，正式编号为 2I/Ramah。

有一些委员对这个命名表示了反对，他们认为克拉克小说中的拉玛是智慧生命的造物，而这个不速之客显然不同。支持者则认为这个名字非常合适，他们希望这颗流浪行星最好就像阿瑟·克拉克爵士笔下的拉玛，一般在几个月内就离开了太阳系，一去不回头。

很快，在斯皮策最新传回来进一步的观测数据后，争吵就戛然而止了。

观测数据显示，拉玛不是一颗流浪行星。换句话说，拉玛连一颗矮行星都算不上，它的直径只有大约 40 千米。这也让科学家们松了一口气，至少它的引力搅动不会带着数以百千计的彗星对太阳系进行狂轰滥炸了。国际小行星预警中心随即下调了拉玛的威胁等级，将其都灵指数降低为 3 级，由橙色预警下调为黄色预警。

但更多的未解之谜出现了，如果拉玛的直径只有 40 千米，那么根据它惊人的反射率推断，它一定有着一个极其光滑的表面。斯皮策的观测数据也证实了这一点。另外一个让科学家们困惑的问题是，拉玛几乎没有光度变化。换句话说，拉玛很可能不自转，或者是完全对称的，可是任何自然形成的天体都不太可能出现这种情况。

"这是一艘直径达 40 千米的外星飞船。"一位 NASA 喷气推进实验室的专家评论道，"它有一个光滑的金属外壳，所以才会有那么高的反射率。而且它的舰首一直对准太阳系，所以亮度没有任何变化。"

"我们必须派出探测器。"一名欧洲航天局（简称欧空局）的专家强烈建议，"不管拉玛是什么，我们不能等它飞到我们头顶之后再有所行动。"

"现有的证据依然无法证明拉玛是一个人造天体。"一位来自中国国家航天局的专家谨慎地说，"但我们不能排除这个可能性，如果拉玛真的是恶意的外星飞船，那么它的威胁性绝不亚于一个流浪行星。"

"那是一颗中子星！"还有俄罗斯科学家一语惊人，"一颗高密度大质量的中子星闯入了太阳系，在它身后肯定跟随着大量彗星群。"

"我不认为这是一艘外星飞船，我依然坚持认为它是一颗流浪行星，现在的数据肯定是错误的，没有必要把已知的已知变成已知的未知[1]！"一名情绪激动的英国天文学家在英国广播电视上嚷道。

在争吵声中，拉玛已经越过了天王星的轨道，在太阳的引力下以一条极度弯曲的曲线向太阳系中心猛扑过来。全世界的天文学家都焦头烂额地计算着拉玛的轨道，到目前为止，拉玛的轨道都严格遵循着经典力学，人们还没有发现任何非引力修正项。这也让持自然天体说的学者们欢欣鼓舞，他们认为，拉玛只是一个特殊的系外小行星闯入者，和 2017 年掠过太阳系的奥陌陌没有本质区别。

经过国际小行星联合会的短暂而激烈的讨论之后，人类社会决定使用深空探测器近距离对拉玛进行探测。游弋在土星轨道上的中国深空探测器"精卫"号成为最佳候选者。精卫号是中国国家航天局发射的一个对土卫六进行探测的航天器，此时它也是距离拉玛最近的可变

---

[1] 原话出自美国前国防部部长拉姆斯菲尔德："据我们所知，有'已知的已知'，有些事，我们知道我们知道；我们也知道，有'已知的未知'，也就是说，有些事，我们现在知道我们不知道。但是，同样存在'未知的未知'——有些事，我们不知道我们不知道。"

向航天器。接到酒泉控制中心的指令后，精卫号放弃了本身的任务，点燃发动机，调转方向，向天王星轨道飞去。

经过两个月的航行，精卫号来到了距离拉玛1万千米之外的地方。精卫号上携带了3个相机，一个远望相机 ONC-T 和两个宽角相机 ONC-W1、ONC-W2，最高可以拍摄毫米级分辨率的照片。精卫号不负众望，很快就传回了第一批高清照片。

争吵声再次戛然而止，照片上显示，斯皮策的观测无误，拉玛不是彗星，也不是流浪行星，更不是中子星，而是一颗银白色天体，光滑的金属质地表面反射着剧烈的太阳光。

照片中的拉玛呈标准的圆球状，直径约40千米。这是让首批观测到它的天文学家们感到困惑的地方——绝大多数小行星和彗星由于尺度的原因，形状大多是不规则的。对于由岩石组成的类地行星，一般只有直径大于1000千米的时候，才会在自身重力的作用下变成近似的球形。而直径仅40千米的拉玛，与其说是一颗流浪行星，不如说是一块大石块，很难在自然条件下形成规则浑圆的结构。

几乎可以确认了，拉玛既不是已知的已知，也不是已知的未知，而是未知的未知——它是一艘来自遥远星系的外星飞船。

但依然有天文学家认为不能排除拉玛是一颗由特殊物质构成的小行星，也许它是由一颗爆裂的行星的镍铁内核的一部分形成的一颗特殊的金属小行星，但这种说法没有得到广泛的支持。

由于相对速度过快，精卫号无法更接近拉玛，它们会在高速中交错而过，最近距离约8000千米。精卫号继续传回了大量高清照片，但每一张照片都显示拉玛是一个标准的浑圆银白色球体。球体表面光滑，完美无缺地映射着漫天星辰，没有任何可辨识的细节，甚至看不出它是否在自转。

这是一个直径约 40 千米的标准银白色球体，绝不可能是自然的造物，就连最激烈的怀疑者都闭上了嘴巴。随后，精卫号发射了一个分离式观测仪沿着计算好的轨道向拉玛飞去，如果一切顺利，观测仪将从相距 100 千米之外掠过拉玛上空。此举旨在获取球体表面更多的细节。

观测仪成功地从距离拉玛 100 千米之外的地方飞掠，同时利用携带的 ONC-T 相机拍下了数以千计精确到厘米级分辨率的照片。但是每一张照片上的拉玛都一模一样，它依然是一个银白色光滑的标准球体，看不出任何细节，亮度也没有任何微弱搅动。这种情况不禁让人联想到了阿瑟·克拉克的《2001 太空漫游》中比例严格遵照 1∶4∶9 的黑色石碑，又让人联想到刘慈欣的《三体》中放大数百万倍依然光滑无痕的水滴。外星文明以这种神一般的技术狂妄地展示着自己的力量。

国际小行星预警中心已经无法为拉玛定级了，拉玛可能是冷漠的过客，也可能是善意的使者，但更可能是一个远道而来的毁灭者。

观测仪并非一无所获，它穿过了拉玛微弱的重力场。根据描绘出的轨道曲线，人们得知，此拉玛和克拉克笔下的拉玛有了共通之处——它们都是空心的。

6 月 30 日，拉玛已经越过天王星的轨道，开始接近土星的轨道，随着日益逼近太阳，拉玛的速度还会继续攀升。

根据拉玛目前的轨道预测，如果它是无人操控的，那么它会在 8 月 21 日抵达近木点，然后从木星身边掠过，经过巨大的木星引力弹弓效应，折一个角度向太阳系外飞去。如果它是有"人"操控的飞船，那么它的轨道必然会发生变化。

除了进行被动观测，从发现拉玛的那一刻起，外星智慧生命探索计划"突破聆听"宣布使用世界上最先进的平方千米阵（SKA）监听它是否发出无线电信号。同时，位于中国贵州的"天眼"FAST、位于美国新墨西哥州的甚大射电望远镜阵列（VLA），以及位于智利阿塔卡马沙漠的阿塔卡马大型毫米波/亚毫米波阵列等所有射电望远镜都开始对拉玛进行全频带监控。但是，拉玛却没有发出任何信号，一直保持着不祥的冰冷和沉默。

"毫无疑问，拉玛已经在太空中飞行了至少数百万年，有理由相信，里面的驾驶员都已经死了。"一位牢骚满腹的 NASA 科学家在电视节目中发表评论，"但人类目前的技术实力无法拦截它，甚至无法像《与拉玛相会》中描述的那样完成登陆，我们只能眼睁睁地看着拉玛从人类家门口离去，这是全体人类的耻辱。想想吧，我们登月的时候，当时 NASA 所有的计算机的运算能力加起来都不如现在的一部手机，而阿波罗 11 号飞船的计算机处理能力还不如一台计算器，代码是纯手写的，摞起来有 10 英尺高，就凭这些简陋的技术，我们伟大的先辈们就完成了登月的壮举！当时所有人都乐观地认为在 20 世纪末就能建立火星殖民地，但是半个多世纪过去了，甚至还没有一个人类登上火星！登陆拉玛更是痴人说梦！这是造物主给我们送来的珍贵礼物，但我们却将两手空空！这是在先辈们的祭坛上撒尿！白宫里的那些衣冠楚楚的先生们必须为今天这个结果负责！"

"它是来毁灭我们的。"一名宗教领袖在集会上斩钉截铁地说，他阴沉地暗示，"它是上帝派来的最终审判者，世界将被烈火和洪水毁灭！来吧，只有回归神的怀抱，才能得到最后的救赎。"

"现在下任何结论都为时尚早。"中国著名物理学家王淼评论道，"至少拉玛解决了困扰人类多年的费米悖论，它的到来让我们知道了人类在宇宙中并不孤独。即使拉玛只是一个过客——当然最好如此——也足以对人类的历史造成深远的影响。"

"拉玛的到来是一个警告。"中国著名科幻作家何慈康发表评论，

"人类必须加大迈向太空的脚步，如果下一次到来的真的是一颗流浪行星，甚至微型黑洞，我们依然会束手无策。"

"我想，下一年国会的先生们在审批 NASA 的预算申请时，可能会多考虑那么几分钟吧，如果我们明年还有机会提交的话。"一名 NASA 的官员则讥讽道。

…………

不管争吵声多么激烈，有一点却是达成了共识的，不管拉玛是偶然的过客，还是有目的地来袭，一切都将在 8 月 21 日之前揭晓：拉玛在 8 月 21 日会经过近木点，如果拉玛的目的地是地球，那是它最好的变轨时机；如果拉玛不进行变轨，它将被木星的引力弹弓弹出太阳系，从火星上方掠过，成为一个转瞬即逝的过客。

面对这个未知的未知，在此之前，除了继续观察和徒劳地呼叫，人类似乎束手无策。专家们向各大太空强国发布警告，面对拉玛的来袭，什么都不做也许才是最明智的选择。如果拉玛真的是一个毁灭者，人类微不足道的反击根本无济于事，如果拉玛是一个观察者或者过客，人类的反应也许会激怒它。

就在拉玛正式被确认为外星智慧生物制造的飞船的第二天，沈延卿递上了调动报告。一个星期后，在离开了冷湖 30 年之后，沈延卿作为冷湖天文台的工作人员绕道敦煌回到了冷湖镇，回到了这片让他魂牵梦萦的土地。

雪域归途

　　最后一段旅程的前夜，沈延卿站在敦煌的星空下，在繁星中搜寻了很久，但直到天色微明，他都没有看到拉玛。

　　2020 年 6 月 20 日，中国，青海省海西州，冷湖镇。

　　从早上就开始刮起的沙尘暴已经进入了尾声，但天空依然是令人不安的昏黄色。不过，这种天气反而给了沈延卿一种安定的熟悉感。沈延卿一大早就从敦煌出发，在沙海戈壁和群山中颠簸了 5 个多小时，直到晌午才接近冷湖老基地。

　　接近冷湖老基地时，车窗外的色调也从青绿逐渐变成灰黄。许是近乡情怯，沈延卿不由自主地放慢了车速，远远地望去，一片低矮的建筑物横亘在壮阔的阿尔金山的背景下。荒野里有几个被遗弃的磕头机，就像沉默的钢铁守卫。这是一片荒凉冷寂的土地，起伏的灰黄色土丘上点缀着一丛丛灌木和灰白色的盐碱，天空中看不见一只飞鸟，只有遥远的风声在荒野中呼啸，就像一只幽灵在上古荒原上吹响一只陶埙。

　　车子开进了冷湖老基地，仿佛开进了一片史前文明的废墟。在被细细的沙尘掩埋的主干道上，沈延卿停下了车子，如果没有认错，他现在应该停在了团结路和兴湖路的路口上。沈延卿打开车门走下车，站在贯穿冷湖老基地的大街上，感受着脚底的碎石和沙砾，眼前既熟悉又陌生的景象显得苍凉而悲壮，一种恍如隔世之感扑面而来。

啊，冷湖，父辈们的冷湖……沈延卿的眼角有些湿润，时隔30年，他终于又回到了这片让他魂牵梦萦的土地。

在童年的沈延卿眼里，冷湖镇是一个神奇的地方。这里有令人恐惧的传说中幽灵游荡的坟场和长着绿幽幽眼睛的狼群穿行的无尽旷野。镇子之外的旷野里遍布着高大的钢铁巨人，在暮色的黄昏中发出隆隆的巨响。在红色的俄博梁深处藏着一个魔鬼城，风沙肆虐的夜里，旷野中会传来怪兽凄厉的嚎叫，那是俄博梁的雅丹土丘化身的怪兽。每到深夜，黑风四起之时，魔鬼城的大门就会轰然开启，旷野里的山丘就动了起来，化身怪兽向镇子冲去，而钢铁巨人们也伸展身躯，和怪兽展开大战，每一次，都是正义的钢铁巨人战胜了邪恶的怪兽。天亮之后，怪兽们退回红色的荒原，重新变成了低矮的山丘。但是等到黑夜，它们会再次化身怪兽向小镇发起冲击，正义与邪恶的战争永无休止。

此时，当沈延卿重新站在这片记忆中的土地上，幼时的神奇世界如同阳光下的肥皂泡一般破灭了，童年的奇异波函数坍缩成枯燥的现实——记忆中辽阔得仿佛永远走不到尽头的大街其实只是一条坑坑洼洼的柏油马路；记忆中的高楼大厦其实只是一些残破的二层小楼，在刺眼的阳光下露出脱落的瓷砖下的斑驳红砖；而记忆中高大的钢铁巨人，只是一些高不过四五米的磕头机。深夜里怪兽的嚎叫声不过是旷野中穿过雅丹地貌的气流形成的风声，魔鬼城其实是奇形怪状的红色雅丹丛。记忆中幽灵游荡不息的坟场则是长眠着400多名石油人的墓园，在一个小小的土堆下面，其中就躺着沈延卿的父亲。

啊，一想到父亲，沈延卿的脑袋里顿时刺痛了一下。这么多年来，关于父亲的记忆都已变成不可触碰的雷区，只要一想到关于父亲的事情，沈延卿就会陷入剧烈的头痛，他的意识也会尖叫着四处逃散……

他强行将记忆的触角从雷区边缘移开。

一个旷野中很常见的小旋风从沈延卿眼前掠过，无数细小的沙尘被旋风卷起，在风中轻盈欢快地舞动，仿佛是一个来自未知世界的精灵。高原上有一个动人的传说，每一个在旷野中凭空出现的旋风都是一个因为有未曾完成的心愿所以不肯转世而流连于世间的亡灵。沈延卿有些出神地盯着那朵小小的旋风，直到它耗尽了能量，消散在空中，裹挟的沙尘纷纷扬扬落下，他才迈步走开。

沈延卿走过矿区贸易公司，这里曾经是冷湖人最喜欢聚集的地方。沈延卿记得里面最吸引自己的是4毛钱一盒的蜜饯，那是冷湖的孩子们心中最好吃的美食，一口下去，甜到心里。但此时的贸易公司只剩下一片残垣断壁，只有"矿区贸易公司"6个暗红的大字还依稀犹存。他走过一段低矮的砖墙，砖墙上的拱门已经残破不堪，但依然完整，他依稀记得自己曾经和小伙伴们在这座宝瓶门下穿梭嬉闹，但沈延卿已经不记得哪怕其中一个孩子的名字了。

沈延卿又来到了5号基地，这里也已经成为一片废墟，曾经的繁华景象一去不复返，只剩一片残墙矗立在这片仿佛亘古未变的荒原之上。在一面只剩下一半的残墙上，沈延卿看到5个雄浑的大字：为人民服务。

沈延卿走过油矿子弟学校，操场已经被沙石掩盖，教室只剩下残垣断壁，只有黑板还残留在残墙上，上面有一些后来者的涂鸦。不久之后，沈延卿又路过了老电影院，此时的老电影院早已失去了往日的繁华，只剩下一段掩埋在细沙中的残墙，墙上依稀残留着一行毛主席语录。

沈延卿心念一动，他记得这条路，这是一条神奇之路。在这条路上，沈延卿第一次见到了赞神接引亡灵前往天上的火光。

他轻轻闭上眼睛，时光流转，光影变幻，他仿佛回到了5岁那年和父母一起在老基地电影院看完电影《焦裕禄》之后回家的路上。

那是一个寒冷的冬夜，小沈延卿和父母随着散场的人流走出了5号基地的电影院，往家的方向走去。尽管穿着厚厚的大衣，戴着绒线帽子，沈延卿还是感觉到彻骨的寒气无处不在。那天的月光很亮，甚至在地面上照出了人们的影子，夜空中洒落着稀疏的群星，路边是镇上的点点星火。依然沉浸在悲壮剧情中的人们激动地低声谈论着。月光把沙石铺就的路面镀上了一层银色，看起来像是无波的水面，沈延卿和父母就在这无波的水面上行走。万籁俱寂，他们的脚步在细细的沙尘和砾石上摩擦出的沙沙声清晰可闻，远远地从生产基地传来的轰隆声也显得异常空灵寂寥。

幼小的沈延卿仿佛正行走在一个童话世界里，远处的阿尔金山在月光下仿佛是一群匍匐着的巨兽。他想象着，无数高大的钢铁巨人正守卫着这个孤独的小世界，镇子外面无边的旷野中有无数的怪兽正蠢蠢欲动，而眼前的这条银白色的路似乎永远也走不到尽头，他的双手分别被握在父亲和母亲温暖的手中，他就像一只鸟儿张开了翅膀，正要顺着这条银白色的路飞向远方，飞向星空，飞上无形的阶梯，飞向灿烂的银河。

就在沈延卿沉浸在无边的遐想之时，远方的黑暗之地突然腾起几束乳白色的光线，直刺苍穹，璀璨的群星黯然失色。几片薄薄的云彩在光线的映射下，显现出奇异的七彩颜色，一团团暗红色的光晕在高空中飘荡。黑色的阿尔金山脉在光芒的映照下影影绰绰，仿佛有了生命般活动了起来，一座雪山的山峰被光芒照亮，而底部还处于黑暗之中，以至于看起来像是悬浮在夜空中。

"爸爸！那是什么？"沈延卿挣脱开父亲的手，指着远方的奇景惊呼道，他的心脏怦怦直跳。

多年以后，沈延卿早已经忘记了父亲或者母亲给了他什么答案，他只记得父母和周围的人仿佛早就习惯了那种光芒的存在，就像北欧人早就习惯了极光的存在一样。绚丽神秘的光芒很快就消失了，阴影的潮水重新吞没了群山，仿佛一切都未曾真正发生过。但沈延卿直到现在还记得那个令人激动的夜晚，躺在小床上的沈延卿久久未能入睡，他不止一次偷偷从床上爬起来，望向光芒出现过的方向，但那一夜，光芒却再也没有出现。当沈延卿睡熟之后，他梦见自己来到了红色的俄博梁，来到了一个神奇的梦幻世界，这个世界充满了五颜六色的光彩，所有一个 5 岁的孩子能够想象到的一切都在这个超现实的世界里随处可见……

当沈延卿长大之后，他查阅了大量关于地光的资料。但随着对地光这种现象了解的深入，他心中的疑云却越来越强烈。主流观点认为，这种奇异的闪光是地质运动产生的，是一种自然现象。但始终没有一个被科学界广泛认可的理论。沈延卿逐渐意识到，出现在冷湖地区的地光和文献中记载的地光似乎不是一回事儿，而是一种全新的未知现象。

最后，沈延卿终于来到了自己曾经的家。他停下车，踩着高低不平的沙石走进废墟。自从来到这里，他一直有一种奇异的感觉，自己仿佛走在一片末世之后的废墟里，文明的痕迹终有一天会被大自然抹去。也许有一天，整个人类世界也会变成这样，曾经繁华的城市终将化为废墟，在大自然的侵蚀下迅速变成无人的旷野。

风沙已经入侵了 5 号基地，在一片金色的细沙中，沈延卿看见了自己的家，和其他的建筑物一样，他的家也只剩下了残墙，被半埋在金色的流沙之中。看到家的那一刻，他的心脏猛地加快了跳动。

他环视四周，努力将回忆中的画面和现实所见重叠在一起。但是幼儿的记忆是不可靠的。他分明记得父亲曾经带自己去过俄博梁，红色干旱的大地上矗立着形状奇异的土堡和土丘，一切都显得那么深邃和神秘，以至于幼小的沈延卿觉得这些土丘都是活的，在夜晚会变成怪兽。但是母亲却坚持说，沈延卿从未去过俄博梁。

当沈延卿长大后，他第一次在画册上看到了关于火星表面的图像，幼时所见的画面和火星的表面图像重叠了，以至于他的记忆产生了一些错乱，让他以为自己真的去过火星。在沈延卿幼小的脑袋里，人类社会似乎已经进入了星际时代，他以为人类去火星就像去德令哈或者敦煌一样方便。直到长大了一些，沈延卿才知道人类还未曾登上过火星。

沈延卿跨过遍地的碎石瓦砾，走进了曾经的家。在曾经的客厅的一堵砖墙下面，沈延卿发现了一些玻璃碎片，他认出了那是父亲的鱼缸。遥远的记忆逐渐从黑暗中浮现出来，也许是因为思念家乡，沈延卿的父亲曾经托人从西宁带来了一个鱼缸和几条金鱼，他的父亲也许是冷湖镇唯一养金鱼的人。沈延卿记得自己最喜欢看父亲给鱼缸换水，因为没有加氧棒和过滤装置，每个月父亲都要为鱼缸换一次水，不然那几条珍贵的金鱼就会被污浊的水给毒死。

沈延卿蹲下身，用手轻轻拂开流沙，在下面发现了更多的鱼缸碎片。自从父亲死后，就没有人来管那几条可怜的金鱼了，它们很快就死了。一个清晨，沈延卿惊恐地发现金鱼们漂浮在腥臭浑浊的水面上，再也不复曾经的飘逸灵动，鱼缸里只剩下一片死亡的气息。

在父亲的葬礼上，沈延卿没有哭，但看到死去的金鱼时，沈延卿却放声大哭。

在父亲的葬礼一个月之后，母亲带着沈延卿离开了冷湖镇，离开了海西州，离开了青海。那一年，沈延卿6岁。

沈延卿走出家门，又来到了记忆中格桑爷爷的花园的地方，却只看到一片被废弃的居民小屋，没有发现半点花园的痕迹。他怀疑自己找错了地方，又围着5号基地转了几圈，最后什么都没有发现。他的脑袋又开始隐隐作痛了，沈延卿最终放弃了寻找，他回到车子里，发动了汽车，向远处的群山绝尘而去。

一个小时后，在冷湖天文台的观测室里，沈延卿见到了赵永生。

赵永生和沈延卿同龄，但是外表看起来却比沈延卿似乎大了有10岁。没有过多寒暄，两个人的手紧紧地握在了一起。

赵永生退后两步，爽朗地说道："王台长说过会有个新人来，我没想到来的会是你。"

沈延卿笑笑："怎么？不欢迎？"

"哪敢哪敢。"赵永生大笑，他转过头对站在身后笑意盈盈地看着他们的一个年轻姑娘说道，"许橙，这是沈延卿，叫他老沈就成，他是我小时候的玩伴，后来回了内地，现在在南京紫金山天文台工作，是高级研究员。"

"不再是了。"沈延卿摇着头纠正他，"我临走前已经打了调动报告，如果没有意外的话，以后我就是冷湖天文台的人了。刚才我已经见过王台长了，他这边没有什么意见，我会被暂时安排在观测组进行工作。"

赵永生惊奇地瞪圆了眼睛："你……别乱开玩笑……"

沈延卿认真地说："这可不是玩笑，老赵，你以后可就是我的领导了，还请多多关照。"

赵永生顿时明白了，他感慨地拍了拍沈延卿的肩膀："现在很多人都离开了天文台，你是第一个要求调进来的，可能也是最后一个……"

沈延卿有些严肃地打断他："你们不是还没走吗？"同时他也向许橙点了点头。沈延卿一进来就注意到了这位被称为许橙的姑娘，她很年轻，浑身都荡漾着青春的气息。沈延卿走进门的时候，一束夕阳正洒在她的身上。她穿着灰色的工作服，遮住了窈窕的曲线，微微卷曲的发梢垂落在肩膀上，在夕阳下显出一种奇异的酒红色。

不知道为什么，沈延卿一眼看出这是一位来自江南的姑娘，她的身上似乎充盈着一种只有在江南水乡浸润长大的姑娘身上才有的灵气。从水汽氤氲的江南水乡来到了这片干旱荒凉如火星的高原，是什么样的信念支撑她在这个时刻依然留在冷湖。

当沈延卿第一次见到许橙时，他的第一感觉是，这个姑娘不属于冷湖。但马上他又觉得这个想法很荒唐，谁又是属于冷湖的？他的脑海里突然想起了十几万从内地聚集到冷湖的建设者们，想起了位于冷湖基地外围的公墓里长眠的400多名牺牲者，想起了他和赵永生的父辈们，谁又真的属于冷湖呢？

啊，冷湖，父辈们的冷湖……

沈延卿一时有些恍惚，直到许橙清脆的声音把他拉回了现实。

"沈工好。"许橙落落大方地走上前，同时伸出手，甜甜地微笑着，"我是许橙，还请多多指教。"

"你好。"沈延卿向许橙点点头，和她握了握手，触手柔软冰凉，"怎么样？还习惯冷湖吧？"

"刚来的时候不太习惯，空气太干燥，每天早上都会流鼻血，现在还好了。"许橙浅浅一笑，她指指头顶的射电望远镜，"你能来，简直太好了，现在很缺人手，我们只能保证最基本的观测活动，当然，这也是我们目前所有能做的。"

"许橙是浙大天文系的研究生。"赵永生站在一旁搭腔，"可别小看她，年纪轻轻可是跑过不少地方，来冷湖之前，许橙去过智利 VLT 做访问学者。她现在是国家天文台长驻冷湖天文台的观察员。"

"这个时候还能坚守在冷湖，可不简单啊。"沈延卿发自内心地说，他问道，"听说前一阵有不少人来台里参观？"

赵永生有些无可奈何地摊开双手："你都看到了，很多人把冷湖天文台当成了圣地，也有很多人痛恨这里，来朝圣的人大失所望，宣称要来泄愤的人大概还没在地图上找到冷湖镇吧。"

三人不禁大笑，笑完之后，沈延卿问道："现在天文台还有多少人？"

"本来天文台的在编人员就有限，大多数研究员都是其他天文台派来的短期人员，自从那件事儿之后，大部分人都撤离了，要不是许橙还在坚守，我就真的变成光杆司令了。观测组现在就我俩，不，是三个人了。难怪王台长会那么爽快地答应你，其他组走的人更多，再这样下去，天文台连基本的运转都维持不了了。"

"你呢？"沈延卿知道赵永生的父母从未离开冷湖，他长大后，在北京读的大学，大学毕业之后，他就回来了。

"我能走到哪儿去，这里是我的家。"赵永生大笑一声。

"这也可以理解。"沈延卿若有所思地点点头，"我们还是高估了人们的心理承受能力，很多人都相信拉玛是来毁灭我们的。"

"的确，不过我还是很难相信，人类遇到的第一个外星文明就是一个冷冰冰的毁灭者。"听了沈延卿的话，赵永生的神色凝重起来，对于他们这些天文工作者来说，拉玛已经成为一个绕不开的话题，"但是这也可能是宇宙的真实生态，不同的文明之间很难做到和平相处。"

"也许它们不是故意的。"沈延卿说，"当两个文明相遇，不管是选择战争还是和平，都有一个必要的条件，就是它们必须察觉到对方。如果它们选择毁灭对方，那么它们必然感受到了来自对方的威胁。"

"这是当然的。"赵永生有些困惑，"这有什么不对吗？"

"我明白了。"许橙一下子就明白了沈延卿的意思，"沈工的意思是，不同的文明之间要选择战争或者和平，首先要是可交流的，对吗？"

"没错，察觉和威胁这两种形态的本质就是一种交流行为。"沈延卿赞许地朝许橙点点头。

"这有什么不对吗？"赵永生看起来还是很困惑，"你们俩在打什么哑谜？"

"很简单，老赵，不同的文明之间未必是可交流的。"沈延卿打了个响指，"宇宙那么浩瀚，文明之间形态差异巨大，很可能碳基生命在宇宙中根本就不是普遍的生命形式。所以，在相似发展路径上、相互之间能够意识到、相互有所理解的文明少之又少，根本构不成可交流的条件。更大的可能是，不同路径发展起来的文明之间根本无法获知对方的存在。"

"我明白了，你是一个不可知论者。"许橙有些出神地看着沈延卿，眼神很清澈，"如果存在一个超级文明，它们很可能掌握着不可思议的技术，对宇宙的了解和洞察都是超出人类想象的，就像鱼根本想象不出什么是相对论，什么是虚拟现实和可控核聚变。和人类相比，这种外星智慧生命已经和神灵无异了，我们和它们根本不存在交流的可能性。在它们眼里，我们可能只是和一群蚂蚁一样。"

"人类与蚂蚁之间的关系是一种单向的交流，单向的交流也是一种交流，但是还有另外一种更黑暗的可能，连单向的交流都不存在。"沈延卿却摇摇头，"如果外星智慧生命根本就是一种我们完全不了解的生命形式，两者见面之后根本没有认出对方是一种生命，即使不小心毁灭了对方，也根本不会有任何察觉。想想看，如果有一种引力场或者暗物质组成的生命形式闯入太阳系，它们根本不知道可能存在碳基生命这种生命形式。在它们眼里，地球可能和火星一样荒凉，完全看不到生命的迹象。它们的一个很微小的举动就可能无意中摧毁地球的生物圈，但它们可能完全意识不到自己做了什么。"

沈延卿的描述让许橙不禁打了一个寒战，她勉强笑笑："沈工，那你觉得拉玛是什么啊？"

"我现在还不知道。"沈延卿坦率地说，"我们可以观测到它，已经初步实现了单向交流，至少我们已经比蚂蚁要强很多了。但我并不认为拉玛是一个毁灭者，如果它要毁灭人类文明，它根本不必现身。想想看吧，一个能够穿越数千万光年的文明想要摧毁人类文明，完全可以做到在人类毫无察觉的情况下摧毁地球。"

"这么说，你是一个过客论者喽？"赵永生轻轻摇摇头，准备结束这场谈话，"我想没这么简单吧。"他指指天空，他们的头顶是射电望远镜的巨大穹顶，"根据计算，今天晚上，我们应该就能看到它了。"

当夜，他们没有用望远镜进行观测，三个人心照不宣地走出天文台，站在观察室之外的小广场上，望向夜空。这里地处高海拔地区，远离繁华城市，没有光污染，是地球上最佳的观星点之一。今夜没有月亮，繁星点点，猎户座的三颗星腰带在夜空中清晰可见。

起初，他们什么都没看见，但是很快，沈延卿就在东南方的摩羯座看到了那颗暗淡的亮点，然后许橙和赵永生也看见了它。

在同一个时刻，地球上正处于夜晚的地方，无数人都抬起头望向天空，这是一个被载入史册的夜晚，人类第一次用肉眼看到了拉玛。

此时此刻，拉玛正以 130 千米每秒的速度向太阳系内行星带袭来。

天快亮的时候，沈延卿和赵永生送许橙下山回家，看着许橙的身影消失在单元楼里之后，沈延卿发动汽车，开车来到一个能看到地平线的地方停下，将车子熄了火。远方的阿尔金山脉在青灰色的背景下呈现出黑色的剪影，太阳已经快升起了。

两人心照不宣地在车里坐了一会儿，赵永生点着了一支烟。

"老沈，你可想清楚了。"赵永生的声音里透出一丝疲惫，用望远镜看到拉玛是一回事儿，用肉眼看到拉玛又是一回事儿，两者带来的心理压力是完全不同的，用肉眼看到拉玛的那一刻，所有人才意识到，这一次可真不是在电影院看一场外星人摧毁地球的好莱坞大片那么轻松了，狼真的来了，"你和我不一样，我是独生子，父母就在冷湖，我肯定是要回来的。但你可不一样，调回来容易，调出去可难了。"

"给我一支。"沈延卿接过赵永生递过来的软白沙点燃，深深地吸了一口，然后缓缓地吐出一股浓重的烟雾，"喝过冷湖水的人，总有一天会再回到冷湖。"

"少扯淡。"赵永生把车窗摇下一条缝，朝窗外吐了一口浓烟，"你去5号了？"

"嗯。"沈延卿点点头，"还去了老基地。"

"那两个地方可都没人了。"赵永生的声音里有一股掩饰不住的低落，"听说现在市里正在搞什么废墟游，前几年有不少摄影爱好者跑来拍片子什么的，还搞了个主题叫什么文明的遗骸来着，还火了一阵儿。不过，自从俄博梁的火星模拟基地建成之后，冷湖镇已经成了著名的火星小镇，每年可是有不少人来旅游，也有不少基地的工作人员和家属来到冷湖，不过他们基本都住在4号。5号和老基地已经不可能恢复到以前的状态了。"

"我知道。"沈延卿说，"冷湖已经不是以前的冷湖了。"

"你去过4号公墓了？"赵永生问。

沈延卿摇摇头，两个人都各怀心事，气氛一度陷入了沉默。香烟很快就燃尽了，沈延卿把烟头从窗户缝里丢了出去。

"你母亲身体还好吧？"赵永生打破沉默。

"去年年初去世了，肺癌。"沈延卿再次点燃一支烟，深吸一口，缓缓吐出一个不太规则的烟圈，"一辈子不抽烟的人却得了肺癌，命运真是这个世界上最捉摸不清的东西。"

赵永生轻叹了一口气："你没结婚？"

"谈过几个，都崩了，后来就没谈了，现在更没心思谈了，她们都说我的精神有问题……"沈延卿自嘲地笑笑。

"胡说。"赵永生猛地啐了一口，"现在这些姑娘连分手的理由都不会找了？你可是北大的高才生！"

沈延卿微微摇摇头："老赵，别老说我了，你呢？"

"去年离婚了。"赵永生猛吸了一口烟，"她回了上海，幸亏我们还没来得及要孩子。她说她不愿意待在一个一年能老 10 岁的地方。"

"这倒是真的。"沈延卿侧过脸看着赵永生，赵永生的脸色黑红，皱纹密布，只有一双眼睛还算明亮，高原的紫外线和风沙是时间最好的帮凶，"我记得那会儿冷湖的女人们一天到晚都戴着口罩和面纱，你没给她买一副？"

"没错，等我想起来的时候已经晚了。"赵永生大笑，他把烟头从窗户缝里弹了出去，然后转过脸看着沈延卿，"说说吧，你到底回来干什么？"

"如果我说这是冥冥中的命运，你一定会嘲笑我矫情。"沈延卿再次点燃一支软白沙，吐了一个烟圈，看着圆形的烟圈逐渐扭曲变形，消散在空气中，化成一团模糊的烟雾，"但说实话，我也不知道自己为什么会回来，可能真的是冥冥中的命运吧，我总感觉心底有个声音一直在呼唤我，告诉我，我迟早有一天会回到冷湖。"

沈延卿话语里的庄重让赵永生无法再继续开玩笑，他沉默了一会儿，才说道："我不知道你到底是怎么想的，但是要我说，如果拉玛是来毁灭世界的，冷湖倒是一个适合迎接世界末日的地方。"

"万物有生有死，文明也不例外。"沈延卿从窗户缝里弹弹烟灰，"人类文明也迟早有死去的一天，即使拉玛不来毁灭人类，按照人类现在这些做法，也挺不了多久。制造核武器的技术门槛越来越低，气候的极端变化，两极冰川融化，基因武器的威胁，超级火山爆发，小行星的撞击威胁，恐怖主义泛滥，贫富严重分化，极端气候出现，核战争的阴云……人类又能躲过哪一个？很多科学家都预言人类的末日丧钟早已敲响，人类可能正好撞上大过滤器。在飞出地球之前，人类永远都不具备向星空进发的能力，早晚会死在地球上。"

"恐怕已经丧失了。"赵永生有些担忧地说，"我们这一代人出生之前，美国人就登月了，我们小的时候都以为，到了 21 世纪，去火星的人类殖民地会像从冷湖去西宁一样方便，谁能想到现在连月球都不登了。"

"这是文明本身的性质决定的，人类文明在内卷化，极端思想依然横行在很多地区。而在科技最发达的地区，资本的力量却控制了一切，如果不是和苏联进行军备竞赛，美国人根本不会去登月。资本是逐利的，在那个年代，只有政治和恐惧才能压过资本的力量。但是在和平时期，就没有什么能抵制住资本的力量。想要依靠好奇心和雄心壮志去不计成本地发展太空科技，太难了。NASA 的预算一减再减，多少振奋人心的太空计划都死在了国会，资本家和政治家联合起来扼杀了人类的未来。"沈延卿有些沉重地说，"1969 年，美国人就登月了，现在看起来就像坐在洗衣盆里横渡大西洋！现在呢，按照人类的技术水准和人力物力，要是想登陆火星，也不是什么难事。但是看看吧，一个探测车在火星上的成功登陆引起的网络热度还不如一个明星出轨的绯闻高。人类已经丧失了挑战太空的勇气和向星空进发的进取心。"

"也用不着这么悲观吧。"赵永生拍拍他的手臂,"美国人不去,我们去!冷湖火星模拟基地可不是白建的。"

"就怕来不及了。"沈延卿再次吐出一个烟圈,"如果人类在第二次世界大战之后就停止内耗,把所有的资源和科技都集中起来,没准儿现在人类的飞船早就到达比邻星了,也根本不至于在拉玛面前丝毫没有反抗之力。"

"说得容易。"赵永生笑笑,"我前几天还看到一个论点,说人类应该停止劳民伤财地探索太空,反正再怎么努力都没办法突破光速,还不如集中资源开发虚拟现实技术,将人类的意识集体上传到虚拟世界里,每个人都能成为虚拟世界里的神祇,想干吗干吗,金钱美女、荣华富贵,还能随意调整时间流速,能长生不死。你还别说,这种观点还算挺有吸引力的。"

"现在,他们的梦该醒了。"沈延卿指指头顶,冷冷地说。

赞　神

7月21日，冷湖天文台。

早上6点，沈延卿走出天文台，尽管时值盛夏，但身穿薄羊毛衫的他依然在高原清晨的凉风中打了一个寒战。

赛什腾山位于柴达木盆地北部，属祁连山西段支脉，犹如一条盘踞在柴达木盆地的巨龙：龙首在西北，起于冷湖，向东南方向绵延上百千米，龙尾止于吐尔根达坂山。山峰险峻，怪石嶙峋，几乎不生草木，巨石随处可见，冷湖天文台就建在龙首之巅的山峰上。

沈延卿在天文台的台阶上坐下，望向东方，阿尔金山的轮廓在青釉色的天际线上形成一片黑色的剪影，就像已经过去的亿万个平常的日子一样，今天的太阳依然会照常升起。沈延卿点燃一支烟，陷入了思索。

他来到天文台已经一个多月了，从繁华的内地回到了这片苍凉孤寂的土地后，他的生活也变得简单起来。自从4个月前发现了拉玛之后，这个籍籍无名的年轻天文台瞬间成了全世界的焦点。拉玛的发现者是一个年轻的实习生，据信是一个坚定的毁灭论者。自从拉玛被确认是一艘来自外星的飞船后，他就和很多人一样离开了冷湖，从此杳无音信。作为历史上最重要的一名发现者，这个年轻的实习生很快就被淹没在历史的浪花之中，没有留下任何印迹。

　　自从拉玛被确认为是一个来自外星文明的造物之后，人们的反应大致分为两种。一种是认定拉玛是一个远道而来的毁灭者，这种人往往开始撕下道德的伪装，暴露出更多的兽性，他们也是各国当局重点打击的对象。一种则是认定拉玛只是一个过客，这种人占了大多数，他们更像是把脑袋埋进沙堆中的鸵鸟（尽管这个传说本身是无稽之谈），不愿意正视拉玛的存在。还有一些少数的观点，比如沈延卿这种人，自从确认拉玛是人造物之后，他的生活反而变得简单起来，除了拉玛，似乎一切都无法再引起他的兴趣。

　　不知道为什么，当沈延卿第一次在新闻里看到近距离拍摄的拉玛照片时，他顿时呆住了。说起来非常奇怪，沈延卿觉得他不是第一次见到拉玛。画面上的在黑暗的太空背景下的银白色圆球有一种超现实的梦幻感，也有一种异常熟悉的感觉。当他闭上眼睛时，他分明看到脑海中出现一幅异常清晰的画面—— 一个银白色的圆球在星海中穿行，在星海中泛起一片片涟漪。

　　在每个能观测到拉玛的夜里，沈延卿几乎都彻夜不眠地盯着拉玛。在镜头中，拉玛已经不再是刚被发现时的一个暗淡的亮点了，它的亮度已经快接近 6 等，在晴朗的夜空中清晰可见。此时拉玛已经越过了土星轨道，距离地球大约 8 个天文单位。随着拉玛愈加深入太阳系引力井，它的速度还会继续增加。和刚发现时的 130 千米每秒相比，拉玛此时的速度已经增加了大约 30%，早已经成为太阳系里运行速度最快的天体。每一天，拉玛都能前进 1000 多万千米，按照这个速度，一个月后，拉玛就将抵达理论上的变轨点。到时候，人们就能知道拉玛是一艘无人操控的幽灵船，还是前来地球的访客了。

　　不知不觉中，香烟已经燃尽，沈延卿丢掉烟头，再次望向东方。东方的鱼肚白已经被清亮的玛瑙红所取代，几团白云就像节日里的藏族姑娘们盛装时脖子上挂着的红珊瑚宝珠。远处的群山也渐渐显出灰白的颜色，那些裸露的沙石和山岩已经数千万年没有大的变化了。从沈延卿坐着的地方可以远眺到一片荒废的建筑，那里曾是冷湖石油基地留下的废墟，那里曾经有上万名饱含着理想和激情的石油工人怀抱着"我为祖国献石油"的伟大抱负挥洒着青春和热血。如今，冷湖老基地和5号基地都已经成为一片废墟，沉默的群山见证了冷湖由于地底的石油从荒芜走向繁华，又从繁华走向荒芜。但是这片土地承载的历史远远比人们想象的要厚重，在更早的年代，唐朝的军队和吐蕃的军队曾经在这里鏖战；慕容吐谷浑的部落曾经从这里走过，在南方的高原建立了雄踞青藏高原的吐谷浑帝国；古羌人的一支告别了兄弟部落，勇敢地走向了太阳升起的方向，建立起辉煌璀璨的华夏文明。而在更遥远的年代，从非洲走出的智人的一支从这里经过，前往东方，很快就消灭了其他人种，然后他们继续前进，越过西伯利亚大陆桥，抵达美洲大陆。在更久远之前，这片距离陆地最远的世界第三极在1亿多年前曾经是一片波涛汹涌的大海。

在漫长的难以想象的时光面前，没有什么是永恒的。如果群山是一种感知时间缓慢的生命，在它们眼里，人类也许只是转瞬即逝的风沙。沈延卿的脑海里不禁浮现出卡尔·萨根的名言：所有我们的欢乐和痛苦，所有言之凿凿的宗教、意识形态和经济思想，所有猎人和强盗，所有英雄和懦夫，所有文明的创造者和毁灭者，所有的皇帝和农夫，所有热恋中的青年情侣，所有的父母、满怀希望的孩子、发明者和探索者，所有精神导师，所有腐败的政治家，所有"超级明星"，所有"最高领导人"，所有圣徒和罪人，我们人类历史上的这一切都存在在这里——在一颗悬浮在太阳光中的尘埃上。

天空已经变成了青白色，启明星正在隐去，这颗夜空中最亮的星星已经照耀了地球数十亿年之久。在它冰冷的星光照耀下，第一个猿人点燃了火把，罗慕路斯铺下了罗马城的第一块砖石，古埃及人将最后一块巨石安装在金字塔上，西周的军队举着如林的长戈挺进朝歌，南太平洋的波利尼西亚人第一次驾着独木舟划进茫茫大海……但用不了多久，它的地位就会被取代了。地球上的人们在晴朗的黑夜里已经能够用肉眼看到拉玛了。当它到达近日点时，它将成为人类可见的第三亮的星体——仅次于太阳和月亮。尽管许多人都认为拉玛会像奥陌陌一样是太阳系短暂的过客，但沈延卿知道，不管拉玛的目的是什么，人类已知的历史即将结束了。即使拉玛真的只是一个无意中路过太阳系的过客，它也永久地改变了人类对宇宙的认知。

这时，一阵轻盈的脚步声从他身后传来，沈延卿不用回头就知道是许橙来了。

"沈工，还没回去？"许橙走到沈延卿身边坐下，一股若有若无的清香随着高原的冷风钻进沈延卿的鼻孔。

"不着急。"沈延卿掐灭烟头，"先休息一下，这会儿安静。"

"你没必要每天晚上都来天文台的。"许橙有些欲言又止，"反正拉玛就在那里……"

"没事，反正我也无处可去。"沈延卿笑笑，"小许，你怎么还没走呢，你就不怕万一拉玛真的是来摧毁我们的？"

"我不知道。"许橙曲起双腿，双手环绕，把下巴放在膝盖上，有些出神地望着远方，"我觉得你的说法也有道理，拉玛如果真的是毁灭者，根本没必要这么大张旗鼓地冲过来，但又有很多事情想不通……"

"我是说，你怎么不回家？我听说你的父母一直在喊你回去。"沈延卿轻轻打断她，"而且，那么多人都走了……"

"本来我是要走了。"许橙俏皮地一笑，她侧过脸看着沈延卿，几束碎发垂落在她的侧脸，"不过，我改变主意了！"

沈延卿心中微微一动，他笑着说："我知道了，你一定是想亲眼看到拉玛离开太阳系。"

年轻的姑娘没有吭声，只是笑了笑。

在第一缕阳光越过群山之巅之前的几秒钟，沈延卿眼睛的余光仿佛捕捉到身后传来的一丝转瞬即逝的闪光。他转过身去，却什么都没有发现，在他的后方依然是一片如大地褶皱般的群山，在群山的后面是寂静的草场和荒原。是地光吗？沈延卿眯着眼睛望向那个方向，却没有看到任何光芒。

"怎么了？"许橙注意到沈延卿的脸色，关切地问道。

"你没看到吗？"沈延卿指指身后，那是俄博梁的方向。

"什么？"许橙站起身，和他一同望着远方，从这个方向望去，红色的俄博梁在朦胧的雾气中呈现出一片若有若无的暗红色，她问道，"你看到什么了？"

"没什么，可能是眼花了。"沈延卿自嘲地笑笑，他捡起地上的烟头，用卫生纸包好放进口袋，"小许，我先走了，下午见。"

"好，下午见！"许橙朝他摆摆手，直到沈延卿消失在下山的拐角处，才迈着轻盈的步伐走开。

沈延卿走到停车场，坐进车里，却没有马上发动汽车。他靠在椅背上，眯上眼睛，总感觉心神不安。过了好一会儿，他才意识到不安的源头来自哪里——地光。

自从回到冷湖，他所有的注意力都被拉玛吸引，几乎已经将地光遗忘了。但是刚才的幻觉似乎激发了某些深藏的东西，有一些遥远的记忆从冰封的记忆之海深处慢慢涌了上来。他逐渐想起了格桑爷爷家的花园和格桑爷爷曾经讲过的一个故事。

在 5 号基地，藏族老人格桑爷爷有一个花园，那个花园也许是整个冷湖镇绿色最多的地方。在沈延卿的记忆里，那个花园有一个带着尖刺栅栏的铁门，不过那道铁门在孩子们面前形同虚设，精力和好奇心同样旺盛的孩子们总有办法突破那道铁门。沈延卿记得自己总是跟在一群大孩子身后，用手刨开大铁门下面的浮沙，很轻易地就能进入花园。

现在回忆起来，那个在孩子的记忆中巨大的绿色花园其实可能只是一个小型的菜园，那扇记忆中的大铁门，其实只比普通的房门宽了不到一半。沈延卿从未见过格桑爷爷发火，在没有沙尘暴的日子里，格桑爷爷总是在干完活之后，坐在墙根儿下晒太阳。当孩子们围着老人的时候，穿着一身传统藏袍的格桑爷爷总是用带着浓重口音的汉话给孩子们讲起藏族的神话传说。从格桑爷爷那里，沈延卿第一次知道了卓玛和赞神的故事。

"卓玛是一个美丽的小姑娘，但是很不幸的是，她的父母很早就死了，她的叔叔和婶婶收养了她。婶婶对卓玛非常不好，她让卓玛每天都去放羊，却没有一顿饭让她吃饱肚子。卓玛每天天不亮就要起床，赶着羊群到草滩上放羊。她最喜欢的事情就是坐在溪边的石头上逗弄着可爱的羊羔，最害怕的事情是小羊羔被狼叼走。

"有一天晚上，让卓玛最害怕的事情发生了，她清点羊群时发现，少了一只小羊羔。卓玛发誓她一直盯紧了每一只羊，她急得快哭了。但她没有时间哭泣，她四处寻找，却一无所获。直到月亮升起，她才怀着极大的恐惧回到了家。不出所料，婶婶用皮鞭狠狠地把卓玛抽了一顿，然后勒令她不准进屋。夜晚很寒冷，小卓玛吃了冰冷的剩饭，又累又饿，只能睡到羊圈里，怀里搂着一只小羊羔取暖。

"第二天，天还没亮，卓玛就被凶恶的婶婶用皮鞭抽醒，婶婶命令她继续上山放羊，卓玛只好饿着肚子继续上山放羊。这一天，她时刻都紧盯着每一只羊，眼睛都不敢眨一下，每过一段时间，她就仔细地把羊数一遍，一直到太阳快要落山的时候，羊群都没有少一只羊。卓玛一天没吃饭，又累又饿，她实在支撑不住，不知不觉就闭上眼睛睡了一小会儿。等她惊醒后，赶紧把羊再数了一遍，可是让她最害怕的事情又出现了，又有一只小羊羔不见了。她吓得哭了起来，赶紧四处寻找，但是一直找到了半夜都没有找到丢失的小羊羔。卓玛害怕剩下的羊也会丢失，于是她胆战心惊地赶着羊群回到了家。果然，迎接她的是一顿劈头盖脸的皮鞭和怒骂，当晚，她连冰冷的剩饭都没有了，只能又累又冷又饿地睡在了羊圈里。

"第三天，婶婶恶狠狠地告诉卓玛，如果再丢羊，就不要再回来了。卓玛抹干眼泪，战战兢兢地赶着羊群继续到草原放羊。这一天，她更警觉了，如果困了，就掐自己的胳膊，她紧紧地盯着每一只羊，一刻都不敢放松。但是当太阳快要落山时，卓玛最后一次数了一遍羊，她绝望地发现，又少了一只小羊羔。她哭了很久，非常害怕，最后她做了一个决定。卓玛擦干眼泪，把羊群悄悄赶回羊圈，然后离开了家。走出很远，她还能听到家里传来的咒骂声。

"卓玛要去北方，从来没有人敢去的北方群山。在没有月亮的夜晚，北方的群山中会有光芒闪耀，据说那是住在山中的赞神的宫殿大门开启。赞神是居住在红色群山之巅的山神，它是群山的保护神，它守护着这片土地，赐予草原以融化的雪水，赐予人们赖以生活的乳汁……但赞神的性情有时候也是喜怒无常的，它容易被激怒，它也不是无私的给予者，人们需要供养它，用洁白的哈达和雪白的乳酪，还有最强壮的牦牛头骨和新生的羔羊……卓玛认为是赞神取走了羔羊作为它的供养，是啊，只有神灵才会在一个女孩敏锐的目光下将羔羊带走。

"在这个没有月光的夜晚，卓玛独自向沉默的群山走去，天空中没有月亮，也没有群星，只有一颗散发着银白色光辉的星星陪伴着她。卓玛从来没有见过这么亮的星星，这颗明亮的星星几乎能在地上照出她的影子。有几次，她听到远处传来草原狼的啸声，也听到了草丛里窸窸窣窣的声音，她被吓得愣在原地，不敢抬脚，仿佛下一刻就会有几只饥肠辘辘的饿狼从草丛中跃出，撕开她的喉咙。夜空中的星星闪烁了几下，卓玛的眼前突然出现了一条银白色的小路，这条小路就像一条圣洁的哈达从卓玛的眼前一直延伸到远方。狼嚎声远去了，草丛也恢复了安静，卓玛抬脚走上银白色的小路。小路平整圆润，散发着银白色的微光。卓玛踏着这条小路，走进了群山深处。

"银白色的小路在群山之中消失了，卓玛走到了小路的尽头，站在一座美轮美奂的宫殿之前。这座宫殿由黄金和美玉建成，散发着美丽的光芒。卓玛走到宫殿门口，宫殿的大门是朱红色的，镶嵌着珍贵的玛瑙和珊瑚。她正在犹豫时，却听到了一声微弱的咩咩声从大门后面传来。卓玛想起了婶婶扭曲的面容，她鼓起勇气，推开了大门，走进了宫殿。"

…………

沈延卿皱起眉头，宫殿后面是什么？沈延卿怎么想也没有想起来，他甚至不记得格桑爷爷有没有把这个故事讲完，毕竟已经太久远了，那时沈延卿还只是个四五岁的孩子。

除了这些，还有一些别的，一些更奇怪的画面闯入他的脑海，一些隐秘的东西似乎正在慢慢苏醒……沈延卿仿佛看到一群人打着手电筒朝自己奔来，自己在黑暗中瑟瑟发抖，无边的黑暗和恐惧包裹着他……他似乎又化身卓玛，独自走在银白色的小路上，奔向俄博梁……

等回过神来之后，沈延卿点燃一支烟，他苦笑着想，那些姑娘们大概没有说错，自己的精神可能是有点问题。他强行将自己的注意力从混乱的记忆旋涡中抽离。那些姑娘们总是说，在约会的时候，沈延卿经常会陷入一种突发性的意识空白状态，且眼神沉郁苍凉。

沈延卿本以为自己对冷湖镇的记忆早已经消失殆尽，但回到冷湖之后的这些日子，沈延卿发现，其实这片土地早已用它特有的方式在沈延卿的心里打下了深深的印迹。

沈延卿微微叹了口气，发动了汽车。

异常光波辐射

　　沈延卿开车下山回到了冷湖镇，清晨的路上行人很少。沈延卿驱车拐进天文台家属院，回到他的单身公寓，简单洗漱一番，就躺在床上睡着了。但是他睡得并不安稳，他在银白色的小路上奔跑，像鸟儿一样飞向群星，双手还残留着父母的温暖气息……转眼间，拉玛像电影《独立日》中的外星飞船一样飞临冷湖小镇上空，伴随着一阵炫目的闪光，山崩地裂，烟尘四起，整个世界在一片火海中化为虚无……他在梦中惊慌逃跑，却误入一片红色荒原，一个壮丽的宫殿缓缓开启了朱色大门，一个声音对他说道："卓玛，准备好对抗恶魔了吗？"卓玛似懂非懂地点点头……场景突然变换，小沈延卿出神地看着父亲给鱼缸换水，父亲把所有的金鱼都捉了出来，然后并没有把它们放回新鱼缸，而是表情痛楚地将它们放在手心递给沈延卿，神情悲戚："来不及了，卿卿，来不及了……"沈延卿定神望去，只见4条美丽的金鱼都早已死去，只剩下4条腐烂的小小尸体……

　　伴随着一声压抑的惊叫，沈延卿从梦中醒来，发现泪水早已打湿了枕巾。

　　简单地吃了晚饭之后，沈延卿重新发动车子，前往天文台。走进天文台控制室后，沈延卿惊讶地发现许橙和赵永生早就在控制室里了。两个人正围着光谱分析仪低声讨论着什么。

"老赵，你怎么也来了？"沈延卿好奇地问道，"你不是夜班吗？"

"光谱分析仪出现故障了。"许橙抬头看了沈延卿一眼，显得有些忧心忡忡，"数据显示，望远镜检测到了异常光波辐射。"

"奇怪的是，硬件和软件都显示正常。"赵永生也皱着眉头，"真见鬼……"

"异常光波辐射？"沈延卿心里一动。

"没错。"许橙指指电脑屏幕，困惑地摇摇头，声音清脆地说，"检测到了冷湖地区向太空发射了未知的光波辐射，可咱们天文台根本没有条件发射光波信号。"

"没错。"赵永生看了沈延卿一眼，"天文台没有发射激光信号的条件，这一定是误报，我建议先保持观察，不必上报，如果故障重现了，再上报检修。"

沈延卿明白赵永生的意思，要是望远镜进行检修，势必会停止工作一段时间，但是在拉玛到来的这个节骨眼儿上，没人愿意错过这个历史性的时刻。

赵永生是组长，他说的话当然就是最终决定了。

"我同意。"许橙也赞同道，同时她期待地看向沈延卿，目光里有一丝俏皮。

沈延卿也不想扫兴，他点点头："不过，有数据记录吗？"

"当然啦，都在这儿，不过都是些乱码，看起来没什么价值。"许橙欢快地站起身，给沈延卿让出位置。

沈延卿移动鼠标，调出观测记录。他发现系统总共记录了连续两次光波辐射脉冲，第一次发生的时间是凌晨 2 点 32 分 48 秒，第二次发生的时间是—— 沈延卿的眼睛眯了起来——今天早上 6 点 21 分 22 秒。那正是沈延卿坐在观测台外面的台阶上抽烟的时候。

沈延卿相信巧合，但不相信如此精确的巧合。

"老赵，好消息是，我现在就可以确认设备没有问题。"略微思索之后，沈延卿转过头看着赵永生和许橙，缓缓地说，"不好不坏的消息是，这种异常光波辐射恐怕是真的。"

"什么？"赵永生不解地看着他。

"啊？"许橙也大有兴趣地看着沈延卿。

"还记得老冷湖人都知道的地光吗？"沈延卿用手指指节轻轻地敲击着桌面，"我想，我亲眼见到了第二次光波辐射。"他指指屏幕，"时间完全能对应上，我现在来查一下方位。"

"啊！"许橙大吃一惊，"你是说真的有人向太空发射了光波信号？"

沈延卿摇摇头，他知道许橙在想什么。地球上有很多天文台都曾经向太空发射过电磁波信号，但还未曾有天文台向太空发射光波信号。沈延卿知道，早在 20 世纪 90 年代，就有科学团队用 10 兆瓦的能量制造出了脉冲宽度为 1/10000 秒的激光，这些高能量的激光比太阳的亮度还要亮 5000 倍。同时，将钠原子蒸气云利用磁场约束，可以制造出玻色 - 爱因斯坦凝聚态，经过激光照射处理之后，再用一束短波长的脉冲光照射蒸气原子云，就能够捕捉光子，从而将信息存储到脉冲激光中向太空发射。这种技术虽然理论上可行，但是越来越多的包括霍金在内的科学家不断发出警告之后，人类意识到贸然向宇宙中发送人类本身的信息是欠成熟的行为之后，科学界就谨慎了许多。即使有天文台选择向太空发送信息，也还是倾向于使用传统的经济省力的电磁波束。

"冷湖天文台没有向太空发射光波信号的能力。"赵永生也慢慢地回忆起来了，他转向许橙，"是我忘了，其实这种现象在冷湖地区出现过，是一种比较罕见的地光现象。"

"地光？"许橙大吃一惊，"你——你们以前见过？"

"当然，老冷湖人都见过。"沈延卿随口说道。

许橙不禁倒吸了一口凉气，她失声喊道："你们知道地光意味着什么吗？"

沈延卿摇摇头，他知道许橙在想什么："地光和地震之间的联系并没有确凿的科学依据，不过我倾向于这种联系是不存在的，如果地光就意味着地震，那冷湖肯定是一个不适合生存的地方。"

"那也许不是地光？"许橙坚持道，"可能是某种大气放电现象？"

"大气放电？"赵永生显然是站在沈延卿这边的，"你可别忘了，不管是红色精灵还是蓝色喷流①都发生在积雨云之上……可是这个季节的冷湖哪有积雨云？再说了，即使真的是高空大气放电，也不可能产生这种强度的光波。怎么说呢，这种现象在冷湖地区比较平常，很可能在远古的时候就有了，很多藏族的神话传说里都提到了这种地光，他们认为这种地光是赞神接引亡灵上天时点燃的引路火把。"

"赞神是什么？"许橙好奇地瞪大双眼。

"远古的藏族神话和其他民族的神话一样，都有泛神灵的特征。他们认为万物皆有灵，山峰、湖泊、河流，甚至天上的风都有神灵主宰。我想你应该见过野外的玛尼堆和经幡，藏族人在高处挂起经幡，风吹动经幡，为无处不在的神灵念诵经文。他们认为每一座山峰都是一个神灵，几乎每一座雪山都有一段美丽的传说，比如比较有名的神山有阿尼玛卿、冈仁波齐、念青唐古拉，等等。"沈延卿把视线从屏幕前移开，看向许橙，许橙正瞪大了眼睛看着他，显然她对藏族文化不是非常了解，沈延卿笑笑，然后指指窗外，"赛什腾山也不例外，在藏族文

---

① 红色精灵和蓝色喷流均为罕见的大气层中出现的放电现象。

化里面，俄博梁居住着一种叫作赞的山神。"

"赞？很奇怪的名字……"

"赞是山神的一种，赞神本身也分了很多种类，但大多与灵魂有关，传说冤死的、不屈的灵魂会变成赞神，守护着一方土地。赞神是红色的，也喜好红色，相传红色的山崖就是赞神居住的地方……"沈延卿继续说道。

"俄博梁是红色的！"许橙恍然大悟。

"没错，据说本地的赞神就居住在红色的俄博梁，这种地光就是赞神接引亡灵走上天国时点燃的火炬。"谈话间，沈延卿打开系统记录的两次光波辐射信息数据，进行对比分析。如果假设两次光波辐射都是真实存在的，那么信号是由位于天文台主望远镜西南侧的山峰上辅助光学望远镜捕捉到的，结合信号强度来看，发出信号的地点位于……俄博梁？也就是沈延卿眼睛的余光瞥见的方位。

俄博梁，那是一片红色的雅丹荒原，苍茫仙境，到处都矗立着奇诡的土堡和土丘，无人敢深入其中。那里就像火星一样荒凉，即使是当年的石油勘探队，都要在严格规定下才敢深入其中。近年来新建的火星模拟基地也只是在俄博梁的外围占用了一片小小的区域。俄博梁的深处，是连绵不断的戈壁和雅丹土堡，是万年不变的景色，是生命的禁区，是传说中的魔鬼之城……

沈延卿的脑袋又有些隐隐作痛，他分明记得父亲曾经带他去过俄博梁，但似乎只有他自己记得这件事情。他到底有没有去过俄博梁？

赵永生摆摆手，打断了沈延卿的思绪："这种地光虽然罕见，但也没那么玄乎，以前冷湖镇就有不少人见过。第一代石油建设者们第一次见到地光时，也感到非常奇怪，但是本地的藏族人早已见怪不怪了。当时的工程师们也对此进行了一番解释，很可能是跟俄博梁地底的岩层构造有关，也许是天然气泄漏然后自燃引起的，还有人猜测在冷湖地底存在着一个巨大的石英矿，但这些说法都没有得到证实。"

"看起来可不太像。"许橙的好奇心完全被勾了起来，"他们不感到好奇吗？为什么这么多年都没有人认真研究一下？"

"在那个年代，除了石油，他们没有精力去关心这些事情。"沈延卿轻轻摇摇头，"况且，整个科学界对地光的成因都还没有搞清楚。"

"我还是觉得……这么明显的异常现象，为什么不上报呢？很可能会是科学史上的重大发现……这好像不太负责啊……"

"小许啊，这么想可不太公平。"赵永生对许橙说，"那个年代，祖国需要大量的石油，你知道有多少人离开自然条件优越的内地来到这片不毛之地吗？在那个年代，在冷湖，好奇心本身就是一种奢侈品。"

听了赵永生的话之后，许橙有些赧然，脸颊升起了两朵红霞："对不起，我只是……"

"没什么。"沈延卿摆摆手，他指指头顶的望远镜，"不过，我们倒是无意中获得了关于地光的数据记录，也算无心插柳了，如果以后有机会，倒是可以认真研究一下。"

两人听出了沈延卿的言外之意，如果拉玛是毁灭者的话，他们就没有机会研究什么地光了。

"不过，你们是否想过，也许这根本就不是什么地光……"许橙斟酌着语句，"根据你们的描述，这种现象，和科学界公认的地光可不一样，不管你们承不承认，但是地光的另外一种叫法就是地震光……"

"这不是地光，至少不是地震前经常看到的那种地光。"赵永生肯定地说，"这种地光不会引发地震，不然天文台也不会建在这里。"

三个人都轻笑起来，关于地光的记载，他们都了解一些。在绝大多数目击地光的案例中，紧随而来的就是大地震。如果冷湖的地光会引发地震的话，冷湖地区的地质活动一定非常强烈，也就根本不会有冷湖天文台了。

这时，夕阳的光芒斜着从穹顶的一道裂缝中射进观察室，一道血红色的光条横亘在地板上。灰尘在光带中如有生命的精灵般飞舞，三个人不约而同地陷入了沉默。一切看起来都非常祥和，就像已经过去的无数个普通的日日夜夜。

这时，许橙打破了沉默，她轻声问道："沈工，听说你出生在冷湖？"

沈延卿点点头："我的父亲曾经是冷湖的石油工人，他死于一场火灾，自从他死后，母亲就带我离开了这里。"

赵永生用一种奇怪的眼神看着沈延卿，似乎欲言又止，但最终还是没有开口。

"对不起……"许橙却显得有些手足无措，"我不知道……"

"没什么，都是很早以前的事情了。"沈延卿摆摆手，示意许橙不必在意。

一时间，房间里再次陷入沉默，只听到控制室里的计算机发出嗡嗡的轻响。

"这里好安静。"许橙轻轻地说，仿佛是害怕打破这片寂静，"今夜，应该能看到银河。"

安静，是啊，这里真的很安静。沈延卿望向窗外，现在的冷湖镇只有4号基地还有一些居民，新建的火星模拟基地的工作人员也选择居住在4号基地。冷湖老基地和5号基地都已经被废弃了，几乎没有恢复的可能。

可是冷湖以前并不是安静的，那时，冷湖镇是喧闹的，最多的时候，有十几万人在这里挥洒着热血和青春。沈延卿和赵永生的父辈们在这里披荆斩棘，建立起了一座石油城。有一些废弃的油罐被摆放在镇子里，居然成了孩子们简陋的游乐场。沈延卿记得自己小时候和小伙伴们最喜欢沿着油罐上的梯子爬上爬下。尤其是油罐上还有一圈低矮的栏杆和开启油罐顶部开口的圆环把手，幼时的沈延卿经常爬到这里，手握圆环，想象着自己是在开一辆坦克或者一艘军舰。有一个夜晚，父母皆未归来，5 岁的沈延卿独自爬上油罐，又玩起了开军舰的游戏。他抬头望去，只见漫天繁星璀璨，一条银河横亘在无垠苍穹之中，整个星空显得深邃而神秘。5 岁的沈延卿入神地盯着星空，整个身体开始颤抖，在这个万籁俱寂的夜里，幼小的沈延卿第一次有了一种叫作震撼的感觉，这是生命对宇宙和星空本能的敬畏。沈延卿贫乏的语言没有办法描述这种感觉，他似乎觉得自己正驾驶着一艘飞船在星辰大海里穿行。直到后来他读到《野性的呼唤》，才明白了这种感觉，正如巴克属于荒野，有些人是注定属于星空的。高考填报志愿的时候，沈延卿毫不犹豫地填报了天体物理系。

沈延卿感慨道："1994 年，美国洛杉矶遭遇大停电，市天文台和警局接到了数千个电话，惊慌的人们报告说天上出现了一片奇怪的光带，还有人声称外星人入侵地球，其实那是银河罢了。现在的人总是忙于各种琐碎的事情，大多数人只在电视和图片里看过银河，但是只有亲眼看到银河，才会知道人类有多么的渺小，所有的烦心事儿都算不上什么了。"

许橙抿着嘴笑了："不过，现在可不一样了，据说现在望远镜都脱销了，至少望远镜厂家要感谢拉玛，他们可是拉玛到来后的第一批受益者呢。"

"大多数人感兴趣的不是星空，而是想亲眼看到拉玛罢了，这叫什么？好听点儿是眼见为实，说难听点就是不见棺材不掉泪。"沈延卿笑了笑，不管他们在谈论什么，每一次的话题总是不可避免地转向拉玛，"这个社会的大部分年轻人和我们父辈那一代比起来几乎是另外一个世界的人了。他们热衷于美食和明星八卦，即使去旅游也只去网红景点打卡拍照，对手机屏幕以外的世界漠不关心，所有的吃穿住行和娱乐几乎都可以在手中那块小小的屏幕上完成操作。在拉玛出现之后，这些人又摇身一变，变成了各种谣言的传播者，唯恐天下不乱……"

"已经快乱了。"赵永生神情凝重地说，"你们看新闻了吗？很多大城市都发生了严重的骚乱，巴黎、纽约、伦敦、开罗、墨西哥城……"

"我还是觉得，拉玛不像是一个毁灭者……"沈延卿轻轻摇摇头，不知道为什么，他一直觉得自己忽略了什么东西。

"那么，它到底是来干什么的？一个远道而来的朋友？"赵永生摇摇头，"为什么它会对人类的呼唤视而不见？老沈，恕我直言，这种事儿上，还是少用点儿直觉吧。"

许橙柔声说："或者，拉玛的船员都死光了，路过太阳系的只是一艘幽灵船……"

"我喜欢这种假设，这也是大多数人真正希望的。"赵永生说，"如果拉玛真的是一艘鬼船，那是最好的结果了。到目前为止，好像还没有观测到拉玛有任何变轨行为，而且拉玛对人类的呼唤没有做出任何回应，这也不符合常理……"

"常理？"沈延卿大笑一声，"老赵，是谁太依赖自己的直觉？这可是人类历史上第一个来访的外星飞船，哪有什么常理可循啊。"

赵永生不好意思地笑笑："你说的没错，但是如果人类将来能探测一个星球，难道不会监听来自星球的信息吗？"

"监不监听是一回事儿，回不回复又是一回事儿。"沈延卿耸耸肩，"也可能是不屑于回复呢。"

"你们太悲观啦，也许它们是使用引力波或者中微子进行通信的，所以没听到人类的呼唤罢了……"许橙说。

"这简直是一定的，一个能够进行星际旅行的文明，甚至可能已经拥有了超越光速的通信手段，但这不是问题的关键。"沈延卿点点头，"如果科学家要和海豚交流，我们会直接开口问吗？不，我们会先研究清楚海豚的沟通方式，学会它们的语言，然后用它们的语言去和它们沟通，所以，如果拉玛真的是科技水平远远超越人类的外星文明，它们肯定有能力对人类的呼叫发出回应。"

"这么说，拉玛如果不是一艘鬼船的话，它肯定有能力对人类的呼叫进行回应，而它却选择了沉默。"赵永生说，"这更说明它可能是一个无情的毁灭者，完全没有和人类沟通谈判的兴趣。"

"哎呀，赵工，你怎么那么悲观啊。"许橙抗议，"这不正说明它是一艘鬼船吗？"

三个人都轻笑起来。

"不过，我听说 NASA 和欧空局都在紧急部署带有核弹头的火箭。"沈延卿的手指在桌面上敲了敲，"如果拉玛的目标是地球，这些火箭会携带核弹头向拉玛发动攻击。"

"我也听说了，俄罗斯人也没闲着。"赵永生却轻轻摇摇头，"在太空中没有空气，核武器就制造不出冲击波，只靠热能和辐射恐怕对直径 40 千米的拉玛来说就是隔靴搔痒。人类最强大的武器，可能在真正的星际战争中还完全没入门。"

"没想到它们真的在那里……"许橙的视线仿佛穿透了天文台的穹顶，望向浩瀚星空，她情不自禁地握紧了双手，"很多人不相信宇宙中还有其他生命存在，包括许多科学家也是这么认为的，他们认为要解释费米悖论很简单，那就是生命只在宇宙中出现过一次。"

"这是典型的地球特异论。"沈延卿说,"但我不赞同这种说法。如果在一片旷野中一直没有找到一棵草,那么'这片旷野中没有草'的结论也不能轻易排除。但是只要在旷野中找到一棵草,就可以几乎100%地确定还有其他草的存在。"

"沈工,生命是一回事儿,智慧生命又是一回事儿。从简单的生命发展到智慧文明,中间可是有无数次概率很小的飞跃才行。打个比方,从单细胞生命到多细胞生命就是非常难以跨越的一步,而智慧的产生更是非常非常小概率的事件。"许橙似乎有不同的看法,"智慧生命出现本身就已经是跨越了好几个大过滤器的结果。"

"没错。"沈延卿说,"现在我们都知道了,他们已经来了,人类并不是宇宙中唯一的智慧生命。不过,也可能很早就有外星人来过地球了,没准儿现在还有伪装成人类的外星人生活在我们中间,观察着我们的一举一动……"

"老沈,你是不是该改行写科幻小说了。"赵永生扶了扶额头,有些无奈地说,"我记得有个美国人叫什么丹尼肯来着,就是说什么金字塔里发现了拥有人造心脏的木乃伊那个,前几年还到德令哈那个外星人遗址来了,说什么德令哈是古代外星人的太空基地……"

"拉玛的出现就已经足够科幻了。"沈延卿不置可否地耸耸肩,"你们有没有想过这样一种可能性,如果地球上真的存在来自外星的观察者,即使它们站在我们面前,我们人类永远也无法察觉到它们的存在。就像 BBC 为了拍摄野生动物纪录片制作了虚假的动物模型,动物们要么对它视而不见,要么会很自然地将其当成自己种族的一员,但绝不可能意识到它是人类的观察者……"

"就像——间谍小猴?"许橙问。

"没错。"沈延卿点点头,"猴群很快就接纳了间谍小猴,它们不觉得间谍小猴有什么异常，直到间谍小猴不小心被某只猴子从树干上推落到地面上，它们以为间谍小猴死了，甚至为间谍小猴的死亡感到悲伤。它们可能开始会隐约感觉到间谍小猴有些不对劲儿，但它们永远无法意识到间谍小猴其实是人类精心制作的窥探器，它们更不知道间谍小猴的右眼是一个 4K 摄像头，将猴群的一举一动都拍了下来。这当然不能怪猴群，这种观察是超出猴群理解之上的存在的。想想看，假如间谍小猴身上装着一个强辐射源，会让猴群全部灭绝，但是猴群直到全部死光都意识不到灾难之源就在身边。"

"然后有一只猴子发现了真相，它试图告诉猴群，这个间谍小猴是带来死亡的魔鬼，然后它就被烧死在了火刑柱上……"赵永生给他们的讨论加了一个绝妙的注脚，"然后猴群直到全部死光都没有意识到那位猴子先驱是对的。我现在倒希望这只猴子先驱赶紧出现，至少已经没有火刑柱了。"

"太晚了，猴群已经看到走来的狮子了。"沈延卿耸耸肩，"不过它们还不知道这只狮子是来用餐的，还是来打招呼的。"

这时，观测室里的电话响了，许橙走过去接了起来，她听了一会儿，挂断了电话，却没有作声。沈延卿和赵永生有些惊讶地转过头看向她，只见许橙面无血色，脸色苍白。

"怎么了？"赵永生问道，他和沈延卿不由自主地对视了一眼，都从对方眼里看到了一丝不祥的预感。

"是来自国家天文台的紧急通知，精卫号探测器发现了拉玛身后的彗星群。"许橙慢慢地说，"狮子来了。"

阿雷西博信息

　　不久之后，冷湖天文台就接到了正式的文件通知。精卫号探测器与拉玛擦肩而过后，耗尽了燃料，失去了动力，向太阳系外飞去，但是探测器上的摄像机还在太阳能板的能源输送下正常工作着。中国国家航天局的一名工作人员从探测器传回来的图像上看到了数个模糊的光点，经过光谱分析后，确认了其中 3 颗位于最前方的彗星。但是不排除有更多的彗星尾随在后面。

　　国家航天局立即将此信息向国际小行星组织进行了通报，拉玛身后尾随着彗星群的消息很快就传遍了全球各地的天文台。很快，消息被进一步证实了，位于太空中的哈勃二号和斯皮策望远镜也看到了尾随拉玛身后袭来的彗星群。

　　拉玛的面目再次变得狰狞起来，它对人类发出的各频段的呼叫依然置之不理。拉玛本身的质量是无法搅动奥尔特星云，以及柯依伯带和离散盘中的彗星群的，几乎可以肯定，拉玛既不是一个冷漠的过客，也绝非一个善意的使者，它是一个即将为地球带来毁灭天火的恶魔。

　　随着时间的推移，拉玛身后的彗星群的景象越来越清晰，直到地面上的天文台也足以看到彗星群的到来。经过紧急计算，国际小行星预警中心宣布，彗星群是由至少 20 颗彗星组成的，其中最大的一颗直径达到 10 千米，最小的直径也有 2 千米，这些彗星已经越过了土星轨道，目标很显然是地球。科学家们无法理解拉玛是怎么驱使这些彗星的，这些彗星如同一串太空中飞行的项链，如同一支沉默的军队尾随在拉玛身后，向地球袭来。

自从彗星群的信息被证实之后，人类文明的生存时间就进入了倒计时。和大多数科幻电影中的描述不同，面对真实的世界末日，人类文明立即就走到了崩溃的边缘。许多国家都陷入了无政府状态，绝望的人群成群结队地像兽群般移动，攻击着眼前的一切，平时积累的对统治阶级的仇恨都无所顾忌地爆发出来。非洲和南美洲的许多城市都遭遇了大规模的断电，暴力层出不穷，纵火、劫掠、强奸、杀人等罪行层出不穷，有些城市燃烧产生的浓烟甚至在卫星云图上都清晰可见。

"该死的新闻界要为这场灾难负责。"有人愤怒地说，"拉玛还没来，人类就先把自己给毁了，看看吧，平时衣冠楚楚的人都变成了野兽，所有发生的一切都在帮拉玛证明它们的所作所为是正确的！"

美国和欧盟，以及俄罗斯都在孤注一掷地准备核弹头，准备向拉玛发动绝望的反击。但谁都知道，以人类当前的技术水平，能有一颗核弹击中拉玛就不错了。而更大的危机并不在此，没有能力向太空发射核弹进行反击的国家将仇恨的目光转向了世仇的邻居，据说印度和巴基斯坦都在公然准备核弹头，准备将对方的首都从地球上抹去。印度和巴基斯坦的形势也让大国们互相猜忌，谁也不知道俄罗斯会不会绝望地将核弹头先送到华盛顿的头上。

令人难以理解的暴行在全球各地上演，许多大城市都呈现出一片末日景象，不禁让人联想起传说中的所多玛和蛾摩拉。

"已经没有什么疑问了。"在天文台紧急召开的会议上，王台长语调沉重地宣布了这条信息，"人类没有能力摧毁哪怕其中一颗彗星。"

人们交换着沉郁的目光，作为专业人员，在场的人们都清楚，即使只有一颗彗星撞到地球上，都足以灭绝人类，何况是一个彗星群。当第一颗彗星撞击到地球上时，就已经引起上千米高的海啸和改变整个地貌的地震，大规模的超级火山会喷发，人类完全无法在这场浩劫中存活下来。接下来的彗星连番撞击，也许地球不会解体，但可能只有隐藏在地层深处的单细胞生命才可能存活下来。对于大型生物体来说，地球上没有一个地方是安全的，甚至连月球都难以从这一轮的天地大冲撞中幸免，人类将无处可逃。

而科幻电影中的桥段在现实之中是不可能发生的，人类根本没有将核弹运送到彗星上并且钻孔引爆的技术力量，即使真的这么做了，也很难将彗星击毁。和很多人的常识相悖，许多彗星本身并不是一个坚实致密的大雪球，一颗深埋其中的核弹就能将其炸成毫无威胁性的碎片。实际上，很多彗星都像充满孔洞的蜂窝煤，它们会极大地吸收爆炸所产生的能量，而且太空中没有空气，无法产生剧烈的冲击波，即使核弹在它们内部爆炸，它们也很可能毫发无损。

一时间，会场上陷入了一片死寂。

"同志们，"神情憔悴的王台长伸手摘下帽子，露出一头花白的头发，"感谢你们这段时间的坚守，感谢你们的工作和付出。这个世界很快就要变得更不一样了，赶紧回家吧，去陪陪你们的家人吧，剩下的时间可能不多了……"

在一片死寂中，逐渐有桌椅碰撞的声音传来，有人站起身，走了出去，更多的桌椅碰撞声和摩擦地板声响起，更多的人走了出去。

沈延卿也站起身，一言不发地走了出去。他走出会议室，沿着走廊走出天文台。已经是北京时间晚上 10 点了，但是夕阳还未完全落下。大地的阴影从西方蔓延过来，已经淹没了群山。一阵寒风吹来，沈延卿不禁打了一个寒战，他望向西方，血红的太阳已经看不见了，地平线上只剩下几片薄薄的残云，远处的雪峰上还残留着一丝血色。

第二只拖鞋终于落地了。

难道自己错了？沈延卿思忖着，难道拉玛真的是一个沉默的毁灭者？难道宇宙的真实图景真的是黑暗森林？但即使是黑暗森林，人类也太高看自己了，根本用不着什么光粒打击，也用不着什么二向箔，只要轻轻推动几颗彗星就足以将人类文明从地球上抹去……

他摸出烟盒，点上了一支烟，深深地吸了一口，随着烟雾顺着气流袅袅地飘上天空，沈延卿的心也和全人类的命运一样滑进深深的深渊……拉玛对人类的呼唤一直置之不理，现在人们也知道了它并不是一艘幽灵船，它就像埃及神话中的阿波菲斯，凶狠地向地球扑来，它将吞噬大地和天空，吞噬一切生命，一切的一切都将化为火海中的虚无……

人类文明留下的唯一痕迹大概就是最近100年来有意或无意泄露出去的无线电波，可叹的是，即使未来有外星文明收到了这些信息，它们是否知道人类文明已经不在了。

"小沈啊。"一个苍老的声音在他身后响起，"你这烟瘾可不小，都快赶上你爸了。"

沈延卿一惊，站起来转身向后望去，只见一名身穿蓝色清洁工制服的老人正扶着一把长扫把笑吟吟地看着他。沈延卿连忙踩灭了烟头，不好意思地朝老人笑笑："您好，您是？"

"你肯定不认识我了，我叫刘元，是你爸的老同事，你小时候我还抱过你呢。"老人的声音宽厚慈祥，给了沈延卿一种安定感，他仔细端详着沈延卿，感慨道，"已经这么多年了，都长这么大了，你和你的父亲长得真像，我早就听说你回来了，但是知道你在做重要的工作，就一直没打扰你。"

"刘叔好。"沈延卿的心里涌出一股暖流，他看着这位明显是天文台里的清洁工的老人，有些好奇，"您这是？"

"我一直在4号基地工作，前些年就退休了。"刘元知道沈延卿想问什么，他拍拍扫把，"孩子在上海安家了，前几年把我接过去了，可是老生病，三天两头往医院跑，医生说是什么醉氧引起的并发症，给开了一大堆药，也没啥用。年纪大了，身体调整不过来了，和孩子们住着也不习惯，我就又回来了。说来也怪，一回到冷湖，身体也好了，看来这辈子哪儿都去不了咯。忙惯了，人也不能闲着，这不，就在天文台找了个杂活干着，这人啊，不能闲着，一闲下来就出问题。"

沈延卿望着这位父辈，一时间竟不知道说什么好，他有些手足无措："真没想到，还能在这儿见到您，我还以为……"

"冷湖地底还有石油，只是太难开采了，开采成本已经大于开采后的收益了。"刘元摆摆手，"还是有一些人留了下来的。小沈，你怎么回来了？我听说你母亲她……"

沈延卿的眼神黯淡下来："她去年去世了。"

刘元走到他身边，叹了口气，安慰道："看开点儿，小沈，这人啊，都有这么一天，这就是老天爷给地上的活物安排的命啊，谁都躲不过，在生死面前，人才是平等的。"

沈延卿点点头，脑海中却有一种奇怪的想法，人和人之间真的是平等的吗？他记得一位科幻作家曾经声称，第一位永生者可能已经出现了。这位永生者一定非常富有，他有充足的财力将最先进的医学手段应用于自身，并且能够一直追赶上新技术出现的步伐，最终赶上将意识上传到计算机的技术突破，实现某种意义上的永生。姑且不论将意识上传这种技术是否真的可行，但在资本的面前，老天爷安排的平等也早就打破了，富人的平均寿命早已远远超过穷人了。

沈延卿的沉默让老人有些不安，他有些歉意地说："对不起，我不该提你的母亲……"

"没什么，刘叔。"沈延卿轻轻摇摇头，"您说的没错，每个人都会有这么一天的。"

刘元微微点头，他把扫把放在一边，坐在沈延卿身边的台阶上："你是为天上那个家伙来的？"

沈延卿下意识地摇摇头，但马上又点点头。

"其实在哪里都能看到它吧。"老人说，"不过，冷湖这下可出名了，前一阵子可来了不少记者。"

沈延卿从老人的话语中没有听到担心，反而听出了一丝兴奋，老人还不知道拉玛身后跟随着彗星群的消息，可能他也不认为拉玛是毁灭者，但沈延卿不打算告诉老人这个爆炸性的新发现，就让这位老人延迟一点再听到这个坏消息吧。

"您是怎么看的？"沈延卿突然想知道这位历经沧桑的老人是怎么看待拉玛的，他指指天空，"您觉得它是什么东西？"

"还能是什么东西。"出乎沈延卿的意料，老人反过来安慰起沈延卿来了，"我一把老骨头了，也不太在乎它来地球是干什么的了，不过，我知道咱们人类没有办法对它做什么，要是它铁了心是来毁灭我们的，那就是老天爷的安排了。该咋地咋地，没必要哭也没必要闹，更没必要到处打砸抢，都没啥用。只要明天太阳还会升起来，就继续过日子，别让它们看了咱们的笑话。再说了，我还真不相信那些外星人跑那么老远，是来专门毁灭地球的，咱们在地球上好好待着，也没招谁惹谁不是？说实话，他们要是想毁灭地球，随便丢几个彗星过来不就得了，就像灭绝恐龙的那种……干吗还要眼巴巴地亲自跑一趟？没必要嘛。"

沈延卿没想到从老人的嘴里说出这么一番朴实而又有哲理的话，老人的观点却与他不谋而合了。

"那您觉得，它们是来干什么的？"他饶有兴趣地追问道。

"我不知道，我哪知道呢。"老人坦率地摇摇头，"不过我觉得现在很多人都想得太多了，喜欢把事情想得太复杂。其实世间万物的道理都是相通的，外星人怎么了，它们那里 1+1 就不等于 2 了？外星人也是要讲道理的嘛，何况已经有那么高的科技了，咋还会像野蛮人一样话都不说就直接开战？

听了老人的话，沈延卿隐约觉得脑海深处有道灵光一闪，有些一直抓不住的东西似乎被老人的这番话触动了。到底是什么呢，他到底忽略了什么？

老人拍拍沈延卿的肩膀，然后站起身，郑重地说："小沈，我和你父亲认识很久了，你父亲是个好人，我今天说这些，你可别见外。我知道你们遇到事情了，可能有更坏的推测，但我要告诉你，半个世纪前，我和你的父亲都是第一批来到冷湖的石油人，那个时候，咱们贫油国的帽子还没摘掉，国际上没有人相信我们能在这片鸟不拉屎的荒地下面找到石油，后来我们做到了，我们真的在冷湖地下发现了石油，你知道为什么吗？"

沈延卿也站了起来，老人话语中的庄重打动了他，他不由自主地问道："为什么？"

"心气儿啊，干什么都别丢了心头那口心气儿。"老人说，"心气儿这种东西虽然看不见摸不着，但肯定在哪里都有。我看到很多人都没了心气儿，有的人整日酗酒，有的人跳楼自杀，还有的人打砸抢，你说，杀死他们的是外星人吗？都不是，杀死他们的是他们自己。等外星人来到地球一看，嚯，我还没说我要来干什么呢，地球人就被吓得变成一群野兽了……你说说，这算个什么事儿？说实话，我也不知道外星人是来干什么的，但我知道，啥时候都别认怂，这可不是我们的作风。换句话说，要是真的会死，咱们也应该站着死。"

老人话语中的力量让沈延卿肃然起敬，他郑重地向老人点点头，坚定地说："放心吧，刘叔，我记住您的话了。"

刘元走后，沈延卿陷入了沉思，所谓大道至简，是不是面对这个前所未有的未知，所有人都把它想象得太复杂了，以至于忽略了什么？

沈延卿轻轻闭上眼睛，他想象自己走在一片旷野上，远方有一个白蚁丘，而这个白蚁丘很可能会对他的生存造成威胁，如果他决定去摧毁它，他会怎么做？

和白蚁丘对话？不，没有必要。

走上前去摧毁白蚁丘？不，他完全不必这么做，他有各种手段可以消灭这个白蚁丘。投掷汽油弹，散播专门针对白蚁的瘟疫，甚至发射一颗钻地导弹……相信这些白蚁在毁灭来临之际都不知道真正的毁灭者是什么。

退一万步讲，即使他一时兴起，想去白蚁丘现场消灭白蚁，也没有必要绕一个弯子……

是的，没错，沈延卿突然睁开了眼睛，也许世间道理就是如此简洁，以至于人们把整个事情都想得太复杂了。沈延卿望向天空。是的，他喃喃自语着，答案再简单不过了，他会径直走上前，去烧毁它、摧毁它，而不是绕一条奇怪的弯路……

他终于在这个想法溜走之前抓住了它，拉玛的奇怪行为还有另外一个被所有人忽视的解释，它的目标真的是地球吗？

沈延卿冲回了会议室。会议室里的人已经不多了，除了王台长，还有许橙和赵永生。赵永生则完全无视了墙壁上大大的禁烟标志，一根接一根地抽着烟。

沈延卿走过去，一把夺过赵永生嘴里的烟扔到地上踩灭："老赵，还没到世界末日呢，你怎么开始带头违反禁烟规定了？"

"让他抽吧。"王台长无力地摆摆手，"到这时候了……只要不违法，想干啥就干点儿啥吧……"

"你到现在还不相信拉玛是毁灭者？"赵永生又从烟盒里掏出一支烟，"老沈，我欣赏你的乐观精神，可是彗星群肯定是拉玛用非自然的手段带来的，别骗自己了，正视现实并没有那么难……"

"不不不，你们听我说。"沈延卿转向王台长和许橙，许橙好像刚刚哭过，眼睛里还有泪光闪烁，沈延卿的心里不禁一痛，"我问你们，拉玛的运行轨迹为什么不一开始就对准地球？"

"这有什么关系？"赵永生说，"拉玛再先进，从几千光年以外的地方飞来，能对准太阳系就不错了。"

"是啊。"王台长也说道，"我明白你的意思，拉玛的目标如果是地球，在它进入太阳系的时候，轨迹的终点就应该是地球，但这说明不了任何问题，再高明的水手都不可能在一开始就设置好航线。"

"没错，但拉玛可不是操纵独木舟的水手，而是一个远超人类想象的超级文明。"沈延卿严肃地说，"但是彗星呢？查一下彗星轨迹吧，我敢打赌，它们的目标肯定不是地球。你们可别告诉我，拉玛从柯依伯带带来的彗星也需要进行轨迹校正。"

许橙的眼睛亮了起来，而王台长则苦笑着看了沈延卿一眼："小沈，你是不是真的觉得这个世界上有超级英雄啊？你真的以为就你一个人想到了这一点吗？"

"什么？"不仅仅是沈延卿，许橙和赵永生也将惊讶的目光投向了王台长。

"你们还不知道吧，自从拉玛出现以后，早就有很多国家的科学小组计算了拉玛的运行轨迹，当然还有彗星群的轨迹，没错，它们的轨迹的确不是对准地球的，如果拉玛和彗星群不在越过木星轨道后进行变轨，它们会冲向火星。"王台长说，"但是谁会相信拉玛穿越千万光年来到太阳系，目标居然不是地球？看看吧，早就有科学小组试图在联合国大会上向各大国说明此事，但你们都看到了，即使各国政府相信，这个世界上的人有几个会相信？和平时代就有人相信美国51区藏着外星人，火星和月球背面藏着外星城市，地球其实是平的，埃及金字塔是现代水泥造的……你们太高估人类的理智了，这个时候了，谁还会相信政府？"

"如果有证据呢？"沈延卿喘着粗气，直视着王台长。

"证据？除非拉玛亲自向人类说明。"王台长摆摆手，"但是你们也看到了，拉玛对人类的呼叫从来都是置之不理。"

"我会找到证据的。"沈延卿脱口而出，他说出这句话之后也愣住了，他不知道自己为什么会这么说……但不知道为什么，沈延卿隐隐地觉得证据就在眼前。

"好吧，希望你还有足够的时间。"王台长点点头，站起身向外走去，经过沈延卿时，王台长拍拍他的肩膀，"小沈，我认识你的父亲，他是个好工人，也是个好兄长，你身上这股韧劲儿很像他。"

沈延卿沉默着没有说话，王台长叹了口气，抬脚走了出去。

"老沈，歇歇吧！"赵永生劝道。

"是啊，沈工，哪里能找到什么证据啊？"许橙也红着眼睛说。

沈延卿一言不发，拔腿就走。他需要证据，而且必须是具有说服力的证据。沈延卿的心脏怦怦直跳，他知道现在的每一分钟都变得无比重要，谁也不知道群体性的疯狂什么时候会引燃第一颗核弹，如果有第一颗核弹爆炸，那么人类文明的命运就提前确定了。

证据，证据，能让人类文明重回理智的证据，到底在哪里？

当沈延卿回过神来的时候，他发现自己正坐在观测室里，眼前的电脑屏幕上正显示着上一次异常光波辐射的数据。不知道为什么，他已经回到了观测室，而且不知不觉地打开了异常光波辐射的数据。

异常光波辐射……

不知道为什么，沈延卿的心底涌出一股冲动，俄博梁深处真的有赞神的宫殿。

这个念头一出现，沈延卿自己都被吓了一跳。俄博梁深处……一些模糊的画面闯进他的脑海，他不确定自己到底有没有去过俄博梁。沈延卿站起身，走出天文台，在冷风中，望向俄博梁的方向，那里没有地光，只有一片化不开的黑暗。

沈延卿回到观测室，跌坐在椅子上，渐渐沉入梦乡，很快他就做了一个梦：

一个赤着脚的小男孩在荒野中奔跑，向着远处群山的光芒，脚下是一条银白色的小路。他不知疲倦地奔跑着，一只红色的巨兽拦住了他。

"站住！"红色巨兽像小山一样高，小男孩认识它，它是矗立在俄博梁荒原上的一个红色土堡，白天的时候，它和其他土堡一样，是趴伏在荒原上的死物；当夜晚来临，这个土堡就站起身，在黑夜中伸展开自己的身躯。此时，它就站在小男孩的前方，挡住了小男孩的去路。

小男孩有些惊慌，他停住了脚步，小小的身体被红色巨兽投下的阴影淹没。

这时，另外一个声音出现了，一个巨大的钢铁巨人从他身后走来，越过小男孩的头顶，向红色巨兽冲去。两个巨物很快就缠斗在一起，小男孩趁机从它们身边溜过，继续前进。一路上，无数的红色巨兽出现，每一次都有钢铁巨人保护了他。

不知道过了多久，小男孩终于走到了光的尽头，那是一座黄金和碧玉打造的宫殿，宫殿的红色大门上镶嵌着玛瑙和珊瑚，小男孩推开了大门。

小男孩看到大门后面什么都没有，除了黑暗，什么都没有，只有一片虚空。大门在他身后关闭了，发出沉重的声响，小男孩转过身，大门也消失在了一片黑暗中，小男孩害怕了，他伸出手去摸近在咫尺的大门，却什么都没有摸到，大门消失了。

小男孩想往前走，但地板也消失了，他飘浮在黑暗的虚空之中。他失去了方向，分不清上下左右，也不知道自己身处何处。小男孩害怕了，他张开嘴，正要哭出声时，黑暗中有什么东西出现了，起初是一些微弱的光点出现在小男孩的四周，但很快，模糊的光芒就变得更加清晰了，小男孩忘记了恐惧，他惊奇地瞪大了眼睛。虚空中到处都是奇异的光点，远处有无数的光点聚集成像草帽和螺旋一样的形状的星系缓缓地旋转。

他看见黑暗的虚空中到处都是美丽的光点，这是光的大海，就像身处星空之中。啊，这一定是银河，小男孩想起自己曾经在楼顶看见的那条美丽的光带，这是银河啊，那条银白色的小路真的把自己带到了银河里。

小男孩张开手臂，他感觉自己向前飞去，无数的光点从他身边掠过，他欢笑着在星海中畅游飞舞。

…………

一个星系拉近，那是一个拥有 4 颗行星的淡黄色太阳。小男孩惊奇地瞪大双眼，他看见其中一颗星球是蓝色的，在阳光下熠熠发光，像一颗晶莹脆弱的玻璃弹球。他不由自主地向那颗星球飞去，只见黄绿相间的大陆上飘浮着朵朵白云，两极白色的冰冠就像晶莹的钻石般闪耀。沈延卿的视角和小男孩重合了，他惊奇地瞪大了眼睛，这不是地球，但无疑这是一颗散发勃勃生机的生命星球。

他甚至看到了大陆上有城市和道路，头上长着奇异触角的生灵们在广场上载歌载舞。突然，一片阴影潮水般涌来，生灵们惊恐地望向天空，只见一颗巨大的小行星遮住了它们的太阳，并且向这颗星球急速冲了过来。

星球上的生灵们惊恐地四处逃散，但它们却注定无路可逃。小男孩惊恐地看着那颗小行星闯进了蓝星的大气层，变成一团熊熊燃烧的火球。伴随着一声震耳欲聋的爆炸声，火球分崩离析，星球上所有的生灵都失聪了，毁灭的天火从天而降，撞击在远离陆地的海洋里。即使从太空中也能看到高达数千米的巨浪组成的圆环形死亡之墙向四周扩散开去，速度甚至超过了音速。死亡之墙很快就撞击了陆地，宏伟的城市像沙滩上的城堡般融化了。但这不是全部，小行星撞击到了海床，甚至直接撞裂了地壳，岩浆喷射而出，冲进大气层，然后化为覆盖全球的陨石雨重新落回地面。全球的火山都开始剧烈喷发，毒气四散，这个祥和美丽的世界在瞬间就变成了火海地狱。

小男孩惊恐地转身逃离，不知道过了多久，他看到另外一个星系，一个绿色的海洋星球围绕着一颗散发着温暖光芒的红色恒星转动。这个星球没有陆地，一种看起来纤细脆弱的绿色生物在海底建立起了巨大的城市，无数绿色生物在阳光下的海水里嬉戏欢唱。但距离这颗行星10光年以外的一颗超新星爆发了，袭来的宇宙射线和高能粒子吹散了大气层，吹干了海洋，所有的生命都在宇宙射线的洗礼下变成了灰烬……

小男孩飞过一颗又一颗生命的行星，看着它们一颗又一颗地毁灭，每一个文明的死亡方式都不雷同。甚至有一个行星被闯入本星系的黑洞吞噬，进入视界的行星被拉成了长条状，小男孩惊恐地看到行星上还有生命尚未死去，一个母亲抱着它的孩子恐惧地望着天空，不甘的眼神永远定格了，和它们惊恐的面容一起永远凝固在扭曲的时间之中，直到宇宙毁灭的那一天……

小男孩不禁放声大哭，他感受到生命最原始的感情，即使一个黏菌都有的本能——对死亡的恐惧。

但是更多的星球并不是毁于宇宙灾变，场景倏然变换，沈延卿发现自己正走在一片巨大的废墟之中。无疑，这是一个外星城市，高耸入云的银色高楼如丝线般直插云霄，和同步轨道上的巨大结构相连接。更多的建筑被密封的圆环轨道几乎连成一片，但此时，这个城市已经被遗弃，紫色的藤蔓缠绕着大楼，破碎的轨道早已断裂，无力地垂落着。

沈延卿走过一个个悄无人烟的星球，一片片文明的废墟无声地诉说着这些文明曾经的辉煌，他甚至看到一个巨大的人造城市悬浮在一颗行星的同步轨道上空，但透明的防护罩早已支离破碎，没有任何灯光，只剩一片黑暗的死寂。

毁灭，到处都是毁灭之后的废墟，就像地球上让科学家们百思不得其解的突然放弃城市遁入丛林的玛雅废墟，又像冷湖老基地……

冷湖？意识倏然苏醒，30 年的时光交错，小男孩的身影和沈延卿的身影重叠在一起……

沈延卿睁开眼睛，观测室里刺眼的灯光让他一时没有回过神来。过了好一会儿，沈延卿才从这个荒诞的梦里回到了现实。

他移动鼠标，黑掉的屏幕重新亮了起来，不知道为什么，沈延卿突然觉得,这些看起来杂乱无章的数据里一定存在着什么。他工作了整整一夜,天亮后,满眼血丝的沈延卿给王台长打了个电话。电话一接通,沈延卿就简单地说道:"我想,我已经找到证据了。"

半个小时后,闻讯赶来的王台长在观测室见到了沈延卿。

"什么证据?"一进门,王台长劈头就问。

"王台长,我需要你先回答我几个问题,第一,你知道地光吗?"沈延卿先反问道,王台长注意到他虽然神情憔悴,但两只眼睛却炯炯有神,"我是指冷湖的地光。"

"当然知道。"王台长点点头,急切地说,"和地光有什么关系?"

"那么,这种地光,是科学界描述的地光吗?"沈延卿抛出第二个问题。

"不。"王台长果断地摇摇头,"这不是地震光,这是一种未知的自然现象。"

"第三个问题,这种现象真的是自然的吗?"沈延卿再次问道。

王台长惊奇地看着沈延卿:"你到底想说什么?"

沈延卿从桌子上的一堆资料中抽出一张写满了编码的纸,递给王台长:"前几天的早上,我看到了异常光波辐射从俄博梁的方向射出,我本来以为是错觉,但仪器可不会撒谎,天文台记录了这次的数据,看看吧,我都发现了什么?"

王台长接过白纸,只扫了一眼,就大为惊骇地抬起头看向沈延卿,脱口而出:阿雷西博信息?!"

"没错。"沈延卿点点头,他加重了语气,"有'人'在俄博梁深处发射了阿雷西博信息。"

火 星

王台长惊骇地坐直了身体："这不可能！"

"台长，你已经看到了。"沈延卿指指那张纸，"这就是事实，这个编码和阿雷西博信息的编码方式完全一致，区别就在于，这条信息标识的不是地球，而是火星！"

阿雷西博信息是 1974 年阿雷西博天文台为了庆祝射电望远镜完成改建，以距离地球 2.5 万光年以外的球状星团 M13 为目标发射的编制信息。其中发射的信息中包含了一段地球坐标的信息，位于第 3 位的地球信息被抬升了一格，以表示此信息来自地球。但沈延卿破译的这段信息中的星球片段信息和阿雷西博信息稍有不同，地球的位置没有被抬升，反而是位于第 4 位的火星被抬升了一格。

"可是如果这是真的，这意味着什么，你知道吗？"王台长喃喃自语。

"这意味着俄博梁深处藏着一个拉玛超级文明的信息发射基地！"沈延卿斩钉截铁地说。

"可是这说不通啊。"王台长抓着自己的头发，"这种地光可是在古代就有了……"

"很简单，发射基地一直都在那里。"沈延卿打断他，"凭什么认为发射基地是最近新建的？"

"即使你说的是真的，拉玛人为什么要使用阿雷西博编码方式？"

"第一，拉玛人收到了人类发射的阿雷西博信息；第二，拉玛人希望我们看到这条信息，它们在试图用这种方式和我们对话！"沈延卿的双眼闪闪发亮。

"我还是觉得，这也太邪门了。"王台长还是觉得难以置信，"如果拉玛人想和人类对话，他们为什么不直接现身，为什么要绕这么大的弯子？"

"我不知道。"沈延卿摇摇头，他有些激动地说，"王台长，你一定要相信我，上一次的数据记录并不完整，我只能破译出这条信息，我们不能用地球人类的思维去揣测一个超级文明的举动。这就是证据，它们的目的地真的是火星，它们根本不会变轨的！"

"我会把数据发给上级，我现在就给中国科学院打电话。"王台长一咬牙，立即站起身，"都这会儿了，被当成疯子也无所谓了，相不相信就看上面怎么看了。"

"谢谢你，王台长。"沈延卿激动地握住王台长的手，"他们一定会相信的，一定会的。"

"最后一个问题。"临走前，王台长看着沈延卿，问道，"你为什么会想到这么做？"

"我不知道。"沈延卿说，"我不知道自己为什么会跑来分析这些数据，要是你非要知道一个答案，那只能说是直觉吧。"

"直觉？你的直觉可能已经拯救了这个世界。"王台长点点头，"如果你是对的，沈延卿，历史会记住你的，我们要赶紧在人类玩死自己之前把这条信息公布出去！"说完之后，王台长就急匆匆地走了。

沈延卿顿时瘫软在椅子上，他的脑海里却一直在想，真的是直觉吗？为什么他会跑来分析这些看起来明显无用的杂乱数据？是不是潜意识里，他自己早就怀疑俄博梁深处藏着什么？

头痛又袭来了，沈延卿紧紧地抱着脑袋，到底怎么了，为什么一想到俄博梁深处，他就头痛欲裂。他困倦地拖来一张睡袋，钻进去，很快就睡着了。

当他被王台长摇晃醒的时候，天已经大亮了。

"没人相信你。"王台长焦躁地说，沈延卿的心顿时沉到了谷底，"所有人都认为这只是巧合，没有人相信俄博梁深处藏着一个超级文明的发射基地。"

"可是那些编码，你看到了……"沈延卿几乎跳了起来。

"巧合，这几行编码是从数万行数据中寻找到的，他们认为这只是巧合。"王台长摆摆手，"所有的数据都发给了中科院，中科院很重视这个消息，本着负责任的态度，我们马上就把所有的数据和你的分析结论发给了所有的国际小行星组织成员国，但是希望不大，看起来不会有多少人支持你的结论。"

沈延卿绝望地看着他，喃喃地说："可是他们就在那里啊……"

"好消息是，一个小时前召开的联合国紧急会议已经做出了决议，虽然没人认为你是对的，但全世界的政府都会采用这个结论，向全世界进行权威发布。"王台长说，"至少，你可能制止了人类的自我毁灭。"

拉玛和彗星群的目标不是地球，而是火星。这个消息迅速由各国官方媒体向社会公布，顿时引起了轩然大波。

但科学界还是不太明白，如果拉玛是来殖民太阳系的，为什么会选择火星？如果操纵拉玛的外星智慧生命体的身体是适应火星环境的，那么那些彗星又是什么目的？难道火星上真的存在一些不为人知的秘密，以至于给外星人造成了巨大的威胁？但不管怎么样，按照人类的技术水平，显然不可能与这种外星智慧生命体进行对抗。

同时，各大国纷纷宣布进入紧急状态，各大城市都开始了宵禁。各国武装力量纷纷走上街头，开始使用之前从未使用过的暴力手段控制局势。渐渐地，席卷全球的恐慌被平息了下去，城市里此起彼伏的爆炸声和点燃汽车的硝烟也逐渐消失了。但是互联网上的阴谋论和流言却依然甚嚣尘上，世界末日论者们拒绝相信官方的声明，他们宣称联合国5个常任理事国，以及日本和德国等发达国家早在多年前就知道拉玛来袭，而且他们已经建立起了秘密庇护所。甚至还有更耸人听闻的说法，有人宣称拉玛其实是耶和华的审判之剑，审判日即将到来。

在此之后，各大天文台都给出了同样的测算结果，拉玛和它身后的彗星群的目的地的确是火星，用以佐证冷湖的光波信息。根据最新修正的数据，如果拉玛和彗星群不进行变轨，拉玛将成为火星的卫星，而彗星群将轮番撞击火星。一时间，关于火星的阴谋论甚嚣尘上，相信官方通报的人们在庆幸地球不是目标的同时普遍认为，火星上一定存在某些让外星人忌惮的东西。关于火星的科幻小说再度开始畅销起来。火星曾经是最令地球上的人们着迷的行星，在古老的时代里，火星神秘的红色和飘忽不定的轨道让古人感到不安。埃及人将其视为农耕之神，中国人将其视为不祥荧惑，希腊和北欧人则认为它是战神的化身。夏帕雷利用望远镜观测到了火星上存在大量的"火星运河"和因为季节变化而变换颜色的植被；在乔治·威尔斯的笔下，从火星飞来的驾驶着三足机器的火星人几乎摧毁了整个人类文明；在雷·布拉德伯里的《火星编年史》中，火星是充满诗意和浪漫之情的世界；而斯坦利·罗宾逊的"火星三部曲"则展现了一部波澜壮阔的火星征服史。

从20世纪60年代起，人类开始进行火星探测之后，人类已经发射了数十个探测器接近这颗地球的兄弟行星，其中有9个火星探测任务正在进行中，并且发回了大量信息。但是，火星对人类来说，依然充满了谜团，除非人类自己登陆这颗古老的行星，否则人类很难彻底揭开这颗行星的秘密。很多科学家都坚信，几十亿年前的火星曾经有过一个拥有潮湿大气和海洋的时期，生命曾经在火星上萌芽，即使在今天，火星的深处仍然可能存在着生命。

火星，这颗充满魅力的红色星球，再次成为全人类关注的焦点。

冷湖旧梦

一天，赵永生告诉沈延卿："许橙走了。"

"啊？走了？"沈延卿一时没有反应过来，他下意识地问，"去哪了？"

"她的父母来了。"赵永生叹了口气，"把她带回扬州了，但她说她还会回来的。"

"什么时候的事？"沈延卿的心里突然感到空荡荡的，他这才意识到，今天没有在观测室里看到许橙。自从沈延卿回到冷湖，他发觉这个江南姑娘是天文台中最亮的一抹色彩，让冷冰冰的现实多了一丝温暖的颜色。自从发现彗星群之后，剩下不多的来自内地的工作人员也陆续离开了，并不是所有人都相信拉玛和彗星群的目的地是火星。但是许橙从来没有透露出想要离开的想法，沈延卿也从未开口询问过，也许他的潜意识里害怕许橙离开……

"昨天，"赵永生说，"她是悄悄走的，她说不想惊动任何人。"

沈延卿沉默了几秒钟，开始扒拉起桌上的一沓沓资料和照片。他对赵永生说道："我一直在推算彗星群的质量，我越来越相信我的推断是正确的，老赵，你知道吗？很多科学家都提出过火星地球化的改造方法，如果想快速地改造火星，最快的方法就是牵引大量含水的彗星撞击火星，但是只有彗星是不够的，你看看这个——"沈延卿从桌子上的一叠图片中找出一张，指着上面的一颗亮点说，"我今天早上在彗星群里发现了这个，这不是彗星，它和其他彗星不一样，它没有彗尾，它很可能是一颗含有氨的巨大冰冻小行星，这颗小行星的撞击会释放大量的温室效应气体，加速火星上海洋的形成……"

赵永生把手放在沈延卿的肩膀上，止住了他的话。赵永生看着沈延卿日渐消瘦的脸庞，只有一双眼睛还算明亮，说道："老沈，休息一下吧，不管拉玛真正的目的是什么，你提出的火星假说显然被上头采纳了，你能想到这种可能，已经非常不容易了。"

"可是没有人相信我的结论，你也看到了。"沈延卿苦笑道，"他们采纳我的结论，不代表他们相信，而是因为这个结论可以被用来稳定局势。说实在的，我自己都开始怀疑这些信息有可能真的是巧合。如果拉玛的目标是地球，那么我这么做就太残忍了，亲手给了人类一个希望，又把它打碎……"

"你想太多了，老沈。"赵永生拍拍他的肩膀，"没人能当什么救世主，不管怎么样，秩序正在恢复，至少我们不会自己毁灭自己了……"

"说实话，你相信俄博梁深处藏着拉玛人的发射基地吗？"沈延卿打断他。

让沈延卿失望的是，沉默了一会儿，赵永生最终还是摇了摇头："对不起，老沈，我不想骗你，我也觉得这只是巧合……"

"没事，我知道。"沈延卿颓唐地摆摆手，"毕竟，拉玛人来改造火星这个说法也太……荒唐了。很早之前，NASA 曾经进行过火星地球化的评估，结论是至少也要数千年的时间才可能把火星改造成适合人类生活的环境。而且，改造火星的重点是它的内核，火星的内核已经冷却了，至少已经停止转动了，所以火星没有磁场。没有磁场，火星就没有办法抵御太阳风的侵袭，大气层被剥离。如果解决不了磁场的问题，所有的改造都是在沙滩上建造高楼。火星变成今天这样，可不只是表面出了问题，这颗行星从里到外都出问题了，现在人类还没有想到任何可行的方法来重启火星地核。我真不知道拉玛要怎么做，而且不知道它们为什么要改造火星，我真担心一切推测都是错的……我不断地说服自己，又不断地推翻先前的结论，我都要发疯了。"

"它们是拉玛，是一个能够建造直径 40 千米的飞船、并且能进行恒星际旅行的文明。"赵永生说道，"它们很轻易地就调动了大量彗星群，这说明拉玛拥有人类无法理解的技术，也许对于它们来说，改造一颗行星根本就是举手之劳。"

"你说的对。"沈延卿沉思了一会儿，才说道，"是我钻牛角尖了，我们不了解拉玛，不了解它们的思维方式，不了解它们的价值观，历史上也没有任何可以借鉴的例子……我们不能用人类的思维去揣测拉玛的行为……"

"为什么不看看好的一面呢，彗星群的发现至少说明了拉玛不是毁灭者，如果它们想摧毁地球，只需要轻轻改变一下彗星的轨迹就可以了。"赵永生再次拍拍沈延卿的肩膀，"就像你一开始就说到的，如果拉玛是毁灭者，它根本没必要远道而来。"

"时间不多了，我们很快就会知道了。"沈延卿叹了口气，愣愣地盯着眼前的照片。他说的没错，拉玛距离火星还有不到一个月的路程，距离抵达变轨点只剩下 12 天。如果拉玛的目标不是火星，那么 12 天后，拉玛将变轨，飞向地球。但沈延卿始终觉得，自己是对的，他也在等待着，但不是天空，而是俄博梁。

人类又开始了新一轮的等待，但是这一次，人们的心态有了很大改变。不管怎么样，拉玛的到来已经开始将人类文明的方向扭转了，有不少团体和官员认为人类应该大力发展太空技术，不应该再沉迷于娱乐中故步自封。甚至有激进团体要求政府取缔虚拟现实游戏，将更多的资金注入 X-space 公司，以及用以扶持更多的民间太空公司，重启人类的太空时代。

彗星群的出现也让各个暗中备战的太空大国的准备失去了意义，人类连拉玛都没有把握摧毁，更不用说它身后庞大的彗星群了。而且彗星群的出现更是排除了拉玛是幽灵船的可能，联合国已经正式做出了 2231 号决议，严厉禁止任何国家擅自发动对拉玛的攻击行为。

还没有等到拉玛抵达变轨点，沈延卿却再一次等到了地光。

这一次的光波辐射异常强烈，天文台的主望远镜和 3 个辅望远镜都记录下了这次辐射。不仅如此，冷湖镇的人们也都看到了。凌晨两点半，很多人被窗户外的强烈光线惊醒。光线是如此之猛烈，以至于很多人以为太阳提前升起了，还有人以为拉玛和彗星群已经进入了大气层。

好奇的人们纷纷走出家门，他们看到了一幅终生难忘的景象——光线并不是来自天空，而是从赛什腾山脚下射出，直射苍穹，有如极光般在天幕涌动，整个冷湖地区如同白昼。

正在天文台值守的沈延卿和赵永生也发现了异常，观测室里突然充满了奇异的光线。但是这一次的光波辐射持续时间并不长，仅仅过了 3 分钟，光线就突然消失了，仿佛是有人关掉了开关。这一次的光线是如此之猛烈，以至于同步轨道上的卫星都清晰可见。但是这一次发射的不仅仅是可见光，不管是地面的天文台还是轨道上的卫星，都同时监测到了大量看不见的伽马射线。

"天啊！"赵永生走到窗前，看着天幕上涌动的光线，剧烈的光从俄博梁的方向发出，射向苍穹，天际的云层在光波的照射下疯狂地涌动着，"怎么和我记忆中的不一样？"

沈延卿也震惊地走到窗前，只见强烈的光芒从群山背后射出，照射在云层上，整个云层都被地光照亮，亮光又被反射回大地，整个冷湖镇似乎瞬间进入了白昼，远远望去，甚至可以清晰地看到冷湖老基地和5号基地的废墟也沐浴在一片银色的光辉之中。沈延卿以前见过地光，但是却从未见过如此强烈的地光，如果说之前的地光是微弱的萤火之光，那么眼前所见，则是一团爆裂的火焰。

但这不是结束，突然，一道蓝白色的光柱从群山后面升起，直射苍穹。事后，沈延卿不确定自己是不是听到了声音，但他分明感觉到一股不属于人间的力量在地层深处涌动，耳边分明传来了黄钟大吕般的轰鸣。那一刻，沈延卿似乎感受到了整个大地都在律动。光柱仅仅持续了不到1秒钟就消失了，视网膜上的残影却半天都没有消失。有如实质性的光柱消失之后，渐渐地，地光微弱下来，也很快就消失了，大地重新回到了一片黑暗之中。过了好一会儿，云层散开了，人们才重新看到裂缝中的群星。

"这……"赵永生也瞪圆了双眼，"有人在俄博梁放烟花吗？"

光谱分析仪几乎要瘫痪了，这一次，所有的望远镜和探测仪都记录下了这次光波辐射。

绚丽的光波虽然已经在现实中消失了，但却仍在沈延卿的脑海中回荡。他有些恍惚，一时间还没有从刚才的震撼中醒来。某些最隐秘的记忆被触发了，无数的记忆碎片从记忆之海的深处翻涌上来。他见过这种场景，但已经分不清是幻梦还是现实。他突然想起了那个解开密码的夜晚所做的梦，那真的只是一场梦吗？

更多的记忆在复苏，他能清晰地察觉到记忆之海的坚冰在破碎。

"我以前好像见过这种景象……"沈延卿慢慢地说。

"废话，我也见过啊，那次看完《焦裕禄》回家的路上，很多人都见过啊。"赵永生说。

"不，"沈延卿有些焦躁，"不是那一次，我是说，后来我好像又见过一次……"

"什么？"赵永生困惑地看着他，"我怎么不记得了？"

"我是说，我还见过一次……"沈延卿努力回忆着，一些记忆碎片突破了意识的封锁浮出水面，"那不是梦……"是的，沈延卿慢慢想起来了，那一次看完电影回家的路上看到的地光，是他第一次见到地光，但不是最后一次。

破解密码的那个夜里做的梦，真的只是一场梦吗？会不会是缺失的记忆？他渐渐想起来，睡梦中的自己惊醒了，他钻出被窝，趴在窗台上兴奋地看着远方的地光……

但是后来发生了什么，他却什么都不记得了，他只记得第二天没有去幼儿园，家里多了很多叔叔阿姨，还有妈妈流着泪的脸……

等等，妈妈流着泪的脸……沈延卿悚然一惊，妈妈为什么会哭？那天晚上到底发生了什么？

也许是看到沈延卿的表情不对，赵永生拍拍他的肩膀："老沈，别硬撑着了，你先休息一会儿。"

沈延卿没有应答，他面无血色，冷汗直冒，无数的记忆碎片从他脑海深处泛起，虚虚实实，6岁的孩子的记忆又混杂了多少梦境和瑰丽的想象。那个梦境是如此的真实，那种在宇宙中穿行的感觉又是如此的逼真美妙，那些被摧毁的画面又是那么清晰可见，还有那个永恒的不甘的眼神，充满了对生的渴望和留恋，仿佛是对宇宙发出的拷问……沈延卿不禁浑身一抖，简直太真实了……他不禁开始怀疑，为什么他对星空如此着迷，为什么高考后他毫不犹豫地填了天文学相关的专业，为什么会回到冷湖，为什么他会下意识地去分析那些数据……难道这一切都是因为6岁时的那次经历？难道刚才所见根本不是一场幻梦，而是曾经发生过的事实？是不是他潜意识里知道俄博梁深处藏着什么？为什么他能精确地从浩如烟海的数据中提取出有价值的信息，并且用阿雷西博编码进行破解？

这么多年来，沈延卿一直回避着那个记忆之海中的雷区，但他知道在他的记忆之海中深藏着什么秘密。那个隐藏在他的记忆之海深处的地方，被他的潜意识彻底地封锁在一扇钢铁大门之内。但是，一些记忆碎片还是顽强地从大门的缝隙里钻出来，影响着他的生活，甚至影响着他的人生……

真的是冥冥中的命运让他回到了冷湖吗？真的是冥冥中的命运让他选择了天文学作为一生的追求吗？

沈延卿靠在沙发上，闭着眼睛，十指却深深地抓进沙发里，甚至将皮革都扎透了，额头上也出现了豆大的汗珠。

"永生，你还记得格桑爷爷家的花园吗？"沈延卿艰难地问道。

赵永生很担忧地看着沈延卿，过了好一会儿，他才慢慢地说，声音中透着浓重的关切："老沈，我早就知道你有一些精神上的问题，看起来地光就是刺激源，我看你先回南京吧，我马上给你订票，冷湖——"

"回答我。"沈延卿粗暴地打断他，"快回答我！"

"老沈，"赵永生的声音里充满了无奈，"唉，基地里喝的水都不够，哪有什么花园啊！"

听到老赵的话，不知道为什么，沈延卿的鼻子一酸，眼泪差点儿滚落下来。原来根本没有花园，没有什么格桑爷爷，也没有卓玛的故事，一切都是他幻想出来的。可是，他为什么要幻想出这一切，一定是从雷区泄露出来的记忆让他的潜意识感到困惑，为了自圆其说，幼小的沈延卿在大脑里虚构出了辅助的情节，随着时间的推移，逐渐变成了他脑海中确信不疑的"真实"记忆……

"那卓玛的故事呢？"沈延卿再次问道，"我明明记得格桑爷爷给我们一起讲过卓玛的故事，卓玛连续 3 天丢了羊，然后去了赞神的宫殿，然后……"

看着沈延卿希冀的目光，赵永生还是摇摇头："我不知道这个故事，老沈，没有什么格桑爷爷的花园，也没有格桑爷爷的故事。"

"原来是这样。"沈延卿喃喃地说，"原来所有的一切都是我想象出来的吗……"但更多的疑惑从他的脑海里浮现，他突然急切地问道，"我父亲……他是怎么死的？"

赵永生移开了目光，仿佛不太愿意谈论这个话题。"火灾。"他简单地说，"你知道的……"但是他闪烁不定的目光出卖了他。

"火灾……"沈延卿仿佛是在自言自语，没错，在他的记忆里，父亲死于一场火灾，一个储存石油的油库起火，父亲端着水盆冲进了火海，再也没有出来……

一直以来，沈延卿都对这个记忆深信不疑，父亲是一个死于救火的英雄。但现在，封存的记忆大门再次被推开一小段缝隙，沈延卿不禁开始怀疑，油库起火，怎么会端着水盆去救火？这是明显违反常识的。这个让他深信不疑的细节很明显是一个幼稚的孩子对救火的最直接的想象。

父亲真的是死于火灾吗？沈延卿的信念大厦出现了一条难以弥补的裂痕，裂痕慢慢扩大，如蛛网般迅速布满了大厦全身。

"不，"他浑身颤抖了一下，他直视着赵永生，"老赵，别骗我了，告诉我，我的父亲不是死于火灾……"

赵永生叹了口气，目光里充满了同情，他似乎终于下定了决心，也加重了语气："沈延卿，我可以告诉你，但你千万保持冷静，不要激动，那不是你的错……"

沈延卿点点头，他充满希冀地看着赵永生，心底却泛起一丝冰冷的恐惧。

"你 6 岁那年的事情，我也听说了，那是 1990 年，北京开亚运会那年，不知道为什么，你在半夜离家出走了，很多人都出去找你，天快亮的时候才在俄博梁方向的镇子外面的荒野里发现你……所有人都以为你在镇子里的某个角落，他们找遍了电影院、学校……只有你父亲认为你去了俄博梁……事实证明，他是对的……"

轰然一声巨响，记忆的闸门被彻底粉碎，被隐秘封锁的记忆如冲破堤坝的洪水般喷涌而出，将沈延卿这么多年来一直虚构的记忆冲得粉碎。

沈延卿终于想起来了，那个夜晚，赤脚的小男孩沈延卿看到了俄博梁深处发出的绚丽的光，他兴奋地冲出门，向俄博梁奔去。奇怪的是，按理说，一个 6 岁的孩子即使奔跑一整夜也跑不了多久，更何况荒野里还可能有游荡的孤狼。但是沈延卿分明记得自己跑到了群山之中，走进了那片奇异的光。下一个记忆就是自己在离 5 号基地不远的荒野里游荡，一群人打着手电筒向他跑来……那其中没有父亲……

没有人相信他的话，他反复告诉大人们，他看见了地光，沿着银白色的小路在钢铁巨人的护卫下走进了赞神的宫殿……但是没有人相信他，直到母亲愤怒地揪着他的耳朵让他闭嘴！人们把他带回了家，但是父亲却一直没有回来。他又冷又怕，独自蜷缩在小床上睡着了。

"后来……"赵永生似乎不太情愿谈起这个话题，"大家都说你的精神不太正常了，你给所有人都说你去了赞神的宫殿，还去了天上之类的话……"

"我的父亲，"沈延卿轻轻打断了赵永生，"他是不是死在了找我的路上？"

赵永生沉重地点点头："你别自责，那不是你的错，你那时候只是个 6 岁的孩子……"

"他迷路了，遇到了狼群，对吗？"沈延卿自顾自地问道，更多的坚冰碎裂，记忆的洪流从裂缝中喷涌而出，他逐渐想起来了，根本没有发生什么火灾。

沉默了一会儿，赵永生才慢慢说："按理说当时的冷湖镇周围应该没有狼群了，狼群是怕人的，但是谁也不知道那股狼群是从哪里冒出来的。伯父他……"他犹豫了一下，才继续说下去，"天亮之后，大人们才找到他……他的遗骸。"

原来是这样，原来这才是真相，沈延卿终于想起来了。第二天，他看到母亲流着泪的脸，人们的窃窃私语和看向他的目光，有可怜，有同情，有冷漠，还有怨恨——来自母亲的怨恨的目光。小沈延卿隐约知道发生了什么，他却一直倔强地没有哭，甚至在父亲的葬礼上，沈延卿也紧紧地闭着自己的嘴巴。在接下来的一个月里，沈延卿没有说一句话，也没有掉一滴眼泪。直到母亲带他离去的前一天，沈延卿看到父亲养的金鱼漂在腥臭的水面上，他才放声大哭。

从此以后，沈延卿就自我封闭了这段记忆，随着年龄的增长，他真的把这段可怕的记忆遗忘了，并且在脑中虚构出了一段记忆来填补这块空白，以至于多年以后，沈延卿对自己虚构出来的这段记忆深信不疑。

他终于明白了为什么周围的人从来不对他提及他父亲的事情，原来是他害死了自己的父亲，如果不是他在半夜跑出家门，父亲也不会……

多年积累的悲伤之潮从他的脚底升起，沈延卿紧紧地捂着脸，任凭悲伤的潮水把他淹没。过了好一会儿，沈延卿的情绪稍微平复了一些，悲伤的潮水逐渐消退，理智慢慢地回到了他的脑海，他才真正意识到发生了什么。

　　仿佛一道闪电突然撕破云层，沈延卿突然全都明白了。

　　如果那不是梦，他的精神没有问题，6 岁的沈延卿说的那些话不是撒谎，他真的走进了赞神的宫殿，他走进了拉玛的发射基地！他真的看见了星辰大海……

　　"我不是疯子，我不是疯子……"沈延卿突然站起身在地板上来回地奔跑，又哭又笑，嘴里一直重复着，"我不是疯子，都是真的，我真的看到了，我没有撒谎……"

　　赵永生顿时被吓坏了，他起身拦住沈延卿："老沈，你……你没事吧……"

　　沈延卿突然站住了，他愣愣地看着赵永生，没头没脑地说了一句："加氧棒。"

　　"什么？"赵永生更担忧了，看起来沈延卿好像已经变成了一个疯子。

　　"我是说，上次的数据不是巧合，俄博梁真的有拉玛的发射基地。"沈延卿说道，目光沉静，"因为我去过。"

　　赵永生张大了嘴巴："你说什么？"

　　"没错了，它们一直存在于地球上，只是我们从来都没有意识到它们的存在。"沈延卿抓着赵永生的肩膀，快速说道，"30 年前，我曾经到过那里，它们用某种我们无法理解的方式为我展示了宇宙的真实图景，我真的看到了星海和银河，我看到了无数个文明的毁灭，那就是拉玛想让我看到的，它们想告诉我什么，我真的看到了，那不是梦，只是对于一个 6 岁的孩子来说，那时的所见所闻是不可理解的，所以它们封闭了我的记忆，但是刚才，我的记忆被唤醒了，是它们在呼唤我。看到刚才的地光了吗，那是超级文明拉玛——随便怎么叫它们吧。总之，那就是它们给我们这个大鱼缸里安置的加氧棒，现在，鱼儿察觉到加氧棒了。"

　　"老沈！听我的，别多想了，先回去睡一觉，好好休息一下。"赵永生深深地叹了口气。

"我知道你不会相信的。"沈延卿冷静地说，他放开赵永生，继续在地板上来回走动着，眼神明亮，思维也是前所未有的清晰，所有的碎片和线索就像一幅早已经准备好的拼图，直到今天才开始显现出完整的图像，"不过这是可以理解的，毕竟这种说法太过离奇，一个超级文明怎么会选择一个6岁的小男孩作为沟通的桥梁，你一定觉得我疯了，没错，我也觉得我快要疯了，这简直是痴人说梦，但我知道这是真的，尽管我不知道为什么它们选择了我，当然，大概率是巧合，也有可能我并不是唯一一个被选择的。听着，这一次的地光发射强度和我6岁那年的不相上下，这是在俄博梁的超级文明向拉玛发射的信号，但这一次的数据都被天文台记录下来了，如果你们认为上次的数据是巧合的话，那么就分析一下这次的数据吧，我相信这一次的数据更完整，包含了更多的信息！"

说到这里，沈延卿突然站住了："你一定是觉得我疯了，不过没关系，"沈延卿摆摆手，"我也觉得我疯了，但是我会证明我没有疯的。"说完之后，沈延卿就大步走了出去。

沈延卿在门口遇到了正准备推开观测室大门的王台长。

沈延卿朝他简单地点了点头，然后就大笑着走了。王台长走进观测室，看见赵永生正呆立在地板上，他指着沈延卿离去的方向问道："沈延卿是怎么回事？"

"你都看到了？"赵永生说，他指指窗外，"地光。"

"我就是为这个事情来的。"王台长说，"小沈是怎么回事？"

赵永生叹息一声，然后给王台长讲述了沈延卿小时候的经历，最后他说："不管这种地光是什么，沈延卿坚持说他6岁那年看到了地光，还有什么来自赞神的呼唤之类的胡话。沈延卿是一个尽责的科学工作者，可是他的精神状态实在是不太适合继续……"

"你认为他在胡说？"王台长打断他。

"还能是什么呢？"赵永生扬起眉毛，"他6岁那年的经历——让他一直在潜意识里认为是他害死了自己的父亲，这事儿在当时的冷湖挺有名的。我以前听大人说过，他那年是在离基地不远的地方被发现的，当然了，一个6岁的孩子能跑多远，他根本就没有跑到俄博梁，更不可能走进什么赞神的宫殿，都是一个孩子为了逃避那段可怕的记忆给自己编造出来的谎言。你不会真的认为一个6岁的孩子走进了俄博梁的外星人基地吧？"

"我不知道。"王台长坦率地说，"但是这么多的巧合一起发生，就必定不是真正的巧合了。如果沈延卿说的是真的，如果他真的走进过发射基地，是不是就能解释他为什么能够破译密码了？因为只有他潜意识里知道那些数据中潜藏着什么。"

赵永生的神情也凝重起来，此时他终于意识到了这件事情的严重性。

"如果沈延卿说的都是真的，那么很好验证……"他指指头顶，"相信这一次记录下来了更多的光波辐射数据。"

"没错，我会安排这件事情的。"王台长严肃地说，"如果我们能再次找到上一次沈延卿发现的密码的话……"

赵永生点点头："我去看看他，先把他送下山。"说完之后，赵永生也急匆匆地走了出去。

赵永生走出天文台之后，只听到一阵汽车引擎的轰鸣声，沈延卿已经开车离开了。赵永生在寒风中呆立了一会儿，不禁为这位童年好友感到深深的担忧。

观察者

第二天一大早，赵永生就被急促的手机铃声吵醒了，他接起电话，手机里传来了王台长略显焦躁的声音："老赵，快看电视，冷湖又上新闻了。"

赵永生心中一凛，立即翻身下床。他随便披了一件衣服，打开电视。中央新闻台正在播放特别新闻，留着短发的主持人正在播报着关于冷湖发现异常光波辐射的新闻。

这一次出现的地光强度之大，闻所未闻，即使远在太空同步轨道上的气象卫星都侦测到了冷湖地区出现的剧烈闪光。一时间，众说纷纭，尘嚣四起。西方各国也都注意到了发生在冷湖地区的异常光波辐射现象。各大知名新闻媒体都已经发布了关于冷湖异常光波辐射的紧急新闻：CNN质疑中国军方在西部冷湖地区部署了激光武器，疑似进行了太空武器试验；BBC则认为中国冷湖火星模拟基地发生了爆炸事故；甚至还有个别媒体认为中国开展了新一轮地面核试验，但这一点很快就被否认了，因为没有一个地震台监测到核试验会引发的震波；路透社则注意到冷湖地区恰好是发现拉玛的天文台所处的位置，认为中国人正在试图用激光联系拉玛。

中国官方很快就发布了正式声明。新闻发言人在记者会上正式澄清，此次冷湖地区的异常光波辐射并非激光武器测试，与火星模拟基地也毫无关系。相反，此次事件属于未知事件，中国是一个负责任的大国，中华文明是人类文明的重要组成部分，中国政府绝不会绕过人类社会单方面试图联系外星智慧生命。鉴于此次事件的异常和冷湖地区的敏感性，中国科学院和国家航天局会组成联合科考队前往冷湖进行考察，考察结果会第一时间向全世界公布。同时，欢迎各国派出官方考察队和观察员进行监督调查。

新闻很快就结束了，赵永生关掉电视，他心里当然清楚，地光肯定不是什么赞神的宫殿，但也肯定不是科学界普通认知中的地震光，当然，如沈延卿所说的地光是超级文明在地球上安置的加氧棒就更是毫无证据的无稽之谈。冷湖天文台是第一个发现拉玛的地方，在这个敏感的时刻、敏感的地点，如此强烈的异常光波辐射难免会引起不明真相的人们的各种猜想。

"这是明面上的说法。"王台长的声音从手机里传来，"现在很多人都开始相信俄博梁真的藏着外星基地了。你赶紧收拾下，和沈延卿一起来天文台，他的电话打不通。"

"好。"赵永生挂了电话，心底腾起一股隐隐的不安，俄博梁里有外星人基地这个说法太匪夷所思了，他还是觉得异常光波辐射是一种未知的自然现象，就像古代的人们看到极光，也会给极光这种自然现象赋予许多神话传说。就像中国古人认为极光就是掌管着日夜的烛龙一样。他开始拨打沈延卿的手机，却只听到自动语音提示：您拨打的电话不在服务区。

赵永生挂掉电话，心中更加不安。他突然意识到自己可能犯了一个错误，昨晚不应该让沈延卿一个人待着。来不及多想了，赵永生很快走出门，一路小跑着来到沈延卿的宿舍楼，他飞快地爬上黑漆漆的楼梯，来到了沈延卿的单身宿舍门口。一阵猛烈的敲门之后，门内一片安静。一种不祥的预感从赵永生的心底升起，他快步走到单元楼道的窗户前向下望去，顿时心里猛地一沉——沈延卿的帕萨特不见了。

沈延卿走了，甚至没有打一声招呼。他是什么时候离开的？连夜走的还是早上走的？为什么手机显示不在服务区？赵永生的心底产生了一丝愧疚和不祥的预感，这个童年老友放弃了内地的一切回到冷湖，却被当成一个精神病人，何况，昨夜他得知了父亲遇难的真相，万一一时想不开……

赵永生不敢再想下去，他开始自责起来，在前往天文台的路上，赵永生一遍一遍地拨打着沈延卿的手机，但回应始终是冰冷的"不在服务区"。

他走进观测室的时候，依然心神不宁，以至于没有注意到王台长和几个技术人员已经在观测室里了。

"沈延卿呢？没和你一起来？"王台长看到赵永生失魂落魄的样子，心里已经凉了半截。

赵永生这才注意到王台长。"他走了……"赵永生嗫嚅着说。

这时，王台长注意到赵永生手里的手机，他也摇摇头："我也没打通他的电话，我还以为他跟你在一起，现在看起来，他这是不辞而别了。"

赵永生没有说话，默认了王台长的说法。

"刚才我们收到了国际小行星预警中心直接发来的斯皮策和哈勃的确认信息。"王台长表情严峻，"异常光波辐射发射的目的地就是当时拉玛所处的位置。"

"什么？"赵永生大吃一惊，"这是巧合吧？"

"巧合？巧合？"王台长瞪着赵永生，有些严厉地说，"你认为所有的一切都是巧合吗？你这是一个科学工作者应该有的态度吗？"

王台长前所未有的严厉态度让赵永生猛然警醒，他意识到自己可能犯了一个科研工作者很容易犯的错误。他记起自己曾经在一本书里看到过一段话，对于一个超越当前科学框架的假说，只有两种人会去接受它，一种是无知的路人或者阴谋论者，一种则是能轻易跳出现有框架和思维定式的真正天才。赵永生不禁自嘲地想到，自己看起来落入了俗人一族了。

"我明白了，我不该那么早就下定论。"赵永生有些惭愧地点点头，"我现在就去联系交警队，查看一下沈延卿的车子是什么时候离开冷湖的，不管怎么样，要先把老沈找回来。"

"很好，我立刻就安排人走访一下老冷湖人和本地藏族同胞。"赵永生的话提示了王台长，他果断地说，"最好能统计到这种强度的光波辐射有没有规律性。"

赵永生很快就到了交警队，出示了证件后，办事的警察马上就调出了早上的监控录像。

"奇怪。"年轻的警察是一个叫扎西的藏族小伙子，有着一头卷曲的黑发和黑红的脸膛，他疑惑地看了赵永生一眼，"你说的这辆车，根本没有出现在出冷湖镇的路上，是不是搞错了？"

赵永生的心里一动，他问："能不能查查去俄博梁的方向的摄像头？"

"这个季节去俄博梁？"扎西有些奇怪，但他还是调取了另外一份记录，然后他的神情凝重起来，"你看看，是不是这辆车？"他转动显示器，指着屏幕让赵永生看。

赵永生看了，然后他摇摇头，他看到了熟悉的沈延卿那辆帕萨特。我的老天，他在心里呻吟一声，他早该想到的，沈延卿下山之后，根本就没有回宿舍，而是直接开车去了俄博梁，就像他30年前做过的那样。

赵永生失魂落魄地回到天文台，向王台长汇报了这个消息。沈延卿是一个成年人，失踪不到 24 个小时，警方是不会立案的。王台长则当机立断，立即通过天文台官方渠道联系了警方，要求警方立即参与搜寻工作。他们都知道这个季节去俄博梁意味着什么，一旦遇到沙尘暴，非常容易迷失在广袤的雅丹丛里，而一旦迷路，命运就基本确定了。

"都怪我。"赵永生不停地自责着，"昨天晚上我就该想到了，我不该让他一个人待着……"

"你也别多想，沈延卿是一个成年人了，应该为自己的行为负责，不过——"王台长摆摆手，示意赵永生不必自责，"他 6 岁那年，有没有可能真的去了俄博梁？"

"没有。"赵永生肯定地说，"我听说，他当时是在离 5 号基地不远的地方被发现的。"

"有没有可能，俄博梁深处真的有一个外星人基地，它们劫持了沈延卿，然后又把他送了回来？"王台长若有所思地说，"昨天晚上，我想了一夜，我越来越觉得沈延卿的经历可能是真实的。"

"当然有这个可能。"赵永生说，"如果在这一次获得的数据中还能找到阿雷西博信息，那至少能说明沈延卿的判断是对的。"

"那就这样吧。"王台长迅速拍板，"立即组织人员对这一次异常光波辐射事件的数据进行分析整理，务必在调查组到来之前做好准备。至于沈延卿——"王台长有些苦恼地摸摸下巴，"和警局保持好沟通，告诉他们，沈延卿是一个很重要的科学家，务必要找到他。"

冷湖天文台再次陷入了忙碌之中，与此同时，冷湖地区的异常光波辐射发射的目的地是拉玛的消息被新闻媒体披露出来之后，顿时引发了轩然大波。中国官方再次发布了紧急声明，中国科学院及国家天文台、紫金山天文台的相关科学家紧急组成的调查组将前往冷湖进行调查，同时欢迎各国的科学家和政府观察员参加调查组。

让天文台的众人感到意外的是，仅仅 3 天后，就有一名重量级的不速之客——中国科学院的知名物理学家王淼来到了冷湖天文台。

"不休息了，不休息了。"王淼教授今年不到 50 岁，精神矍铄，一头稀疏的头发已经盖不住头顶了，他似乎完全没有被高原的气候所影响，一到天文台，就立即要求召开紧急会议，"时间紧迫啊，赶紧介绍一下情况吧。"

"王教授，所有的数据都已经共享给了中科院和天文台。"王台长提醒王淼，"您看，这一次的数据和上次的数据相比多了不止一个数量级，我们天文台不是专门的数据分析机构，也没有懂密码学的人员，这……"

"数据已经收到了，现在有专门的科学组正在处理，先讲讲光波辐射事件本身吧，"王淼急切地说，"我对这种现象本身非常感兴趣。"

王台长立即召集了天文台所有人员参加的会议，会上，王台长首先向王淼教授介绍了当前的情况，并且展示了天文台采集的关于此次异常光波辐射的数据。

"我有一个问题。"王淼举起手，"这种异常光波辐射事件，最早能追溯到什么时候？"

"我们走访了本地的藏族同胞，关于赞神居住于俄博梁的传说至少可以追溯到唐代。"王台长早有准备，"也就是说，这种异常光波辐射出现的时间可能不会晚于 1500 年前。"

王台长的话引起了一片窃窃私语，王淼追问道："为什么之前没有人注意到这种现象？"

"这很好理解。"王台长解释道，"首先，冷湖地区地处偏远，长期游离于中原王朝管辖之外，在古代很少有汉人会到这里定居。我们还不了解像前几天那种强度的光波辐射发生的频率，但是有一点是肯定的，这种光波辐射而且这种异常光波辐射并不是像人们想象的那么频繁，最近 100 年里，也只发生过两次。在交通和信息极度不发达的古代，即使少数民族发现了这种光波辐射，也只会将其和神话传说联系起来，难以得到大规模的传播。"

"也就是说，冷湖天文台建立以来，这一次的异常光波辐射事件是第一次被科学地记录下来，对吗？"王淼若有所思地问。

王台长点点头："没错，不过，在两个月前也曾经有过一次数据记录，那一次的光波辐射非常微弱，大概没有人目击到，我们本来以为那一次是系统误报，现在看来那一次可能才是第一次记录。"

"也就是说，这种光波辐射的强度其实并不是每次都像前几天那么强烈到能被人看到。"赵永生补充道，"第一代冷湖人也曾经见过这种现象，他们把这种现象称为地光，和学界的地震光混为一谈，现在看来，这种光波辐射明显和地震光是不同的，但在那个年代，开采地下的石油才是重中之重，所以在那个年代能有这种科学的解释已经是一种进步了。"

在座的与会者们纷纷点头，王淼说："上一次出现能被人肉眼见到的光波辐射是什么时候？"

"大概 30 年前。"赵永生犹豫了一下，才说道，"没错，就是 30 年前，那一次 5 号基地的电影院播放了电影，很多人正好走在散场的路上，大概是晚上 11 点半……"

"能不能寻访到目击者？"

"我就是。"赵永生说，"那年我 6 岁，那一次的光波辐射很强烈，所以我的印象才那么深刻。"

"持续了多久，还记得吗？"

"不记得了。"赵永生有些歉然地看着王教授,"太久远了,但时间肯定不长,可能只有 1 分钟,甚至更短。"

"前几天的光波辐射持续了 48 秒。"王台长补充道。

"这么说,这 30 年里,光波辐射只出现过两次,对吗?"王淼不停地拿着笔在笔记本上写写画画。

"这……"赵永生犹豫了一下,他的目光和王台长隔空对视,终于还是下定了决心,"30 年前那次目击事件之后,很可能一年后又发生了一次,但这一次的目击者可能只是一个 6 岁的孩子……"

"谁?"王淼手中的笔停止了转动。

"沈延卿。"

"听起来你好像不太确定?沈延卿在哪儿?"王淼皱起眉头,他的目光在人群中搜寻着,看起来似乎认识沈延卿的样子。

"您认识沈延卿?"王台长试探着问道。

"当然,现在谁不认识他?"王淼有些惊奇地看了王台长一眼,"我们反复核对了他上次的分析结果,认定这基本不可能是巧合,要么就是有人在做恶作剧,要么就是真的有一座外星人基地藏在俄博梁,但是现在,我个人更倾向于后者了。"

"啊,您是说,您也认为俄博梁真的有外星人基地?"王台长有些兴奋地问道。

"都这个时候了,任何假设都是允许的。"王淼点点头,"我了解沈延卿,他虽然有时候有些神经质,但绝不会搞学术造假那一套,对了,我曾经是他的研究生导师,他人呢?"

"对不起,王教授,沈延卿可能独自去了俄博梁。"赵永生满脸通红,"我们已经报警了,警方正在搜寻,这都怪我……"

王淼抬手制止了赵永生,神色严峻:"到底怎么回事?"

"我不知道，您是否知道沈延卿童年时的那次经历和他父亲的事情？"王台长试探着问。

"我只知道他幼年丧父。"王淼说，"这么说，还发生过其他事情？"

"这件事情有些离奇，还牵扯到沈延卿父亲的死。"赵永生终于说出了更多，"事实上除了沈延卿，没有人声称看到了那夜的光波辐射……"他讲完之后，王台长补充道："警方还在尽力搜寻，他们在俄博梁外围找到了沈延卿的车，看起来他独自进了俄博梁，情况不是很乐观，他没有做任何的准备，而在俄博梁很容易迷路，一旦迷路……"

沉默了一会儿，王淼从随身的皮包里掏出一支烟斗，叼在嘴里，有些含糊不清地说："说说你们的看法，你们认为沈延卿是不是真的走进了外星人基地？"

"我认为是有可能的。"王台长说，"但需要进一步的证实，如果在这一次的数据里还能发现阿雷西博编码，就说明沈延卿的话是真的。"

"很好。"王淼点燃烟斗，"让我们来梳理一下，拉玛的出现已经证实了超级文明是真实存在的。前几天，沈延卿坚持认为俄博梁有外星人基地，异常光波辐射就是外星人基地发射的信息，而且他真的从信息中破解出了阿雷西博编码，也的确发现了关于火星的字眼，佐证了拉玛和彗星群的轨迹。这一次的光波辐射让沈延卿想起了尘封的记忆，他坚持认为自己6岁那年的确去了俄博梁深处，进入了赞神的宫殿或者说拉玛人的发射基地，没错吧？"

"没错。"王台长点点头，"情况大概就是这样。"

"这么多的巧合可能会同时发生吗？"王淼在水晶烟灰缸里磕磕烟斗，"所以我认为俄博梁必然存在一个超级文明的基地。所以沈延卿的经历是非常关键的，我们必须找到他，必须知道他6岁那年到底在俄博梁经历了什么。"

赵永生皱着眉头："也许他已经告诉我们了，他曾经反复跟我提到一个没讲完的故事……"

"什么故事？"王淼停止了磕烟斗的动作。

"沈延卿幻想出来的格桑爷爷讲的一个故事：卓玛是一个放羊女，每天都会不知不觉丢失一只羊，然后她为了寻找丢失的羊，沿着一条银白色的小路走进了山里，走到了赞神的宫殿。"赵永生有些难为情，"但是根本没有什么格桑爷爷，也没有什么花园。可能我不该说这些……"

"不不不，非常有必要，如果我们要认真对待沈延卿的观点，就要尽可能地知道所有信息。"王淼示意他接着说下去，"这个故事的下半部分呢？"

"没有下半部分了，沈延卿说他已经不记得了下半部分了。"赵永生摇摇头，"但我们现在都知道了，这个故事是沈延卿臆想出来的，但也有可能包含了一些真实成分。"

"有可能。"王淼点点头，他又吸了一口烟，才说道，"既然这条路走不通，那么就让我们反过来思考吧——我们假设沈延卿是对的，超级文明很早就在地球上设置了观察点，拉玛人一直以观察者的身份观察着地球，这种异常光波辐射就是超级文明向母星或者游弋在宇宙中的母舰发射的某种信息。30 年前的那一次被广泛目击到的光波辐射也许是基地发射了召唤拉玛的信息，前几天的光波辐射是基地给拉玛发射了最后的定位信息。"

"可是，如果它们一直都在冷湖，我们为什么从来没发现过它们？"王台长还是觉得有些匪夷所思。

"鱼缸里的鱼永远意识不到眼前的加氧棒。"赵永生心里一动，接口道，"而且地球上的确出现过很多关于 UFO 的目击事件，据我了解，青海西部是 UFO 的高发目击区之一，以至于很多人都相信青海西部的群山中隐藏着 UFO 基地。"

"加氧棒，我喜欢这个比喻。"王淼赞许地向赵永生点点头，他继续说道，"让我们回到这个假设本身吧，很久以前，一个来自外星的超级文明在冷湖区域建造了人类无法察觉的基地，时不时地向母星或者母舰发出关于地球的信息，偶尔会出现可见光，被远古的人们看到，于是形成了关于群山中的山神传说。30 年前发生了两次异常光波辐射事件，但只有 6 岁的沈延卿看到了第二次，出于某种未知的原因，沈延卿被某种未知的力量吸引到了光波辐射的源头，超级文明和他进行了某种形式的交流，然后又将他送回了 5 号基地外围。但是由于他父亲的意外，这个孩子陷入了极大的自责和害怕之中，所以他的大脑启动了自我保护机制，虚构出一个格桑爷爷的花园，将真实的经历转变成从格桑爷爷嘴里讲出的神话故事。对于父亲的意外，他强行虚构出父亲是死于一场火灾的记忆，久而久之，这些记忆都被当成了真实的记忆，但是潜意识里，沈延卿知道一切都是虚假的。你们不觉得很奇怪吗，沈延卿完全没有任何理由回到冷湖，如果只是为了观测拉玛，冷湖天文台除了是拉玛的第一个发现地，在设备和技术上并没有明显的优势，以沈延卿的能力，如果只是为了更好地观测拉玛，他完全有能力去条件更好的天文台，也许真的是潜意识的记忆让沈延卿回到了冷湖，或者说，是某种冥冥之中的力量……"

听了这段话，大家都沉默了，赵永生突然想到沈延卿刚回到冷湖时的那场谈话，沈延卿说，是冥冥中的命运让他回到了冷湖。

"可是，王教授，如果你的假设是真实的，这个超级文明到底要干什么？现在所有的观测信息都表明，拉玛和彗星群的目的地不是地球，而是火星。"赵永生有些苦恼地说，"他们为什么会选择一个 6 岁的孩子作为沟通桥梁？如果他们想和地球文明接触，为什么不去找联合国，为什么不和官方联系？"

"恕我直言，你还没有脱离传统的思维定式。"王淼不太客气地说，"你觉得，在一个超级文明眼里，我们是什么？"

"亚马孙丛林中的土著部落？"赵永生有些涨红了脸。

王淼摆摆手："你也太高看人类文明了，在超级文明眼里，也许人类社会连猴群都不如。那么，人类的动物学家研究猴群的时候，需要直接和猴王进行沟通吗？不不不，根本没这个必要，相反，从一个 6 岁的孩子身上反而能发现这种生物最纯真最深层的本性。"

他的话顿时让会议室里的人茅塞顿开，他抽了一口烟斗，继续说道："同志们，这是人类历史上第一次接触到外星超级文明，没有任何先例可循，一定要打破固有的思维，任何大胆的设想都可以提出来。"

"我同意这一点。"王台长点点头，他若有所思地说，"事实上，这种不同的文明之间的对撞不是没有发生过，西班牙人第一次到达南美的时候，南美的印加人以为西班牙人是来自神话传说中的神祇，是来自神国的救世主，但是后来发生的事情我们都知道了。"

"这个比喻并不恰当，印加文明和西方文明之间的差距不比两个猴群之间的差距更大，区别在于一个猴群学会了使用棍棒和石头，而另外一个猴群还只会使用自己的爪子和尖牙。"王淼再次磕磕烟灰，发出清脆的当当声，"不过，如果超级文明想要毁灭我们，可能根本不会给我们意识到危险来临的时间和机会，这种能够进行星际旅行的文明肯定已经掌握了我们无法想象的毁灭性武器。不要被西方的科幻电影迷惑了，一个敌对的超级文明根本不屑于登陆地球和人类进行巷战，随便引导一颗小行星或者彗星就能摧毁地球，这还是用我们能够理解的方式。更大的可能性是超出我们想象力之外的。"

"所以，您也认为拉玛不是来毁灭我们的？"赵永生小心地问。

王淼点点头："如果拉玛想要毁灭我们，我们现在早就变成一团飘散在宇宙里的尘埃了。"

"沈延卿也是这么认为的。"赵永生扶了一下自己的额头，"他一直说拉玛不是毁灭者，也不是过客，肯定是有更复杂的目的，可是我们一直没有认真对待他的话。"

"所以，我们必须找到沈延卿。"王淼严肃地说，"如果有必要，就联系军区，让军队帮忙搜山，我们不能失去沈延卿，他可能是第一个和超级文明接触的人类使者。"

王台长点点头："好，没问题，我立即和军方联系。"

"那么，现在让我们聊聊上一次记录下来的光波辐射数据吧。"王淼点点头，"你们有没有发现任何规律性的东西？"

王台长有些遗憾地摇摇头："很遗憾，我们已经整理出了光谱分析仪记录下来的数据，绝大部分都是无意义的白噪音，当然——也可能是我们的技术水平有限，识别不出来其中可能编码的信息。值得一提的是，大部分辐射频段都落在了不可见的红外线区，只有少部分落在了可见光区，而且我们也尝试了去寻找阿雷西博编码，但还没有结果。这一次的光波辐射非常强烈，数据比上一次要多至少几个数量级。"

王淼笑了笑："下面我回报给你们最新消息，中科院已经通过天河计算机对数据进行了专项分析，我们已经从光波辐射中发现了有规律的信号，基本可以确认这种信号不是自然形成的，的确有非自然编码的痕迹。时间紧迫，作为负责任的大国，我国政府已经将这些数据共享给了各大国的科研机构，目前，全球最顶尖的太空学家、密码学家和相关领域的专家都在紧急进行信号的破译工作。"

听了王淼抛出的这个重磅消息，会议室里的人们都大惊失色。他们终于明白了为什么王淼会那么肯定地认为沈延卿的经历是真实的，原来他已经知道了异常光波辐射的源头可能真的是超级文明。

"这也太邪门了。"王台长喃喃地说，"原来外星人早就在地球上了，而且就潜伏在冷湖，他们到底想干什么？"

"一只间谍小猴。"赵永生感到一阵眩晕，"它们在观察人类社会，但人类社会一直没有察觉它们的存在。"

"没错，他们在远古时期就来到了地球，很可能比我们想象得要久远得多。"王淼说，"它们一定是发现了人类这种智慧生物，然后在地球上设置了观察点，这种观察点很可能是一种自动化装置，当人类社会发展到一定程度时，就触发了某种条件，于是观察装置就开始向超级文明的母星或者母舰发送信息，拉玛收到了信息之后，开始向地球航行，30 年后，拉玛终于抵达了太阳系。"

"你是说，30 年前的光波辐射是观察装置发送的信息？"

"非常有可能，但也可能更早。"王淼说，"不过，仔细想想，如果站在一个外星人的视角，你们认为，人类文明的发展阶段中，最值得引起注意的时刻是什么？"

众人沉默了。

"我认为，最容易引起注意的时刻都在 20 世纪中叶发生了，人类发明了计算机和核武器，第一次拥有了毁灭自身的能力，苏联第一次将人类送进外太空，美国人第一次将人类送上月球，剑拔弩张的冷战，古巴导弹核危机是人类迄今为止最接近毁灭边缘的一次，这么多密集的事件就集中在短短的几十年内发生……对于观察者来说，一个数千年的观察周期里，这数十年的时间是一个非常短暂的时期，这是一个非常值得注意的时刻。"

"你说的没错，王教授。"王台长点点头，"如果将人类的发展阶段画成一条曲线，那么 20 世纪中叶，这条曲线出现了一个前所未有的拐点。"

王淼总结道："没错，这个拐点的方向可能将人类变成一个星空种族，也可能将人类彻底摧毁，就让我们拭目以待吧，我真的想知道，这个观察者到底想对我们做什么。"

前往俄博梁的搜索队搜遍了整个俄博梁区域，却一无所获。如王淼所料，搜索队不仅没有发现任何外星文明观察装置的踪迹，连沈延卿也似乎消失在了茫茫的俄博梁雅丹丛深处。

但是已经没有多少人在乎沈延卿的失踪了，因为有一件更重要的事情正在发生：拐点临近了，拉玛的目标到底是火星还是地球，很快就要揭晓了。

深度撞击

当这个人类历史上最重要的时刻到来时，全人类都屏住了呼吸，所有能观测到拉玛的望远镜都将镜头对准了那颗已经非常明亮的银白色亮点。

拐点的时刻过去的几分钟后，斯皮策传来了一个好消息，拉玛没有减速，也没有变轨，而是沿着既定的轨道继续前行。按照现在这个速度和角度，拉玛将成为火星的卫星。聚集在街头的人们欢呼起来，他们互相拥抱着，歇斯底里地庆祝着全人类的绝处逢生。

中国科学家提出的猜测终于得到了证实——拉玛的目标真的不是地球。当这个消息被发布出来之后，全世界都陷入了劫后余生的狂欢，但科学家们一刻都不敢放松，各大科技强国都在争分夺秒地对异常光波辐射信号进行破译，不久之后，科学家们观测到跟随在拉玛身后的彗星群也陆续通过拐点，向火星飞去。

万众瞩目之下，3 天后，拉玛抵达了火星轨道，成为火星的第三颗卫星。一个星期后，第一颗彗星撞击到了火星上，准确地说，第一颗直径达到 10 千米的彗星以 20 千米每秒的速度撞击在了火星的北极冰原上。运行在火星轨道上的火星快车拍下了这一次壮观的撞击事件。这是人类第一次目睹一颗类地行星被彗星撞击。巨大的撞击掀起了尘土的巨浪，固体的大地像潮水一般涌动，地震波以 200 千米每时的速度横扫整个火星，巨大的山峰纷纷倒塌，淹没在尘土之中。太阳系中最高的山峰——高达22千米的奥林匹斯山连同它巨大的盾状火山基座一起被淹没在尘埃之中。从撞击发生的初期画面来看，此次撞击也揭开了人类一直想知道的一个事实，火星地底的确隐藏着巨量的水冰。彗星的撞击不仅带来了巨量的水，而且将火星地表之下蕴藏的水冰和二氧化碳干冰释放出来。但火星快车很快就什么都拍不到了，火星表面的一切都淹没在前所未有的尘暴之中。在接下来的几个星期里，相继而来的彗星群轮番对火星进行了轰击，其中一个直径达20千米的彗星狠狠地撞击在了水手谷的位置，溅出的碎片甚至脱离了火星引力，其中一块直径达1千米的碎片脱离了火星引力之后，沿着一条扭曲的轨迹向太阳的方向飞去。

经过紧急计算，这块碎片将于3天后撞击地球，准确地说，这块来自火星的碎片会直接撞击大巴黎区，至少会造成数百万人当场丧生，爆炸声会让欧洲和北非的数亿居民瞬间失聪，引发的地震和海啸，以及尘埃云会在数十年内杀死至少10亿人。

欧盟立即启动了紧急疏散预案，大巴黎区进行了人类历史上最大的疏散行动，但疏散行动仅仅启动了一个小时就戛然而止了，因为那块碎片已经悄无声息地改变了轨迹，返回了火星，并且在17小时33分钟之后重新撞击在火星上。整个人类社会都松了一口气，无数人在电视屏幕前热泪盈眶。可以肯定的是，是拉玛用人类无法理解的力量扭转了碎片的轨迹，拯救了数百万人的生命。这个消息也让人类社会彻底安心下来，看来拉玛确实不是一个毁灭者。

撞击开始的一个星期后，一颗含有大量氨的冰冻小行星撞击在位于塔尔西斯高原中央部分的高度超过14千米的帕弗尼斯山上。巨大的冲击力直接摧毁了这座巨大的盾状火山，巨量的碎片喷射而出，又纷纷落回地面，在火星表面下起了一场壮丽的陨石雨。同样位于塔尔西斯高原的太阳系第一高山奥林匹斯山也受到余波重创，盾状结构边缘的巨大悬崖纷纷崩落。冰冻小行星几乎击穿了火星地壳，大量的岩浆喷涌而出，从塔尔西斯高原向洼地流去。数百亿吨的硫被释放到空中，形成一层厚厚的云包裹住了整个火星。在整整一个月的时间内，人类都不知道这颗行星上正在发生什么。科学家预计这一层由激起的尘埃和硫酸组成的云层将持续数十年甚至数百年才会逐渐消散。

但科学家们的预言失败了，拉玛再次展示出了神迹一般的力量，仅仅一个星期之后，所有的尘埃都散去了，重新露出了饱经重创的火星表面。这颗古老的行星已经在前所未有的轰击下面目全非。位于西半球的塔尔西斯高原被至少 3 颗彗星击中，形成了一片深达数千米的撞击坑，预计将来会形成一片北方深海。

太阳系最大的峡谷水手谷已经不复存在，巨量的熔岩填平了它的大部分。埃律西姆山火山群也已经荡然无存，代以一片熔岩填平的黑色平原。

但一切都尚未结束，人类惊恐地发现一颗直径达 500 千米的矮行星正在进入火星轨道。科学家们立即就明白了拉玛正在做什么，这是神一般的力量，这颗矮行星将成为火星的第三颗自然卫星，在它的巨大引力下，火星的内核将重新转动，消失的磁场会重新笼罩这颗行星，成为保护火星生命免遭太阳风和宇宙射线侵袭的保护层。同时，科学家们也认出了这颗矮行星，它正是 2018 年被发现的太阳系最远的星体，一个名为法拉特的矮行星，与太阳的距离是日地距离的 120 倍。拉玛以神迹一般的力量将法拉特从遥远的太阳系外围移动到了火星。人类对此过程居然毫无察觉！

科学家们认为，拉玛实施了某种奇异的力场，止住了肆虐整个火星表面的尘暴。同时，位于太空中的轨道望远镜观测到火星上正在迅速发生着不可思议的事情，火星地表的温度已经升高到可以留存液态水的程度。人类第一次看到了火星上出现了降雨和河流，干涸了数十亿年的峡谷里再一次充满了河水。整个火星上都下起了瓢泼大雨，雨水汇集成河流，沿着远古的河道流向低地，数以千计的湖泊以不可思议的速度出现在火星表面。随着水量的增加，火星北半球的湖泊开始相互连接，一个广阔的海洋已经出现雏形。在初生的火星海洋上方，火星的新卫星——巨大的法拉特正在庄严地运行。

而这一切，距离彗星的第一次撞击只有不到一个月的时间，科学家们在这种神迹面前目瞪口呆。有科学家甚至认为，拉玛很可能改变了火星表面的时间流速，将数百年甚至上千年才能完成的自然进程缩短到几十天内。

这并不是结束，紧接着，湿润的火星大地上开始出现褐色和绿色的斑点，科学家们认为那是拉玛投放的植物。很快，褐色绿色的斑点就像培养皿中的霉菌一样扩展开来，连成大片的绿色。几乎是在一夜之间，火星就走完了数百年甚至上千年的时间，红火星成为历史，一个蓝绿色的火星出现在地球的夜空中。根据对火星大气层的光谱分析，火星的大气成分中的氧含量每一天都在持续增加。

科学家们欣喜地发现，拉玛改造火星的过程就是人类曾经提出过的火星地球化过程，但即使是人类最乐观的计划，要将火星改造到这种程度，也要花费上千年的时间。况且人类根本没有重启火星地核的技术能力，科学家们相信，法拉特的作用是为了维持火星地核的运转，进而产生磁场，而不是地核启动的原因。拉玛必定是使用了某些人类无法理解的力量首先启动了地核。

仅仅不到两个月，火星就完成了波澜壮阔的地球化历程，根据探

测发现，火星的平均气温已经由之前的零下 55 摄氏度上升至零下 10
摄氏度左右，其中赤道的平均气温已经上升到 10 摄氏度。火星表面的
1/3 已经被平均深度达 1000 米的海洋所覆盖。和地球不同，火星海洋
大都分布于北半球，海洋呈现出一种奇异的淡黄色。据分析，这种奇
异的颜色是火星大气散射和海洋中的藻类共同作用的结果。而在南半
球的陆地上，大片的草原和森林已经覆盖了整个大陆。奥林匹斯山上
出现了远在太空都能看到的雪冠，在阳光下熠熠发光。降雨、洋流和
季风等气象都已出现，此时的火星已经完全具备了人类生存的条件。

3 个月后，火星终于恢复了平静，此时，火星已经由一个荒芜干旱
的生命禁区变成了一个生机盎然的世界。新月亮法拉特在一条明显被
精心设计过的轨道上运行，巨大的引力稳定了火星的轨道，同时引发
了火星的规律性潮汐，也照亮了火星的夜晚。

而一切的肇始者拉玛却依然对人类的呼叫毫无反应，做完这一切
之后，拉玛继续在环绕火星的轨道上运行。由于它表面的超高反射率，
即使在火星的黑夜，火星表面也在拉玛的光辉下能照出物体的影子。
尽管火星上所有的人类探测器都在这场波澜壮阔的改造过程中灰飞烟
灭，但科学家们依然向人们描绘了火星之夜的奇景，在火星的夜里，
人们有机会见到 4 个月亮同时出现在夜空中——火卫一和火卫二，拉
玛，以及直径 500 千米的法拉特。

很多人认为，拉玛已经将火星改造完毕，下一步一定是进行移民。
人们相信拉玛飞船里装载着庞大的外星移民，虽然不知道为什么拉玛
没有将地球作为殖民的目的地，但人类社会已经做好了准备迎接一个
新邻居，拉玛展示出来的天神一般的力量让人类彻底放弃了与拉玛为
敌的想法，但是拉玛却迟迟没有动静。做完这一切之后，拉玛依然停
留在火星轨道上静静地运行着。

目睹了如此神迹之后，甚至有科学家提出，也许数十亿年前，地球也是被这样改造过的，但这种说法也永远得不到证实了。火星上发生的事情深刻地影响了地球社会，人类终于意识到宇宙中的确存在掌握了众神一般力量的超级文明，它们对火星施展的手段无异于传说中的开天辟地，重整日月。人类社会陷入了一片惶恐不安之中，联合国紧急召开了数次会议，都没有形成任何有效的决议。美国、中国、欧盟都提出要尽快开启火星探测，但是俄罗斯、日本、印度及其他大部分国家都提出强烈反对，它们认为火星已经成为拉玛的领地，人类对火星贸然的探测行为很可能会被拉玛认为是侵略行为。不仅如此，这些国家还强烈要求联合国通过决议，禁止所有的太空计划，尤其是所有关于火星的探测计划，以免激怒近在咫尺的拉玛。

正当人类争吵不休的时候，一个好消息传来，对异常光波辐射的破译产生了突破性进展。专家们从浩如烟海的光波辐射数据中再次发现了阿雷西博编码的痕迹，并且提取出了有人工调制痕迹的信号，而这一次，不仅仅发现了"火星"，而且发现了其中包含的数字、DNA元素、核苷酸和双螺旋结构信息等，与阿雷西博信息完全一致，但是在表示人类资料的信息中，又发现了不同之处。在原阿雷西博信息中，表示人类资料的信息中包含了一段表示 1974 年全人类人口数量的数字：4，292，853，750。但是在这段被拉玛重新编译过的信息中，这些数字变成了 0。还有一些信息则采用了未知的编码方式，短时间内无法进行破译。

拉玛人使用了阿雷西博信息编码，毫无疑问，这条信息本来就是发给人类的。但是科学家们还不了解这个数字的意义，如果它的含义没有变化的话，那么这个数字意味着人类的数量变为 0，也就是人类的整体灭绝。可是问题在于，如果这是一条"威胁"信息，到目前为止，整个事情都说不通，从火星上发生的事情来看，不管拉玛来自哪里，拉玛人的技术水平都超越了人类社会至少数千年，如果他们想灭绝人类，根本不需要发送什么威胁信息，只需要稍微改变几颗彗星的轨迹撞击地球就足够了。但是他们并没有这么做，相反，在碎片可能撞击地球时，他们还改变了碎片的轨迹，保护了地球。

不过，有一点已经没有疑问了，沈延卿的判断完全正确，青海省海西州冷湖地区的确隐藏着超级文明的发射基地。一时间，来自各国官方和私人组织的科考队蜂拥而至，中国政府秉持着完全开放包容的态度为各国科考队提供了充分的协助。短短几个星期内，冷湖镇就涌入了几万人，冷湖镇所有的宾馆都人满为患，有很多无地可住的人们干脆在曾经的老基地、5号基地等废墟里搭起了连绵不绝的营帐。这个曾经冷清的火星小镇如今成了全世界的焦点，每天还有更多的车队涌进冷湖镇，也有更多的车队涌入俄博梁深处，试图寻找超级文明的发射基地。

"很久没有看到冷湖这么热闹了。"站在天文台的台阶上，赵永生感慨道。最近这些日子，有许多知名科学家来天文台访问。作为第一个发现拉玛和记录异常光波辐射信号的冷湖天文台，已经成为世界上最知名的天文台之一。

这些天来，很多自发的车队都深入了俄博梁区域，这些热情高涨的外星猎人们几乎搜遍了整个俄博梁区域，无数双眼睛在这片酷似火星的雅丹丛中搜寻着，但他们什么都没有发现。甚至有一些别出心裁的队伍前往了德令哈外星人遗址，他们认为这个外星人遗址一定是拉玛人在数千年前兴建的第一个基地，而冷湖俄博梁则是第二个。

"没有人找到沈延卿。"王台长面色沉重地说，"我们给所有进入俄博梁的考察队都通报了协同寻找沈延卿的消息，这么多天了，这些考察队已经寻遍了俄博梁的每一个角落，他们也的确发现了几个遇难者的尸骸，但没有沈延卿。他现在是活不见人死不见尸，我怀疑他根本没有在俄博梁。"

"那怎么解释他的汽车在俄博梁的外围被发现？"赵永生问。

"如果他要去俄博梁深处，为什么要在俄博梁外围就弃车呢？"王台长反问道，他叹了一口气，"军队已经搜索了弃车点周围方圆50千米的区域，范围已经远远超出了一个成年男人在没有准备的情况下能走出的最远距离，沈延卿很可能死了。"

"我不知道他在哪里，但他肯定没有死。"一个声音从他们身后传来，是叼着烟斗的王淼，他走到两人身边，和他们一同望着俄博梁的方向，"我相信他6岁那年真的走进了赞神的宫殿，喏，瞧瞧这个。"

王淼递给王台长一本书。

王台长接过书，看到这是一本名叫《金玉凤凰》的书，紫色的封面上有一个身穿藏袍的小伙子正高举双手凝望着一只落在大树上的金碧辉煌的凤凰。

"这是？"王台长有些意外，他知道王淼不会无缘无故地给他们看这本书。赵永生也凑过来，认出了这本书，欣喜地说道："这本书可比较少见了，这里面收录了不少藏族的神话传说。"

"既然光波辐射在远古就存在了，那么一定能在神话传说中找到一些踪迹。"王淼在旁边的石阶上磕了磕烟灰，"昨天上午，我出于好奇，去冷湖镇转了转，在新华书店里找到了这个。幸运的是，我翻到了那篇卓玛的故事，沈延卿讲的那个故事可不是自己编的，我看到了故事的后半部分。"

"啊？"赵永生惊讶地喊出了声，"真的有这个故事？"

"没错。"王淼点点头，"我相信沈延卿将真实的经历和这个故事混淆在了一起，从这个故事出发，也许我们可以推断一下沈延卿到底遇到了什么。这个故事里，卓玛在赞神的宫殿里遇到了赞神，得知了赞神为了将卓玛吸引到宫殿里，利用神力偷走了卓玛的羊。赞神见到卓玛之后，将羊归还了卓玛，并告诉了卓玛一个秘密。"

"什么秘密？"

"一个来自黑暗之地的魔鬼将吞噬卓玛的村庄，赞神的力量也不足以对抗这个恶魔，所以赞神需要卓玛的帮助，代价是卓玛需要献出自己的灵魂。但是这个村庄值得卓玛献身来拯救吗？卓玛是一个孤儿，叔叔和婶婶对她并不好，这个村子对卓玛可是充满了恶意。"王淼抽了一口烟，望着青灰色的天空，"但这是一个关于献身和英雄的故事，卓玛选择了牺牲自己，成为新的赞神，和旧神一起击败了魔鬼，拯救了村庄。卓玛从此以后就代替了旧的赞神，成为新的守护神。"

"这真是一个悲伤的故事。"王台长若有所思，"这个故事到底在暗示什么？"

"你们不会当真吧？"赵永生摇摇头，他敏锐地察觉到了这个故事中黑暗的一面，"之前我们认为沈延卿是将真实的经历扭曲成一个藏族的神话故事，所以这个神话故事可能蕴藏着真相。但现在你们都看到了，这个故事并不是来自沈延卿，小时候的沈延卿一定是听过这个故事，所以他把这个故事加进了他的妄想……"

"可是沈延卿成功预言了拉玛的目标是火星，他也成功预言了光波辐射的目标是拉玛，还成功预言了俄博梁存在着一个超级文明的基地，不是吗？"王淼再次磕磕烟灰，"所有的这些都是巧合吗？并不尽然，到现在为止，我们对于沈延卿的遭遇进行的假设全部应验了，这说明沈延卿是一个信使，所以他肯定没有死。"王淼肯定地说。

"我相信这个故事肯定不会被无缘无故挑中的。"王台长点点头，

"任何可能都是存在的，沈延卿很可能真的是一个信使。换作半年前，如果有人告诉我俄博梁藏着一个超级文明在 30 年前向太空发射了信息招来了拉玛，并且挑中了一个 6 岁的孩子作为信使，我一定会认为这是痴人说梦。但是，我现在觉得，什么离奇的事情都可能发生，最近这半年发生的离奇的事情还少吗？"

"你们都知道了破解出来的信息，如果我没有猜错，那是来自拉玛的警告，人类将遭遇一场灭绝，就像故事里赞神给卓玛的警告，魔鬼即将吞噬村庄。"王淼说，"但魔鬼到底隐喻着现实中的什么东西，我们还不得而知。"

听罢王淼的一席话，几个人都沉默了。

"不用继续找沈延卿了，我有预感，他很快就会出现了。"王淼打破沉默，肯定地说，"我们很快就会知道拉玛的真实目的和故事的结局了。"

自从编码被破解之后，沈延卿很可能是超级文明选中的信使的消息也流传开来，在互联网上，世界各地的人们谈论着关于沈延卿的一切，30 年前那场离奇的灾难也充满了奇异的色彩。人们逐渐知道了沈延卿就是那个成功地预言了拉玛的目的地是火星和预言了光波辐射是超级文明发往拉玛的信息的人。而现在，沈延卿消失在俄博梁深处的消息更是传遍了全世界。有一些人认为，沈延卿是一个救世主，他将带领人类战胜即将吞噬整个地球村的魔鬼，就像故事中的卓玛那样。也有人认为沈延卿是一个伪装成人类的外星人，真正的沈延卿在 6 岁那年就死在了俄博梁，现在的沈延卿不过是个"冒牌货"罢了。而且他也不会再出现了，他已经完成了自己的使命，返回了拉玛。

群山依然沉默着，严守着它们的秘密。

哥白尼原则

3 天后，一个来自以色列的搜索队伍在俄博梁深处发现了沈延卿。此时，距离沈延卿失踪已经过去了整整 3 个月。

搜索队的人的手中都有沈延卿的照片，以色列人马上就认出了沈延卿，他们立即将沈延卿带回了冷湖镇。沈延卿看起来并无异状，完全不像是一个在戈壁里生存了 3 个月的人，甚至头发和胡子都和 3 个月前比起来没有什么变化。

当沈延卿被搜索队发现时，他丝毫没有惊奇的表情，而是神情自若地任由搜索队将他带回了冷湖镇。一路上，沈延卿未发一言，用一个以色列队员的话说："此人脸上的表情就像一个刚从天国归来的圣徒。"

沈延卿返回了冷湖镇之后，立即被狂热的媒体记者们包围了。他不卑不亢地接受了众人的围观，脸上始终保持着一种淡然自若的表情。沈延卿没有回答记者们抛出的问题，对他这 3 个月的消失也避而不谈，对火星上发生的一切似乎了如指掌却没有发表任何评论。沈延卿只提了一个要求，他要在联合国大会上向所有的国家首脑发布一次演讲，演讲必须进行全球同步直播。

沈延卿的要求立即被应允了，两天后，沈延卿就站在了纽约联合国大厦主会场的主席台上，台下坐满了各国首脑和全世界的科学精英。沈延卿拿出一块看起来很平常的玻璃碎片，展示给各位首脑。

秘书长的眼神顿时充满了敬畏，他小心问道："沈先生，请问这是拉玛文明给人类的礼物吗？"尽管这块弧形的不规则的透明物体酷似一块玻璃碎片，但秘书长还是充满敬畏地看着它。

"不，这只是一块普通的鱼缸碎片，它曾经是一个完整的鱼缸的一部分。这种鱼缸在中国北方很常见，花鸟鱼虫市场里大概……嗯，30块钱一个。这个鱼缸里养过一些金鱼，但其中没有热带观赏鱼，那些名贵的鱼都很难适应冷湖的环境。"沈延卿开口说道，"当我小的时候，我生活在中国青海省海西州冷湖镇，我的父亲大概是镇上唯一一个养鱼的人，他大概每个星期都会为鱼缸换一次水，如果水不够，时间可能会拖更久。水被污染了，可以重新换，但是如果鱼缸坏了，即使每天都换水，也无济于事。"

说完之后，沈延卿随手把这块碎片递给了秘书长："留着它吧，秘书长先生，这是一个礼物，来自我的私人礼物——小心别扎到手。"

秘书长在众人艳羡的目光中小心翼翼地接过玻璃碎片，一时不知道该把它放在哪里好，过了几秒钟，他脱下名贵的西装，小心地将玻璃碎片包裹起来收好。

"沈先生。"美国总统迫不及待地问道，"我们都非常好奇这些天您都经历了什么。比如，我们最关注的一个问题是，您是否真的是拉玛的信使？"

没有任何迟疑，沈延卿点点头，顿时引起了一片哗然。沈延卿开口说道："如果按照人类对信使的定义，我的确是一个信使，但我没有任何特殊之处，任何人都可能被选中成为信使，请不要为我添加任何不属于我的光环。"

"我们都明白。"秘书长抢着说道，他压抑着自己的狂喜，问出了第二个人们最关心的问题，"请问，拉玛是否要毁灭人类文明？"

　　这一次，依然没有丝毫迟疑，沈延卿摇摇头，然后他环视着会场里的各国首脑们，说了一句石破天惊的话："恰恰相反，拉玛是来拯救人类的，人类文明将在 100 年之内走向灭亡。"

　　这句话再次引起了一片哗然，整个会场都骚动起来，无数问题组成的浪潮将站在主席台上的沈延卿淹没，沈延卿默默地等待着，直到会场平息下来。

　　"我不太明白，沈先生。"秘书长小心地问道，"这个结论，是谁做出的？我们都知道人类虽然面临很多威胁，但距离灭亡……"

　　"哥白尼原则。"沈延卿吐出一个名词。

　　在场的科学家们顿时都恍然大悟，会场上响起了一片窃窃私语声。一些政治家们则困惑地看着沈延卿，他们都没听懂沈延卿在说什么。一个来自 NASA 的科学家探头对困惑的美国总统轻声解释道："总统先生，哥白尼原则是物理学和哲学的一条基本法则：没有一个观测者有特别的位置。"

　　总统更困惑了，他低声问道："这是什么意思？"

　　科学家低声解释道："简单来说吧，总统先生，哥白尼原则是一种预测论，它最出色的运用是 1969 年美国普林斯顿大学教授高特参观柏林墙时根据哥白尼原则作出的预言，这座墙最多还能够存在 24 年，事实证明，他的预言非常精准，柏林墙在 20 年后倒塌了。哥白尼原则有许多运用场景，如果把哥白尼原则运用于人类文明本身，我们的文明必然会在未来一段时间内灭绝，准确率高达 95%。"

　　"运用哥白尼原则，人类文明还能存续 5100 年到 780 万年。"沈延卿的声音响起，会场重新安静下来，"但这个原则有个前提，那就是人类成功地跨过面前的大过滤器，成为一个星空种族。我要告诉各位的是，在拉玛文明的认知中，哥白尼原则是具备普适性的，但是需要进行一些修正，按照人类文明当前的状态，人类已经落入了哥白尼原则中概率最小的一个深坑，人类文明将在 100 年内灭亡，概率超过99%。"

"我们需要更进一步的说明，沈先生。"一位首脑说道。

"可以，诸位应该首先了解到一个显而易见的事实，人类的科技已经近乎停止发展了。"沈延卿点点头，"对于这个结论，诸位是否认同？"

这句话引起了一阵小范围的骚动，有些人微微点头表示认同，也有人面露怀疑之色，但大多数人都默然不语。

"看来，诸位对这个结论有不同的看法。"沈延卿扫视会场，人们的神情尽收眼底，他注意到微微点头的大多是科学家，而面露怀疑之色的则大多是政治家们。

"没错。"一个小国首脑坦率地说，他指着眼前的智能手机，"我知道这个世界上有很多事情是反直觉的，您刚才的说法无疑就是其中一种。20 世纪末，我的第一台手机是摩托罗拉公司生产的……"他用双手比画了一下，"大概有这么大……价值 4000 美元，但是短短几十年，只要几百美元就能买到一台几乎是微型电脑的智能手机，而且还能玩最新的电脑联网游戏……"

"信息技术爆炸带来的假象罢了。"沈延卿点点头，"基础理论的积累制造了大量一伸手就能摘到的果子，信息技术无疑是最大最红的那一颗。到今天，基础理论已经很久没有出现突破性进展，而我们一抬手就能摘到的果子都已经摘得差不多了，我们甚至懒得去摘更高的果子了。"

更多的人在微微点头，也有很多人陷入了深思。"对不起，我想我还是不太明白……"这位首脑谨慎地说。

"1970 年，美国波音公司生产出的第一架波音 747，只用了 8 小时就从纽约飞到了伦敦，50 年过去了，这个时间记录依然是 8 小时。载人航天器的最快时速是 3.9 万千米每小时，创造于 1969 年，也就是半个世纪之前。如今所有的太空探测器依然使用着化学燃料，和纳粹德国 V–1 导弹的原理并无二致，甚至和古代中国的烟花也并没有本质区别。从 20 世纪中叶到现在，癌症导致的死亡率只降低了 5%，治疗方法也几乎没有太大区别。半个世纪前，大学的物理讲师就自信地说可控核聚变和第一个火星殖民地将在半个世纪内实现，而今天的大学讲师依然是这么说的。再看看能源方面吧，不管是蒸汽机还是核电站，原理都是烧热水，可控核聚变依然遥遥无期，最先进的太阳能板的光电转化率还不如一片大自然中随处可见的绿叶。我们已经将半个世纪前积累的基础理论能榨取出的科技果实摘得差不多了，但新的基础理论却迟迟没有突破。先生们，这不是科技大爆炸，这只是信息技术大爆炸。是信息技术的飞速发展造成了科技大爆炸的假象。"

沈延卿的话让整个会场变得一片死寂。

"再看看我们的太空计划吧，以 2017 年的美国为例，NASA 的太空计划预算是 195 亿美元，而同期美国的军费预算是 5827 亿美元，是 NASA 的近 30 倍，而仅仅是阿富汗战争，美国就花费了超过 13 万亿美元！人类重返月球计划也依然遥遥无期，新的国际太空站建设还在蓝图上。如果把军费投入到太空技术发展上，今天的人类早就飞出太阳系了，我们不是做不到，而是资本阻止了我们这么做——容易摘到的果子已经摘完了，需要费些力气才能摘到的果子又懒得去摘——这就是现状。再看看我们的孩子吧，我们在座的很多人小时候的理想都是成为科学家，而现在的孩子们梦想是什么？是当网红、游戏主播……这个世界上最耀眼的明星是演员和歌手，而我们最杰出的科学家获得的诺贝尔奖奖金甚至买不起北京的一套房子，这是标榜自己为科学文明的耻辱。"

沉寂了一会儿，一名来自南美的国家首脑举起手："您说的这些，我相信都是有数据可查的，但我相信人类文明有强大的自愈能力，这些并不足以说明人类正走在自我毁灭的道路上。"

"第一次世界大战之前，欧洲的政治家们都乐观地认为战争已经远去，但短短50年内，人类世界就爆发了史上最残酷的两次世界大战，给政治家们扇了一个响亮的耳光。"沈延卿继续说道，"谁能保证第三次世界战争不会在100年内爆发？谁又能保证核武器不被滥用？容我提醒诸位，爱因斯坦预言第四次世界大战的武器将是棍棒和石块。随着科技的发展，核武器的制造门槛越来越低，美国一个12岁的少年只花费了1万美元就在家里的车库里制造出了小型核反应堆，谁能保证下一个战争狂人不会轻易获得核武器？而且，在座的政治家们恐怕比谁都更了解真正的战争，人类真的能驾驭战争吗？战争这个恶魔一旦被释放出来，就会脱离人类本身的意志，不消耗完本身的能量是不会停止的。第二次世界大战后期，纳粹德国和日本都已经明知必败，但它们自己也无法阻止战争的继续，直到柏林变成一片瓦砾，直到核武器摧毁广岛和长崎之后，阿南惟几还差点烧毁天皇的停战诏书！各位尊敬的先生们，如果不幸的第三次世界大战爆发了，战争将会怎样才能结束？人类文明又将付出怎样的代价？战争恶魔一定会释放出人类所有的破坏力，收取足够的灵魂祭品才会停止！讽刺的是，根据人类历史的走向来看，几乎所有的创新性发明最初都是为了战争而服务的，也都几乎先用于战争，喷气式飞机、火箭、互联网、计算机……而人类文明已经经不起下一次战争了！"

"这还不是全部，地球上的物种正以超过自然条件下1000倍的速度加速灭绝。环境污染、能源枯竭、温室效应、极端气候、超级火山的威胁、小行星撞击威胁、超级瘟疫、基因武器、全球性饥荒、淡水短缺、海平面上升、人工智能失控……任何一个看起来微不足道的威胁都足以将人类文明扼杀在这颗脆弱的蓝色星球上。人类所处的这个摇篮已经四处漏水，但人类却沉迷于越来越发达的享乐文化，这个世界上最强大的公司们不停地开发着越来越逼真的游戏、虚拟现实、陌生人社交……人们宁愿在虚拟游戏里穿越星海也不愿意走出家门抬头看看真正的星空。人类文明变得越来越短视，丧失了进军太空的雄心壮志，越来越多的人在虚拟游戏中消沉。人类无法抵御哪怕一颗小行星的撞击，美国国会一次次地削减太空预算，人类不再登陆月球，殖民火星的计划一再推迟，只剩下一些民间组织微弱的呼喊。'我们的征途是星辰大海'早已成为一句空洞可笑的口号。现在，一切都晚了，在过去的半个世纪里，人类已经错过了成为星空民族最后的机会，我们的文明没有通过这个大过滤器，人类这个物种将被永远地困在这颗蓝色星球上，直至走向消亡。'苏联航天之父'康斯坦丁·齐奥尔科夫斯基曾经说过，地球是人类的摇篮，但是人类不能永远生活在摇篮里！如今，人类早就忘记了这位伟人曾经说过的话，人类文明正在摇篮里含着精英们制造的奶嘴沉迷于美梦中慢慢死去。"

沈延卿说完这段话之后，整个会场顿时鸦雀无声。片刻之后，秘书长才轻轻地问道："沈先生，这个结论，是来自您，还是来自拉玛？"

"是它们。"沈延卿回答道，"拉玛是来自银河系以外的一个超级文明，它们很早就注意到了这颗蓝色星球，宇宙并没有我们想象的那么空旷，相反，光银河系里就有数亿颗行星发展出了不低于地球人类文明水平的智慧文明，但它们中的绝大部分在成为星空种族之前就消亡了，这才是费米悖论真正的解释。而我们，正在走上无数个已经毁灭的文明曾经走过的老路上。"

"这么说，拉玛改造火星，是为了给人类创造一个新家园？"一名首脑兴奋起来，"拉玛要将所有人都转移到火星？然后让地球恢复自然生态？"

这个问题，沈延卿没有马上回答，他沉默了一会儿，才说道："请允许我先向各位介绍一下拉玛文明。拉玛是一个历史悠久的文明，它们很可能是本宇宙最早期的一批文明之一，也很可能是唯一一个延续至今的太古文明。拉玛早已经将科学技术发展到了极限，能随意穿梭本宇宙的所有维度。用人类的语言无法描述拉玛是怎样的一种存在，就像我们无法用蚂蚁的气味信息来描述现在的人类文明。对于人类文明来说，拉玛可能已经超过了人类对超级文明的最大胆的想象，与人类文明相比，拉玛早已经和神灵无异。拉玛不希望看到人类文明毁于自身，它们早在数百万年前就在地球上设置了观察站和触发条件，已经潜伏在地球上数百万年之久——不要怀疑这一点，对于一个已经存续了比时间还要久远的文明来说，时间和空间都早已被它们随意玩弄在手中，就像它们在火星上做的事情一样，它们能够随意操纵时间的流向和速度，所以仅仅用了几个月的时间，拉玛就将火星完成了地球化。"

"我注意到您使用了'本宇宙'这个词。"一名美国科学家谨慎地问道，"这是否意味着还存在其他宇宙？"

"先生，宇宙大爆炸之前是什么样子？"沈延卿立即反问道。

沉默半晌，发问的美国科学家才说道："很抱歉，我明白了，您的意思是这个问题是没有意义的。"

"对人类的三维大脑来说，这个问题的确没有任何意义。"沈延卿点点头，"我可以继续吗？"

"请继续，谢谢。"

"人类文明是幸运的，在第一个猿人学会使用火的时候，拉玛就注意到了人类文明，拉玛观察了人类的崛起，文明的萌芽，见证了无数帝国的兴亡，见证了人类文明的一切，观察者认为人类文明已经到了生死存亡的关键时刻，所以它们召唤了拉玛，拉玛实际上是一个无人操控的行星改造器，也是一个母舰，甚至就是拉玛人本身，它们将火星改造成了第二个地球，但不会有什么移民计划，一切都要靠人类自己。"

沈延卿停了下来，他的这番话引起了人们深深的思考，现场一片死寂。

良久，一个中国科学家才打破沉默："我明白了，这是一道考验，对吗？"

沈延卿点点头，他环视着大厅里这个星球上最有权势的人们，说道："不仅仅是考验，还是一个机会，还需要进一步说明吗？"

"不了，已经很明白了。"这位来自中国的科学家摇摇头，"非常感谢您的转达。"

"我不太明白。"一个来自西亚的国家首脑有些困窘地举起手，"您是说，我们要自己去火星？"

"是的。"沈延卿点点头，"人类要靠自己的力量移民火星，但这只是第一步，人类要加快开发太空技术的步伐，学会使用蕴藏在土星和木星的巨大能量，人类要学会恒星际宇宙航行的能力，因为太阳系也只是一个更大的摇篮，人类文明必须成为真正的星空种族，才可能在险恶的宇宙中存续下去。如果我们做不到，那么人类文明就没有在宇宙中生存下去的资格。即使没有宇宙级别的灾变来毁灭我们，人类文明也会消亡在摇篮里。"

在一片死寂中，沈延卿最后补充道："鱼缸正在死亡，有人为鱼缸里的鱼挖了一个新池塘，如果鱼有能力跳进新的池塘，就有前往大海的希望。"

新人类

在一个无人知晓的时刻，运行在火星同步卫星轨道上的拉玛悄无声息地消失了。没有一架望远镜看到拉玛离去，它好像启动了某种跃迁机制，瞬间就离开了太阳系。而青海省海西蒙古族藏族自治州冷湖镇的异常光波辐射也已经成为历史，拉玛和隐藏在俄博梁地区的观察站都已经完成了自己的使命，离开了太阳系，后面的一切都要靠人类自己了。

沈延卿在一个清晨回到了冷湖，虽然沈延卿并不认为自己在拉玛眼中是一个特殊个体，但联合国依然授予了他人类首位星际大使的荣誉称号。沈延卿拒绝了各大太空机构抛出的橄榄枝，依然坚持要回到冷湖。冷湖天文台已经成为火星前进基地的一部分，将在未来的火星殖民任务中起到重要作用。

联合国大会上的演讲结束之后，许多科学家纷纷向沈延卿询问关于拉玛文明的更多细节。但沈延卿只是解释道，名字只是一个代号，拉玛文明的真正名字其实毫无意义。拉玛文明确实已经离去了，如果人类成为真正的星空种族，将来在星海深处还会再见到拉玛。他暗示说，很可能真的存在一个拉玛主导的泛银河系甚至超银河系的星际联盟，人类如果想加入联盟，就必须先活下去，走出去，且必须依靠自己的力量，拉玛文明不会向人类传授任何技术。如果人类文明在自我毁灭之前无法走出太阳系，成为真正的星空种族，那么就没有资格加入联盟。

一个崭新的时代来临了，人类将致力于消灭战争、贫困、环境污染，以及提升应对不可知灾难的能力。同时，各大太空强国都已达成共识，将大力发展太空技术和基础科学，预计在 50 年内建立第一座火星城市。而在火星上，将不存在任何国界线。

此时的冷湖已经发生了巨大的变化。俄博梁的火星模拟基地正在扩建，中国政府已经正式宣布，冷湖火星小镇将成为中国最大的火星前进基地和发射场，中国将在不影响国民的基本生活的基础上投入更多的资源到新一轮的太空计划中。这个消息发布后不久，数以万计的首批建设者再次拥入冷湖，就像数十年前脱下军装来到这片不毛之地的石油建设者们一样。这片古老的土地曾经因为石油而繁荣，又因为石油枯竭而荒芜，现在，这片土地将因为火星而重新焕发出勃勃生机。

同时，联合国正在讨论由中国发起的各大国削减军费和进行太空技术共享的议题，各大国都给予了积极的响应。如无意外，一个由中国、美国、欧盟、俄罗斯主导的联合太空探索机构将在不久后成立，届时，冷湖火星小镇将成为一个全球性的火星前进基地之一。人类的火星殖民军团将从位于各大洲的原太空发射基地前往火星。

远远地，沈延卿就看到了站在冷湖天文台的石阶上的那个纤细的身影。一开始，他以为自己出现幻觉了，他低下头看看脚下，再次抬头望去，那个婀娜的身影在夕阳下形成一个黑色的剪影，一头如瀑的长发在风中轻轻飘扬着。沈延卿不由自主地加快了登山的脚步，走上最后一个石阶，他终于看清楚了，那真的是许橙。

"沈大使。"许橙微笑着看着沈延卿，"你终于舍得回来啦。"

"喝过冷湖的水，终有一天会回到冷湖。"沈延卿觉得眼角有点发潮,"你也回来了?"

"自从知道了拉玛的目标是火星之后,我父母就放我回来了。"许橙笑靥如花,"我以后就是冷湖天文台的正式工作人员啦!"

沈延卿的胸口有一股热流在涌动:"欢迎回来。"

"这样才对嘛!都别走啦!就在冷湖安家吧!"一个熟悉的声音从他们身后响起,一阵爽朗的大笑声传来,许橙面色微红地垂下眼睑,沈延卿抬眼望去,只见刘元正站在不远处笑吟吟地看着他们。

"刘叔好。"沈延卿向他打了个招呼。

刘元的脸上笑容更盛,他竖起大拇指:"小沈啊,从小就看你有出息,你看你,还跟外星人搭上线了……了不起!"

沈延卿的眼神黯淡下来,他有些苦涩地说:"这只是巧合罢了,我反复声明我没有什么特殊之处,我被它们选中只是非常偶然的事情。"

刘元察觉到自己的失言,一时不知道该说什么。许橙敏锐地察觉到了沈延卿的苦涩,她轻声安慰道:"延卿,不管你怎么想,历史已经把你放到了这个位置,别多想,做好眼前的事情是最重要的。"

"小姑娘说的对。"刘元给许橙投来一个感谢的眼神,"小沈,不管怎么样,历史已经选择了你,既然外星人给了我们一次机会,那就要看咱们有没有这口心气儿了。"

"是啊。"沈延卿点点头,"这不只是一次机会,还是一场考试,这场考试只能靠我们自己了。"

三人随意说了会儿话。"你父亲……"临走前,刘元斟酌再三,还是开口说道,"会为你感到骄傲的。"

沈延卿默默地点点头:"谢谢您,刘叔。"

刘元微笑着点点头,然后转身离去,身影慢慢消失在山下的阴影里。

"老赵呢？"沈延卿问道。

"他去 5 号基地了，"许橙说，"说是去拍一些照片，建筑队正在推平那些废墟，说是要重新规划，听说还要建一座机场……不过他听说你回来了，他晚上就会回来。"

"我没想到冷湖会以这种方式复活，如果你去过那些废墟，相信你也会和我有相同的感觉。"沈延卿感慨道，"没有人会相信老基地和 5 号基地还会有今天……"

"世事难料，不是吗？这正是这个世界的奇妙之处。"许橙轻声说，"你永远不知道明天会发生什么，你知道吗，有一段时间，我一直沉迷在因果论里。如果在宇宙大爆炸的那一刻，所有的参数都已经固定好，宇宙只能按照已经定好的轨道前行，所有的一切都是宿命，我们也都是命运的玩偶，没有自己的自由意志，想想就觉得挺绝望的……不怕你笑话，有一段时间，我都要走火入魔了。后来，当我知道上帝是掷骰子的时候，我松了一口气，我很高兴世界上根本没有宿命这种东西。"

"不，我们有的。"沈延卿转过头看着许橙，许橙的瞳孔里弥散着夕阳的余晖，五彩斑斓，沈延卿心里的某个最柔软的地方被轻轻触碰了一下，"只是，我们可以自己选择自己的宿命。"

入夜了，沈延卿、许橙和赵永生三人坐在他们第一次用肉眼看到拉玛的石阶上，在群星中寻找到了火星。

"老沈，很多人好奇你这 3 个月到底去了哪里，如果只是传递那些信息，根本用不了 3 个月吧？很多人猜测拉玛把你带去了外星球，就像拉玛的母星什么的……"赵永生终于问出了很多人想问的问题。

沈延卿微微一笑，事实上这个问题早就有人问过了，但他今晚的答案似乎有些与众不同："时间和空间是不可分的，很多人虽然知道这个事实，但从未想过这其中蕴含的实际意义。没错，我是看到了很多不可思议的东西，但我不知道自己是否真的去了外星球，我可能一直旅行到了宇宙边缘，也可能一直在俄博梁。"

"沈工，你见到拉玛人了吗？"许橙好奇地问道。

"哈勃曾经说过，人类凭着自己的五官感受探索周遭的宇宙，并称这样的探险为科学。"沈延卿没有正面回答许橙的问题，他温和地说，"即使我真的见到了拉玛人，那也只是我的大脑能给我看到的信息，我们人类被局限于眼耳鼻舌身五感之中，我们能感受到的远非真实的世界。我们身体的进化是朝着最节能和高效的方向的，我们看不到也感受不到对我们的生存无关的信息，也许将来，当我们大大地拓展了我们的生存空间和环境，我们自然就能看到了。"

许橙似懂非懂地点点头，她接着问："那么，拉玛人真的全部都走了？"

"我不知道。"沈延卿摇摇头，"也许它们还在这个世界的某个角落看着我们，也许它们就生活在我们中间，在这里。"他指指山下冷湖镇的方向，此时的冷湖镇已经不再是一片黑暗，而是一片灯火辉煌。机械的施工声远远地传来，这片土地正以肉眼可见的速度重新焕发生机，"在城市最不起眼的角落，在我们意识不到的地方，看着我们。"

"我还是担心，如果人类找到了意识上传虚拟世界的方法，还会继续进行太空计划吗？毕竟探索太空可不只是发射几个探测器那么简单，对先驱者们来说意味着牺牲，对普通人意味着降低生活水准，而且我们这一代人可能都看不到第一个火星城市的建立。"赵永生说。

"我要告诉你们的是，我也问过拉玛人这个问题，它们没有给我说细节，只是告诉我意识上传是不可能实现的，意识和物质之间的关系远比我们想象的要复杂，人类的科学框架还远未触及这个秘密的边缘，这个秘密可能是宇宙中更深层的秘密之一。在很长的一段时间内，人类都难以进行窥探。"沈延卿说。

"没错。"许橙由衷地感叹，她看向星空，黑色的瞳孔里散射着无数星光，"很多人一方面否认着灵魂的存在，否认着灵魂能传输到最合适的载体内，另一方面轻松地就把灵魂换成意识这个名词，认为意识可以上传到冷冰冰的机器里，这本身就是充满了矛盾的。人类在没有彻底破解意识或者灵魂的秘密之前，是不可能做到将灵魂上传到机器的。"

沈延卿点点头："我们需要学习的还有很多。"

"还是有很多人不相信拉玛人是真心帮助我们。"赵永生也抬头望着星空，"有很多人认为这是一个陷阱和圈套。"

"老赵，一个文明在宇宙中最大的敌人是什么？"沈延卿问道。

"其他文明？毕竟宇宙的资源是有限的……"赵永生试着回答道，不过他马上摆摆手，"我不知道……"

"至少从拉玛的所作所为来说，宇宙的真实图景并不是黑暗森林那么简单。"许橙轻轻摇摇头，"如果把每种文明都定义为一种生命，将宇宙比作地球，那么这些生命也生存于地球的不同环境之中，就像有的生命生活在落叶下面，有的生命生活在树上，有的生命翱翔在天空，有的生命深潜在海底，许多生命注定终其一生无法和其他生命产生交集，就像深潜海底的鱼儿意识不到鸟儿飞过天空。有些生命即使相对而过，也意识不到对方的存在，就像蚂蚁意识不到一个男孩从蚁丘上走过……"

"没错。"沈延卿赞许地点点头，"你们是否还记得我之前说过，黑暗森林成立的基础是文明之间必须是可交流的，但我忽略了更重要的一个假设条件：那就是必须有足够多的可交流文明，则一定会发展出太空科技。但这个假设很难成立，大部分文明都在发展出太空科技之前消亡了。正如地球上存在着最简单的病毒和细菌，也存在着蚂蚁和蜜蜂。宇宙中的生态环境更加复杂，不是每个文明都能幸运地发展出跨星系旅行的能力，遇到能意识到对方存在，甚至能够进行沟通交流的其他文明更是极端微小概率事件。文明最大的敌人不是其他文明，而是险恶的宇宙环境，严酷的低温、真空、星体撞击、一个超新星的爆发就足以摧毁一个文明，还有我们尚不了解的其他宇宙灾变……宇宙本身就是生命和文明最大的敌人。只有更广泛的合作，才能更好地生存下去。"

"合作？"赵永生有些不解地看着沈延卿。

"没错，合作很可能是唯一对抗宇宙的模式。单细胞生命合作成为多细胞生命，动物体和病毒的合作形成了线粒体共生结构，植物和病毒的合作形成了叶绿体共生结构，据说毛毛虫和蝴蝶在远古是两种不同的生物，进行了合作之后，成为今天我们看到的蝴蝶。人类最开始是通过简单的血脉组成的家族进行个体合作，众多的血脉家族组成了更大的部落，部落组成了更大的部落联盟，文化认同又让我们组成了国家，国家与国家的合作组成了联合国，现在我们正在走在更紧密的合作这条道路上。而现在，我们知道了还有更大的合作可能，从不同的星球上发展出的不同的文明进行更广泛的合作，共同对抗严酷的宇宙。"

沈延卿站起身，抬头望着星空，在璀璨的星光下，沈延卿的胸中有一股澎湃的激情在燃烧。

"许橙，你曾经说我们人类是一个智慧和理性的物种，你说人类不像动物一样依然依靠本能行事，但你错了，每一个人类个体都认为自己是理智的，但果真如此吗？实际上，绝大多数人类都是本能的奴隶。如果把人类文明看作一个整体，那么人类文明更谈不上是一个智慧和理性的物种，整个人类社会都还被本能绑架着，资本就是人类这个物种的本能的终极体现形式。资本四处逐利，目光短浅，人们只愿意为能够给自己带来舒适和愉悦的商品花钱，于是资本就满足了他们，流向游戏产业、喜剧产业、互联网社交产业、虚拟现实产业、快餐递送产业……唯独绕开了不能产生短期利益的太空产业。能让人类走出地球的太空科技发展得极度缓慢，人们不愿意在这上面花钱，对星空和宇宙的好奇心是和我们作为动物的本能相悖的。"

"你们一定很好奇，为什么拉玛人那么肯定地认为人类将在100年内灭亡。"沈延卿停顿了一下，才继续说道，"事实上拉玛人可能已经从更高的维度上看到了人类的命运，人类没有灭亡于自然灾变，没有小行星撞击地球，更没有超新星爆发，太阳也依然温暖，人类灭亡于一场不可避免的战争。战争的怪兽被释放出来以后就不以人类的意志为转移了，只有亿万灵魂才能填饱这头来自地狱深处的恶魔的口腹。战争就是赞神告诉卓玛要毁灭吞噬村庄的恶魔，即使这个恶魔返回了地狱，人类文明也已经遭受了不可逆转的重创，永远无法回归正常的文明轨道，只能在无尽的灾难和黑暗中消亡。"沈延卿苦笑一声，"没有人意识到，我们这一代人正在经历的时代很可能就是人类文明的巅峰了。"

沈延卿描绘的恐怖景象让赵永生和许橙不寒而栗。

"太不可思议了……"赵永生喃喃地说。

"延卿，这些，你都给各国政府首脑们说过了？"许橙轻声问道。

沈延卿点点头："他们都知道了，但是，我们的文明是一个整体，我们每一个个体都是人类文明这个巨大生命体的组成部分，要每个人都行动起来，不能只依靠社会的上层，只有大多数人都意识到人类不能再像动物一样完全被本能所控制，人类文明才能真正得到升华。"

　　"看看乐观的一面吧。"沈延卿动情地说，"拉玛的到来改变了人类，至少让人类这个群体意识到了自己仍然被动物性的本能支配着，只有意识到这一点，才有改变的可能。人类要想成为真正的星空种族，必须摆脱本能的支配，成为一个真正成熟理智的文明，毕竟，我们的征途一定是星辰大海啊。"

　　沈延卿张开双臂，他轻轻闭上眼睛，仿佛回到了那个遥远的夜晚，小男孩的双手分别被父母温暖的大手牵着，他像鸟儿一样张开翅膀，沿着银白色的小路飞向星辰大海。

　　那将是新人类的征途。

尾　声

30 年后，青海冷湖城已经成了全亚洲最大的太空发射场，几乎每天都有新火箭满载着货物和开拓者们拖着长长的尾迹从冷湖发射场升空，前往国际空间站，然后在特定的时间窗口从国际空间站前往 0.5 个天文单位之遥的火星。在火星东半球赤道附近的克里斯海边，一座名字也叫作冷湖城的火星城市正在崛起。

人们戏称，这是一段从冷湖到冷湖的旅程，地球上的旧冷湖是一个起点，但人们都明白，火星上的新冷湖绝不是一个终点。

两个冷湖，连接起了人类的命运。

同时，地球上的冷湖城已经成了著名的旅游景点，俄博梁酷似火星的环境更是成为全世界的游客都趋之若鹜的火星怀旧圣地。当火星还是一片荒芜的时候，没有人类踏上过火星；当火星已经变了模样之后，人们只能在俄博梁找到昔日火星的痕迹。

偶尔还有探险者来到俄博梁，他们坚信拉玛基地并没有消失，而是依然隐藏在俄博梁深处的某个地方。曾经有探险者信誓旦旦地说，在某个深夜，在俄博梁深处，他们见到了一座由黄金和美玉建成的宫殿……但当地的老人们都说，那是赞神的宫殿。

红色的雅丹丛严守着它的秘密。

潜龙在渊

潜龙，勿用。

或跃在渊，无咎。

——《周易》上经　初九、九四

神龙失执

北魏孝昌三年丁未十月（527 年 11 月）。

寒风萧瑟，铅灰色的云层压在众生头顶，树叶都已落尽，黄河业已冰封，洛阳城内外，一片肃杀景象。一大早，天空就飘起零星的雪屑，时至中午，细雪已然变成鹅毛大雪。纷纷扬扬的雪片从九天之外挥洒至人间，片刻之后，整个世界都变成茫茫白色。

此时，洛阳城中御史中尉府大堂中正进行着一场激烈的争论。

"兄长，此事必有妖！"御史中尉府大堂里，身穿青色长衫的郦道峻喝道，"此圣旨绝非胡太后本意，请务必三思而行！"

"是啊，父亲！"一个头戴漆纱笼冠，身着紧身袍褶的年轻人急切附和道，"那雍州刺史萧宝夤素来多疑，今年又刚被削职为民，对朝廷心怀忌恨。我听闻，那萧宝夤平叛屡次败北，恐已有反叛之心！这关右大使，做不得啊！"

"伯友，慎言！"身着长袖黑袍的御史中尉郦道元喝道，他转向郦道峻，朗声说道，"身为朝廷命官，为朝廷分忧乃臣子的本分。山东、关西叛乱不止，刺史大人连年出军，耗费甚大，心有惶恐也属人之常情。虽然今年曾被削职为民，但也只是权宜之计，而非朝廷本意。朝廷复起萧宝夤为征西将军、雍州刺史、西讨大都督，足以证明朝廷对萧宝夤的重用之心。吾此行乃为将军分忧之举，尔等不必再说。"

郦道峻长叹一声，两个儿子也默然不敢作声。

"道峻，伯友，仲友，"郦道元看着弟弟和两个儿子，语气缓和道，"吾知尔之虑，此行恐有凶险，但当逢乱世，身为臣子当为朝廷分忧，恪守君臣之道，断无退缩之理。"

"父亲，"次子郦仲友开口道，"叔父与兄长所言也不无道理，您为官多年，执政严厉，刚正不阿，朝中可是有不少人记恨于您。端端在这个时刻，委任您为关右大使，前去那是非之地，恐有内情。"[①]

"此事必为汝南王与城阳王所为，"郦伯友恨恨地说，"父亲杀那丘念[②]，汝南王绝不会放过您；元渊为城阳王所谗，您力陈真相，得罪城阳王。此二人乃皇室宗亲，一定是他们蛊惑了胡太后，委任您为关右大使。而那萧宝夤如若得知您为关右大使将前往督军，这……"

"丘念徇私枉法，罪无可赦，当杀。"郦道元打断长子，沉声说道，"元渊破六韩有功，遭无妄之灾，当救。吾做事向来顺应天道人事，然则，大丈夫有所不为，亦将有所必为者矣。此事不必再提，汝若不愿同去，吾不怪尔等。"

---

① 《北史·卷二十七 列传第十五》中记载："道元素有严猛之称，权豪始颇惮之。而不能有所纠正，声望更损。"

② 《北史·卷二十七 列传第十五》中记载："司州牧、汝南王悦嬖近左右丘念，常与卧起。及选州官，多由于念。念常匿悦第，时还其家，道元密访知，收念付狱。悦启灵太后，请全念身，有敕赦之。道元遂尽其命，因以劾悦。"

郦伯友与郦仲友交换了一下目光，异口同声说道："父亲既心意已决，吾愿同去，为父亲分忧！"

话音刚落，郦道峻也坚定地说道："吾愿为兄长分忧。"

"如此甚好！"郦道元起身，看着弟弟和两个儿子，"有尔等相助，此行必然无虞！"

是夜，书房，郦道元点燃烛火，亲自研墨，开始撰写《七聘》的最后一篇。天色微明之际，一夜未眠的郦道元长吁一口气，丢下毛笔，走至院里。大雪已经落尽，灰云正在散去，一缕金光正从东方升起。郦道元抬起头望着天空，一团长条状云彩恰巧组成一条长龙的图案，龙头龙爪纤毫毕现，霞光映照之下，龙角闪闪发光，龙尾隐没于灰云深处，所谓神龙见首不见尾也。

世人皆知，郦道元所著洋洋洒洒 40 卷《水经注》已经完成，但此非事实。今夜，郦道元才真正完成《水经注》最后一卷：《伏流卷》。但此《伏流卷》将单独成册，取名《七聘》①。此《伏流卷》与其他书卷不同，记载了郦道元真正的心血和秘密。他深知，此卷内容太过惊世骇俗，如若流传出去，必被奸人所用，为祸四方。

此《伏流卷》起笔最早，若无此《伏流卷》，也无《水经注》。郦道元长吁了一口气，心中巨石已然卸下，为此《伏流卷》，他整整耗费了 45 年的光阴。

---

① 《七聘》已失传，《七聘》为《水经注·伏流卷》是笔者虚构。

飞龙在天

45 年前，父亲郦范任青州刺史，12 岁的郦道元随父母居住于青州。年少时，常随父亲外出游历。一日，父子二人行至淄水岑山，见一石刻天梯在峭壁之上，云雾笼罩之时，如一条白龙匍匐于峭壁间。

"此天梯乃鹿皮公所建。"当地长者对刺史说，"鹿皮公乃真仙人也。岑山有神泉，人不能到，昔小吏白府君，请木工石匠数十人，轮转作业，数十日，梯道成，上其巅，作祠屋，食芝草，饮神泉，70 余年。一日，小吏从梯而下，唤宗族 60 余人，命上山。不日，水来，尽漂一郡，没者万计。小吏辞遣家室，令下山，著鹿皮衣，飞升而去。"[①]

"此地颇有仙家气象，"郦范摸着山羊胡笑道，"不想确为仙人飞升之所。"

"此等仙人，不要也罢。"一旁的郦道元不屑地说。

"善长，不可无理！"父亲喝到。郦道元却不服地抬起头，倔强道："这位鹿皮仙人定非真仙人是也。"

当地长者的神情有些尴尬，他转向郦道元，轻声问道："公子何出此言？"

郦道元不顾父亲有些愠怒的脸色，侃侃而谈："其一，天地不仁，

---

① 此处长者所说记载于《水经注·卷二十六 淄水》，引自《列仙传》，此处稍作改写使用。

以万物为刍狗，此鹿皮仙人为何要救人？其二，救也救了，为何只救本宗族之人？其他万人就该死吗？"说完之后，他冷哼一声，"如若他一人不救，尚乃真仙人所为；如若全救，也乃真仙人所为。只救宗族之人，此人心胸何其狭窄，私心甚重！绝非真仙人是也！"说完之后，郦道元挺身直立，静待父亲训斥。

郦范却微微一笑，没有说话。长者思索片刻，向郦道元深深地施了一礼："小公子，老朽受教。"

郦范摆摆手，嘴上却道："莫听他歪理。"

"非也。"长者摇摇头，"小公子明白事理，定成大器。此传说乃凡人编造，却是以凡人之心度仙人之腹了。小公子一言既道破，非常人也。然，此地确有神异之处——"老者指向天梯脚下的一片深潭，"此潭古名为登仙潭，传说乃鹿皮公取水之处，现名为白龙潭，确有一条白龙居于潭底。"

"唔？竟有此事？"郦范颇有兴趣地望向白龙潭，只见那汪潭水不过方圆十丈大小，墨绿幽深，一条溪水从东南汇入，却无通道流出，而潭水周围怪石嶙峋，竟无青苔附着，看似确有不凡之处。

"此潭深不可测，直通海眼。"长者道："有一白龙栖身其间，风雨晦瞑之时，白龙偶有现身，飞腾云间，此地有多人亲眼所见。"

"老人家，此传说有多久了？"郦道元突然问道。

"至少已有百年。"老者回道，"白龙为此地的守护神灵。"

"那么，这百年间，此地风调雨顺，从无大灾？"郦道元又问道。

"这……"老者有些语塞。郦范微微摇头，他及时转移了话题，帮老者化解了尴尬："老人家，真有人亲见白龙？"

"不错。"老者仿佛找回了自信，他将了将山羊胡，点头道，"刺史大人，老朽不敢妄语，确有白龙居于潭中，老朽就曾亲眼见过白龙。"

白龙……回忆到这里，已过知命之年的郦道元长叹一声，那位老者和父亲并不知晓，从那一刻起，小小的郦道元心里就种下了一颗种子。

他望向天空，云彩神龙已经消散，化为金色的云团汇入云海。龙……这世上真的有龙吗？12 岁的郦道元第一次开始认真思考这个问题。

"愿闻其详！"郦范果然被老者的话吸引住了，郦道元也睁大眼睛望着老者。

"那是正平二年（452 年）……"老者捋着山羊胡，陷入了遥远的回忆，"一日，乌云蔽日，狂风大作，光天化日竟如黑夜，老朽和几个伙伴从潭边经过，赫然见一白龙伏在潭边巨石之上，牛头蛇身，有角有爪，鳞甲森然，双目如电，两爪深陷沙石之中，腥臊不可闻。吾等惊惧异常，纷纷调头退走，吾在最后，忽闻一声龙啸，声如惊雷，顿时瘫软在地。回视之，只见云雾大起，白龙盘桓而上，腾跃空中，没入云霄……"

老者说到这里，歇息片刻，仿佛依然沉浸在 30 多年前的那个震撼的时刻。

"那一次只有吾见到了神龙升天。"老者平复了心情，继续说道，"隔日再来，一道深沟出现在潭边，巨石上还有神龙爪印。"

"这么说，白龙已经离去了？"郦道元不由自主地问道。

"非也，非也。"老者摇摇头，"白龙潭乃白龙在人间的居住之所，白龙承蒙天帝召唤时，才会腾跃九天……"

"后来又有人见过白龙？"郦道元追问道。

"不错。"老者点头道，"能见白龙者，乃有福之人，老朽今年已是古稀之年。都是托了白龙之福啊！"

说话间，三人已行至潭边，老者指着岸边一块巨石说道："请看，那就是神龙爪印。"

郦道元兴奋地跑过去，只见一块足有八仙桌大的巨石卧在岸边，巨石上赫然可见一个硕大的爪印，清晰可辨，可见力道之大。郦道元爬上巨石，小心地比画了一下，他的脚掌能轻易放进爪印的脚心处。郦范也走到巨石边，神情严肃地看着爪印道："此物定非自然形成。"他斟酌着说道，"莫非此潭中果真有神龙？"

"自然如此。"老者自信地说，"古有大禹驱使应龙治水，黄帝乘黄龙登天，豢龙氏董父为舜豢龙，御龙氏刘累以龙食孔甲。古往今来，堕龙之事常有耳闻，龙骨也非罕见之物。"

"如若神龙真乃神灵，岂能为人所食？"郦道元暗自摇头，他嘴里说出的却是，"龙居住于何处？"

"龙逐水而居，"老者道，"江河湖海甚至井中，都尝闻有神龙出没。譬如这深潭，底通海眼，幽深不可探，为绝佳栖身之所。吾尝闻，虎从风，龙从云，神龙随云掠行天地之间，腾跃万里，又可深入幽泉峡谷，凡人自然难得一见。"

"逐水而居……"郦道元陷入了沉思，他转头看向那汪墨绿深邃的水潭，脑海中想象着一条通体遍布着白色鳞片的龙从水潭中探出头来，乘风雨扶摇直上，盘旋飞舞，云中穿梭，声若惊雷。

一时间，幼小的郦道元竟然有些痴了。

直到父亲呼唤，他才恋恋不舍地离去。从那以后，龙就像一块磁石一般牢牢地将郦道元吸引。他觉得，自己的命运冥冥之中似乎已有定数。

已近花甲的郦道元从回忆中惊醒，惨白的太阳在云层之上散发着雾蒙蒙的光芒。他跺跺已经有些发麻的脚，走回书房。郦道元将完成的《七聘》收好，放入一个黑漆木匣。

御史中尉唤来四子郦继方，将书稿郑重地交给他："吾儿继方，此书是为父一生之心血，切记要好生保管，切勿视于外人。"

郦继方今年正值舞勺之年①，生得眉清目秀，眉眼之间颇有祖父郦范之像。与两位兄长不同，郦继方性情略显柔弱，更好读书，不喜舞枪弄棒。此时，父亲严肃的表情感染了郦继方，他整肃面容，伸出双手接过木匣，一时间，竟如千金之重。

"父亲。"郦继方大胆问道，"孩儿不懂，此书为何不能如《水经注》一般外视于人？"

"世人昏昧，此书一旦现世，恐招来杀身之祸。"郦道元看着儿子漆黑如墨的眼眸，在心里轻叹一声。事实上，他怀疑汝南王的敌意正是因为此书，世上没有不透风的墙，汝南王想必定然听到了某些传言，尽管郦道元知晓那些传言都是无稽之谈，但他却不能一一辩解。丘念之事，郦道元从无悔意，丘念徇私枉法，买官卖官，私吞治河巨款，祸乱人伦纲常，罪无可赦。世人只道汝南王因丘念之事记恨于郦道元，此绝非全部实情。

"如若不能外视于人，父亲为何要作此书？"郦继方再次问道。

"世间真理，不辩不明。"郦道元正色道，"继方，为父问你，为父为何要作《水经注》？"

"父亲作《水经注》，记述千余条河流人文地理，举凡干流、支流、伏流、河谷山川，神话传说，风俗人情无所不包，以传后世，于水患治理、漕运、开挖运河、行军布阵皆大有裨益。"

郦道元满意地点点头，看来郦继方已熟读《水经注》："如此，为

----

① 舞勺之年，出自《礼记·内则》，指 13—15 岁的男孩。

父再问你，世间多兵灾人祸，根源何在？"

这个问题对于郦继方颇有些难，他沉吟了一会儿，老老实实回答父亲："孩儿不知。"

"世间兵灾人祸，不在山川河流，在乎人心也，"父亲徐徐道来，"若要治理水患，开发漕运，造福于民，乱世不可为。《水经注》为外敷之药，不能治人心，不能开民智，不能清民怨，不能平乱世，于乱世乃无用之书也。而此《七聘》实为《水经注》之《伏流卷》，乃格物之书、内服之药，专治昏昧人心。"

郦继方眼睛一亮："父亲，孩儿不懂，既如此，为何会招来杀身之祸？"

"时机未到。"郦道元轻叹一声，"此药效力过猛，常人服之，必生祸乱。且容易为奸人所用，为祸四方。许千年之后，后人读之，方解其本意。故为父将其单独成卷，取名《七聘》是也。"

"孩儿懂了。"郦继方若有所思地点点头，他将黑木匣紧紧地抱在怀中，心中有一丝不祥的预感，"父亲且保重，孩儿定不负父亲嘱托。此书当为郦家秘宝，代代相传。"

"如此甚好。"郦道元站起身，拍了拍幼子的肩膀，沉吟半响，他又道，"继方，为父一行此去并无凶险，你不必忧心，若是……"他斟酌片刻，却只是轻叹一口气。

聪明的郦继方听出了父亲话语中的隐意，抬头看向父亲，朗声道："孩儿谨记父亲嘱咐，断不会让父亲失望。当父亲归来，孩儿还要向父亲讨教江水篇。"

中午时分，一队车马在百名士卒的护卫下从洛阳城西门鱼贯而出，向雍州方向行去。

打凤牢龙

洛阳城西，汝南王府邸。

当郦道元的车队行至西门之外二十里之时，有两人正在书房中密谈。

"王爷，郦道元已经出发了，两位公子和郦道峻一同随行。"一个身穿紧身宽袖、头戴纶巾之人低声说道，言语中掩饰不住得意之情，"我的人亲眼看见他的车队出了西门。"

"大善！"书房的主人目光阴鸷，恨恨地说，"郦道元胆敢杀我爱将，此仇当报！不过，那萧宝夤……"汝南王依然有些疑虑。

"王爷不必担心，那萧宝夤屡战屡败，早已如惊弓之鸟，惶恐不安。如若是其他人去雍州，萧宝夤是否起事尚不可知，但郦道元是何许人也。郦道元做这个关右大使，萧宝夤不反也得反了。"魏收阴笑道。

"这郦道元既然不能为我所用，"汝南王冷声道，"也怪不得本王了，只是便宜了他，死于反贼之手，也得青史留名。"

魏收不屑地摇摇头："非也，若我主修《魏史》，我能举之则使上天，按之当使入地。郦道元者，酷吏尔。"

元悦拊掌赞同，那郦道元行事素来严酷，太和年间，郦道元任书侍御史，执法严苛，被免职。景明年间，郦道元被下放为冀州镇东府长史，为政严酷，以至人民纷纷逃亡他乡，朝中颇有微词。延昌年间，郦道元为东荆州刺史，苛刻严峻，以至百姓曾到朝廷告御状，被罢官。但此人依然不肯收敛，正光四年任河南尹，更是变本加厉，帮助元渊开脱，得罪城阳王元徽。更让元悦震怒之事，则是郦道元竟敢抓捕他的近臣丘念，元悦上奏灵太后，获得了赦免诏令。而那郦道元听闻风声，竟然先斩后奏，抢先在诏令下达之前将丘念处死，更令元悦愤恨的是，这御史中尉竟然假借丘念之事上奏弹劾汝南王元悦。

"郦道元此人就像茅坑里的石头一样又臭又硬。"想到丘念，元悦感到一阵怒火自腹中升起，胸口抑郁难平，"该杀！"

"此獠当诛！"魏收附和道。

汝南王略颔首，道："让你的人盯好了，如果郦道元半途而返，立即告知于我。"

魏收心领神会："大人不必担心，我已派人远远盯着车队，如若郦道元半途逃走或者折返，我定上表弹劾他抗旨不遵之罪！"

"如此甚好，去吧。"汝南王摆摆手送客，魏收急忙点头哈腰退了出去。

魏收走后，元悦在书房里来回踱了几步，依然不太放心，他招来一个内府心腹，吩咐道："立即派人速速前往雍州附近，沿路散布郦道元前来治罪萧宝夤的消息。"

心腹领命而去，元悦站立半晌，恨恨地自言自语："郦道元，你这是何苦，若你相助本王，何至于此！"

与此同时，端坐在马车中闭目养神的郦道元突然睁开眼睛，有些不安地看着窗外。此时车队已经远离城郭，进入荒野。目力所及之处，一片昏黄萧瑟，枯黄的野草中偶尔可见一两棵枯死的老树，一只老鸦被车队惊起，发出嘎嘎的叫声远去了。

郦道峻拍马向前，来到郦道元马车的窗边，道："兄长，我有一言，不知……"

"讲。"

"我听闻，朝堂之上，汝南王元悦力荐你为关右大使，前去宣抚刺史，但那萧宝夤的反意人尽皆知，此乃借刀杀人之计也！"

"正因为有此传言，我更要前往，如传言属实，正是我履行职责之时；若传言为虚，我当助刺史一臂之力。"

"话虽如此，但古人云，君子不立危墙之下，切不可掉以轻心。我建议派遣先行使者乔装前往打探虚实，如有异动，也可及时避险。"郦道峻急切道。

见郦道元沉默不语，郦道峻恳切地说："兄长，你我的安危不足挂齿，但两位公子可也在车队中。"

"如此，便依你所言。"御史中尉终于点点头。

"好。"郦道峻大喜，他拍马向前，召唤了两个使者，做了一番吩咐。两名使者换下官服，各乘一匹快马，先行向西而去。

郦道元放下窗帘，将寒风隔绝在外。他将双手置于袖筒之中交握，靠在车厢上，双眼微闭，只听见侍卫们的脚步声和车轮压过崎岖地面的嘎吱声不绝于耳。此行有凶险，但绝非死路。郦道元深知自己恪守法度，严格执法，得罪了不少朝中之人，但郦道元也知晓自己所作所为乃顺应天道人心。韩非子云："明其法禁，察其谋计。法明，则内无变乱之患；计得，则外无死虏之祸。故存国者，非仁义也。"商鞅既死，但法度犹存，后大秦横扫山东六国。前秦苻坚既死，群雄并起，帝国崩坏，实乃法度失衡也。任法而治，可避人存政举，人亡政息，此乃千秋存续之道也。

丘念不杀，则法度无存，法度无存，则纲常崩坏，国家危矣！君子当恪守心中之道，大丈夫行走世间，何惧险恶？大义当前，区区一个汝南王又如何？

郦道元在心中微微叹息一声，思绪转向他处。

他今年已经五十有七，年近花甲，腿脚多有不便，想必是年轻时走过太多的路。

郦道元熟读古籍，对上古奇书更是如数家珍。尤其是那居于西海之南，流沙之滨，赤水之后，黑水之前的昆仑山，更是让幼时的郦道元心向往之。他想知道，那昆仑山是否真有神池与西王母，佛国恒水是否真的源出昆仑[①]？

但昆仑山太过遥远，此生已难亲至，每思至此，郦道元不免心中暗自叹息。如若不是生于官宦之家，郦道元必将行至大地尽头，如有可能，他想亲往昆仑之西，亲自查探《山海经》中的记载是否属实。他更想知道脚下的大地究竟有没有尽头，大海的尽头是否真的存在无尽的归墟……归墟之下是否有龙类？

自从 12 岁那年在登仙潭边亲手抚摸了白龙爪印，郦道元就开启了寻龙之旅。

---

① 《山海经》曰："西海之南，流沙之滨，赤水之后，黑水之前，有大山，名曰昆仑之丘。"释氏《西域记》中所云："遥奴、萨罕、恒伽三水俱入恒水。"《扶南传》曰："恒水之源，乃极西北，出昆仑山中，有五大源。"

天龙八部

太和十三年（489 年），父亲去世后，郦道元承袭永宁侯爵位，依例降为伯爵，那一年，郦道元 19 岁。太和十七年（493 年）秋，大魏迁都洛阳，郦道元担任尚书郎。后来，郦道元在多地任职，四处探访古籍中见龙的地点，足迹踏遍了所能行至的河流山川。他在《水经注》中详细记载了踏足过的河流山川，世人只知他在为《水经》做注，却无人知晓他也在寻龙。

龙究竟为何物？在利慈池旁，郦道元知晓了一种说法。

一日，郦道元行至沫水，听说晋太始九年（273 年），有两条黄龙现于利慈池[①]。他即亲自前往利慈池观之，只见池水深不见底。路人云，池底直通海眼，有黄龙居于池底，往返于大海与水池之间。这个说法和白龙潭的传说并无二致，郦道元在《水经注》中记录了此事。他在池边盘桓数日，希望能亲眼见到黄龙，但却未能得偿所愿。临行时，郦道元偶遇一行脚僧，行脚僧瞧见他的失望之色，开口问道："这位施主，何故忧虑？"

行脚僧的慈眉善目让郦道元放下戒备，他告诉行脚僧，他在寻龙。

行脚僧笑了："龙乃天龙八部众之一，不足为奇。"

---

① 此事记载于《水经注·卷三十六 沫水》，详见附录。

"世上真的有龙？"郦道元惊奇道。

"然也，能为凡人所见之龙有四种，一守天宫殿，持令不落，人间屋上作龙像之尔；二兴云致雨，益人间者；三地龙，决江开渎；四伏藏，守转轮王大福人藏也。施主所寻，乃地龙也。"行脚僧肃然道。

"这地龙，又居于何处？"郦道元急急追问。

行脚僧指指水池："地龙蛰伏于深渊之中，顺伏流而行，常人难以见之。偶有现身世间，非大德者不能见。"

"吾尝闻，人多见兴云致雨之龙。"

"兴云致雨之龙乃奉龙王之令行云布雨，福泽四方，龙常从云雾探首从江河湖海中吸水，故多为人见。"

"如此说来，龙实非人间之物……"郦道元沉思道。

"龙有神通，变化莫测，能大能小，能隐能现。龙的种类不同，有金龙、白龙、青龙、黑龙，有胎生、卵生、湿生、化生，又有札龙、鹰龙、蛟龙、骊龙，又有天龙、地龙、王龙、人龙，又有鱼化龙、马化龙、象化龙、蛤蟆化龙。"行脚僧终于说出了更多，"但施主须要明了，龙虽神异之物，但依然是轮回之中的畜生，未得解脱。"

"大师的意思是？"

"龙有四苦：被大鹏金翅鸟所吞苦，交尾变蛇形苦，小虫咬身苦，热沙烫身苦。"僧人肃然道，"施主，龙本非人道之物，实乃虚妄，切莫陷入执念。"

郦道元心中一动，紧接着他恭敬地向行脚僧施了一礼："小子受教了。"

"施主不必多礼。"行脚僧回了一礼，"人身难得，切莫虚度在追寻虚无之物上。苦海无边，苦海无边啊。"

与行脚僧分别之后，郦道元仔细翻阅佛经典籍。末了，郦道元却不完全赞同行脚僧之语，尽管行脚僧是出于好意，但也未免过于轻率。他心知，行脚僧之言乃佛经之语，对龙的描述多有传说夸大之意。他曾在古籍中见到记载，知上古夏朝有豢龙氏与御龙氏。可知，上古之时，龙类并非罕见之物[①]。

由此看来，古人不仅见过龙，而且竟然豢养龙，甚至胆敢食龙之肉。郦道元每思至此，不禁有匪夷所思之感。由此可见，龙实非神异之物，上古之时，龙并非罕见之物，也许存在一个人与龙共存的时代。行脚僧所言，绝非可信之词，龙非神异之物，只是一种罕见生物，古籍也多有食龙记载[②]。

在一个深夜，郦道元提笔在《伏流卷》中写下："……行脚僧之论，大谬也……"

落笔之后，郦道元突然想到，龙可畜又可食，绝非神物，既然龙非神物，所谓真龙天子，也实属杜撰之言，但世人皆以为龙乃神物……如若有人知晓他在寻龙，恐怕……

他警觉地打消了自己的思绪，也第一次意识到手中之笔可能带来杀身之祸。

此《伏流卷》绝不可外示于人，在那个夜里，郦道元在心里做了决定。

花甲之年的郦道元在颠簸的车厢中沉沉睡去，睡梦中，一条黑色巨龙在云间蜿蜒穿梭，引颈长吟。

---

① 《九州要纪》云："董父好龙，舜遣豢龙于陶丘，为豢龙氏。"《水经注·卷三十一》中记载："尧之末孙刘累为御龙氏，以龙食帝孔甲，孔甲又求之，不得，累惧而迁于鲁县，立尧祠于西山，谓之尧山。"

② 《述异记》卷上："汉元和元年，大雨，有一青龙堕於宫中，帝命烹之，赐群臣龙羹各一杯，故李尤《七命》曰：'味兼龙羹。'"《博物志》中有载："龙肉以醯渍之，则文章生。"意为龙肉用醋来腌泡过，就会产生五色花纹。此记载多不可信，读者姑妄听之。

亢龙有悔

雍州。

征西将军、雍州刺史、假车骑大将军、西讨大都督萧宝夤最近非常烦恼。正光五年（524年），羌人莫折大提聚众叛乱，称秦王；三月后，莫折大提死去，其子莫折念生率众称帝，建元天建。大魏皇帝令萧宝夤去讨平莫折念生，但萧宝夤连年出军，耗费甚大，屡战屡败，心中甚是不安，生怕朝廷降罪于他。

前些日子，朝廷将他削职为民的情景还历历在目。若非忌惮他滞留雍州，麾下有兵，朝廷断然不会重新起用他。这位西讨大都督本想厉兵秣马、一鼓作气击溃叛军，奈何军士疲惫，物资短缺，屡战屡败。今日，从京师传来的消息更是让萧宝夤心惊肉跳，朝廷居然派来了御史中尉郦道元！郦道元此人素来严酷，想必此行绝非善意。而且此人胆大包天，连汝南王的宠臣丘念都敢斩首。

昨夜，一名来自京师的密使拜访了他，给他带来一条消息，郦道元此行名为宣抚，实乃降罪于他，且有先斩后奏之权。

"本都督为平叛之事殚精竭虑，可是朝廷要粮无粮，要兵无兵，空封一堆名号，又有什么用！"萧宝夤狠狠地一拳砸在桌子上，他狐疑地看向来使，"汝南王为何帮我？"

"汝南王实不忍看大都督如此忠臣良将遭宵小奸贼所害。"使者压低声音道，"那郦道元行事乖张，早已惹得天怒人怨，朝堂之上，谁人不想除之而后快？"

萧宝夤冷冷一笑："非也，吾听闻那汝南王之宠臣丘念为郦道元所杀，故出借刀杀人之计！妄图借本都督之手，除去郦道元尔。"

使者面不改色："汝南王若想诛杀郦道元，何须假手他人？若汝南王想保丘念，谁人能伤他一根寒毛？汝南王此举实属无奈，若郦道元治关中，大魏危矣！"

"使者何出此言？那郦道元绝非等闲之辈，他领军克彭城，诛伪帝元法僧，官拜御史中尉，谁人不知？"

"大都督只知其一不知其二，郦道元生性残暴，素有酷吏之名，任冀州镇东府长史期间，为政严酷，以致人民纷纷逃亡。如他治关中，人心即散，谁来抵挡叛军？"

"倒有一分道理。"萧宝夤略微沉吟，再道，"不过，那郦道元麾下只有百余兵士，如何治罪于我？"

"都督可别忘了，"使者冷笑道，"都督麾下兵士，大部皆为大魏兵将，而大都督你乃南人，倘若那钦差郦道元振臂一呼……"

萧宝夤沉思片刻，正色道："使者请回，汝南王好意在下心领，但诛同僚之事，绝不可为。为陛下尽忠乃臣子本分，若御史中尉奉旨来取下官人头，下官也绝无怨言。"言毕，挥手送客。

使者深深地看了萧宝夤一眼，拱手道："如此，大都督好自为之。"

萧宝夤彻夜未眠，那密使之言不无道理，萧宝夤本非大魏之人，而是大齐鄱阳王，若非那逆贼萧衍篡位谋反，祸乱大齐，更欲加害于他，何至于赤脚乘船，风餐露宿，惶惶然如丧家之犬逃至大魏。他数次引大魏之兵南征伪梁，却屡屡功败垂成，复国之望愈加缥缈。他坐镇关中平叛，又遭接连兵败，朝廷早有猜忌，以至年初竟将他削职为民。

天色微明，萧宝夤急招柳楷，共商对策。

"孝则，吾命休矣！"萧宝夤叹道，"朝廷派来御史中尉郦道元做关右大使，这是来治罪于我啊。"

"大人莫慌。"柳楷道，"我听闻郦道元此行带了一百兵士，财物两车，且有两公子随行，想必是来宣抚，而非治罪。"

"非也。"萧宝夤正色道，"此乃掩人耳目之举，那郦道元素来狡诈，吾听闻郦道元抓捕丘念之前，丘念早已得知风声，藏匿在汝南王府第中不露面。郦道元放出风声，声称不会对丘念不利，暗中却进行侦查，发现丘念每隔几日都会在深夜离开王府返回家中小住两日。据此将丘念逮捕入狱，更是在赦免圣旨到来之前先斩后奏，此人素有酷吏之名，怎会安抚于我？"

"这……"柳楷的脸色也变了。

"我已得到确凿消息，郦道元此行是来治罪于我的，我若束手待毙，难免成为下一个丘念！"萧宝夤愤愤地说。

柳楷察言观色，立即道："雍州非京师，大人您也非丘念，万不可束手待毙。"

"不束手待毙，又当如何？"萧宝夤目光炯炯地看着柳楷。

柳楷已然心中有数，他心一横，决然道："大王乃齐明帝之子，如今起兵，符合天意。歌谣也曾道'鸾生十子九子鷇，一子不鷇关中乱'。昔周武王有乱臣十人，乱即为理，大王本应治关中，何以疑虑至此？当断不断，反受其乱！"

"如此，"萧宝夤面色一凛，终于下定了决心，"我即刻令行台郎中郭子恢率兵前往截杀郦道元！"

半个时辰后，在夜色掩护下，两千兵士在郭子恢率领下出了雍州，向东疾行而去。

似龙非龙

此时此刻，郦道元的车队正沿着官道不疾不徐地向雍州进发，对即将到来的危险一无所知。

郦道元中途醒来几次，他睁开昏花的双眼，掀开窗帘向外望去。月光如水，骑士们和士兵们沉默地行进着，月光倾注在苍茫大地上，让大地看起来像一片银色的海洋。车队就像一叶孤舟在大海上行进。

老人放下窗帘，在月光之海中沉沉睡去……

遇到行脚僧之后，郦道元继续四处探访，路途之中，听闻许多见龙之事，甚至多见亲历者。郦道元每夜都将见闻进行详细记录，但他却从未亲眼见龙，引为一大憾事。久而久之，竟有些疯魔。

直至有一天，郦道元遇到了龙。

一日，郦道元行至淮河，恰逢雷雨，暂在路边一草屋中躲避。雷声隆隆，大雨倾盆。忽闻有人惊叫："有龙！"

郦道元疾行而出，见河边数人正抬头望向天边，指指点点，嘴里大呼小叫着："神龙！龙吸水！"

郦道元望向天边众人所视之处，只见一巨型水柱自云间垂落，旋转不休，云雾缭绕，浊浪滔天。郦道元心中一凛，不禁回忆起行脚僧所言兴云致雨之龙，想必眼前这就是了。龙吸水足足持续了小半个时辰，才渐渐散去。郦道元矗立河边良久，他仔细观察"龙身"，却未发现任何鳞爪，那的确是一条水柱。他也仔细观察水柱与云层相接之处，也未发现龙角龙须，更未看到龙身龙爪和龙尾。那一次是郦道元第一次目睹龙吸水，自此之后，他多有寻访，却从未有人见到龙的躯体。以后的数十年里，郦道元又见过数次龙吸水，同样未见龙体。渐渐地，郦道元有了自己的想法，他心知此"龙"绝非真龙，更像是一种自然现象。世人传说神龙兴云致雨，乍见此景，难免以讹传讹，做牵强附会之语。

一夜，郦道元提笔写道："所谓兴云致雨之龙，余观之，无鳞无腿，更不见首尾，不类活物。虽能吸水致雨，但实非真龙也。"——《七聘》(《水经注·伏流卷》)。

又一日，郦道元行至一集市，见众人围观一营帐，营帐入口有人把守，不时有人交钱进入，有人尽兴而出。郦道元上前询之，出者云：幼龙是也。郦道元顿时好奇心大起，毫不犹豫花钱进入营帐。营帐中央地面上摆放着一只古怪的动物。此物身长不过一丈，遍体漆黑，浑身披甲，阔嘴，四条短腿，趾间有蹼，长尾，早已死去多时，貌似稻草填充。郦道元并未见过此物，但确有一种莫名熟悉之感。

只听一人大笑："此非真龙，乃猪婆龙也！"

众人愕然，然后哄堂大笑。摊主瞪圆了眼睛，脖子通红，争辩道："猪婆龙，岂非龙乎！"

郦道元也恍然大悟，此物又名地龙，古籍多称鼍，传说龙与蛇交合出蛟（双犄角为龙，单犄角为蛟），龙跟蛟交合出猪婆龙[①]。

郦道元此时再细观此物，确与传说之龙有相似之处，难免有误认

---

① 《山海经·中次九经》云："又东北三百里，曰岷山。江水出焉，东北流注于海。其中多良龟，多鼍。"鼍、猪婆龙皆为扬子鳄的别称。

之嫌。他若有所思地看了一会儿，才面带笑意离去。

"鼍，又名猪婆龙、地龙，长三尺，有四足，背尾皆俱鳞甲，南人嫁娶，尝食之。北人不知有鼍，故多误传为龙也。"——《七聘》(《水经注·伏流卷》)。

困龙失水

车队离开京师已经 4 天，郦道峻急急来到兄长面前，肃然道："斥候仍未归来。"

郦道元思索片刻，道："前方乃何处？"

"阴盘驿①，此地地形险峻，乃绝佳伏兵之处，不可不防！我已新派斥候前往探路，发现似有伏兵之象。"

"如此，"郦道元面色不变，沉声道，"宣令，停止行进，就地扎营！"

郦道峻点头："甚好，若有伏兵，必按捺不住……"

"若真有伏兵，以百人之力，恐难以抵挡。"郦道元打断弟弟，"速速派人绕过阴盘驿，前往长安联络南平王②与封伟伯，若萧宝夤果有反意，请大陇都督与封伟伯相机行事。"

郦道峻领命而去，片刻之后，随着一声声号令，车队缓缓地停止了行进。

郦道元走下马车，车队正行进于一片开阔的山谷之中。此路为淮

---

① 阴盘驿，今陕西省西安市临潼区东北阴盘城。

② 南平王乃元仲冏，大陇都督，萧宝夤阴谋反叛北魏，元仲冏和封伟伯察觉之后，暗中准备起兵讨伐他，计划败露。孝昌三年十月廿日（527 年 11 月 28 日），元仲冏在长安的公馆中被萧宝夤派人杀死，时年 37 岁。

水旧道，河道早已干涸，大大小小的鹅卵石堆积在道路两旁。远处，群山叠嶂，黑影幢幢，在月光下如一群群远古巨兽般森然匍匐。

郦道元负手而立，向前望去，群山逼近，山谷逐渐收缩为峡谷，一座小山峰矗立在峡谷入口，想必前方即是阴盘驿亭了。

此地乃绝地，若果有伏兵，一齐杀出，此地也绝非防守之地。他传来郦道峻，指着前方山峰道："速速起营，攀援此山，若伏兵来袭，可据高而守。"

刚刚扎下营盘的车队骚动起来，如一条长蛇般向阴盘驿亭开去。

与此同时，一名兵士正向郭子恢密报："报将军！抓到两个形迹可疑之人。"

"带上来！"郭子恢命令道。

片刻后，两个被五花大绑的人被带了上来，一个校尉禀报道："此二人骑乘快马，形迹可疑，喝令不止，我恐泄露风声，将二人拿下，请将军处置。"

"做得好！"郭子恢道，"你等何许人也？欲前往何处？"

"小人乃此地山民，欲前往长安……"一个俘虏张口说道。

"山民哪里来的军马！"校尉冷声道，"如再出胡言，立斩之！"

"不必再问了。"郭子恢挥挥手，他眼尖，早已看出二人乃行伍之人，"事情已经败露，不必再埋伏。传令，全军出击！"

但是已经晚了，当大军前行至阴盘驿亭时，郦道元一行已经登上山岗，据险而守。此山岗只有一条小路上山，周围尽是峭壁，易守难攻，颇有一夫当关，万夫莫开之象。

郭子恢立即下令进攻，兵士们如潮水般向山岗涌去，又一次次被击退，山坡上遗尸无数。守军凭借有利地形，居高临下，不停放箭抛石，箭矢如雨，乱石齐飞，郭子恢的进攻一时竟陷入僵局。

山岗之上是阴盘驿亭，在临时搭建的营帐内，郦伯友擦了一把汗水，愤愤道："幸而我等上山，那萧宝夤果然反了！"

"勿慌。"郦道峻刚刚指挥兵士收集山岗石块，堆积在阵前，建造防御墙，"此地险峻，叛军一时无法攻上来。"

"你可看清楚了，山下之人可是白贼[①]？"郦道元神色凝重。

"父亲，山下兵士身着大魏甲胄，是萧宝夤部下无疑，萧宝夤果真反了！"郦仲友急道。

"仲友所言不虚。"郦道峻道，"山下之兵非白贼，乃萧宝夤部下。"

"恐怕南平王也已凶多吉少。"郦道元心道。他一时有些恍惚，那萧宝夤竟然真的反了。寒风瑟瑟，郦道元的心更如浸入冰水，一股彻骨的寒意将他包围。他走尽山川河流，阅尽世间繁芜，却终参不透人心。

"死守！"郦道元下令，"传令下去，只需坚守三日，援军必至。"

但营帐中人都心知，派往长安的使者恐怕凶多吉少。此地虽然险峻，易守难攻，但也难以突围。只要叛军封锁消息，不说三日，恐怕三十日之内，朝廷也难以得知萧宝夤叛乱之举。但为了稳定军心，也不得不为之。现在只能寄希望于朝廷尽快察觉异常，以及派往长安的使者能够顺利联络到南平王。

值得欣慰的是，叛军又发动了几次攻击，由于路径狭窄，一次只通数人，守军推落滚石，杀伤无算，屡屡击退叛军；而己方只有数人阵亡，十数人被流矢击中受伤。

三日内，叛军发起了无数次冲击，都被守军击退，但守方的伤亡也开始变得多了起来。而且，山岗上的众人发现了一个严重的问题，

① 白贼，即羌人叛军，萧宝夤事后谎称郦道元死于羌人叛军之手。

他们虽有足够坚持数月的粮草，但是没有水。叛军似乎也发现了这一点，开始围而不攻，像是想把守军困死在山岗上。

"粮草倒还充足，但山岗上本无水。"营帐内，郦道峻忧心忡忡地说，"阴盘驿亭都在山岗下取水，现在取水之地已被叛军占据。"

"掘井。"郦道元下令，"地下有水。"

郦伯友疑道："父亲，平地三丈尚难出水，这山岗之上……"

"地下有水。"郦道元重复道，他坚定的语气不容置疑，"掘井便是。"

潜龙在渊

地下有水，世人皆知。

《管子》曰："水者，地之血气，如筋脉之通流者。"又《禹本纪》曰："河出昆山，伏流地中万三千里，禹导而通之，出积石山。"

可见上古先贤早已知晓大地之下也有河流、地脉、深渊。水流如大地之血脉，在大地深处奔涌不息，大地之下，无数暗流涌动，偶有暗河流向地面，形成涌泉，或从山洞流出，变为显流。

郦道元多处走访，如白龙潭，利慈池者深不可测，底通海眼之水，多不胜数。以龙渊、龙潭、龙泉、龙池、龙巢、龙穴、龙井等为名之水更是不计其数。细考察之，郦道元发现此等以龙为名之水皆通伏流地脉，深不可测，且皆有各色神龙出没之传闻。

道元思忖，兴云致雨之龙已为虚妄，深渊潜龙尚可一寻。若潜龙实存，必潜于大地极深之处，九幽之渊之中，人力所不能达。郦道元遍寻古籍，多见黄龙、青龙、白龙现于水井。让郦道元惊喜的是，他查到两则就发生在京师的水井见龙事件[1]。

这些见闻更让郦道元坚定了龙潜于大地深渊之说。暗流奔涌，在大地极深之处汇集成地下之海。无数龙族蛟类栖身其中，偶有蛟龙从

---

[1] 《魏书·灵征志上》中记载："世祖神麚三年三月，有白龙二见于京师家人井中。""真君六年二月丙辰，有白龙见于京师家人井中。"

暗河跃出，或现身江河，或现身水井，或现身水潭……所谓潜龙在渊，即为此意。龙非天降之物，而是来自大地深渊也。

郦道元遍寻伏流地脉，却从未亲眼见过蛟龙。

一日，郦道元行至夷水㾴山县东十许里之平乐村，探访一石穴。石穴乃伏流地脉出口，出清流，汇成深潭。传闻中有潜龙出没，每逢大旱之年，村民即将污秽之物置于石穴口，潜龙发怒，则水喷涌而出，扫平污秽之物，农田也得以浇灌[①]。

郦道元历经千辛万苦方寻得此石穴，此地高山险峻，人迹罕至。他抵达此地已是夜晚，不得已，只好露宿山石之上，以躲避猛兽。夜半，潭中水声突起，似有巨物击水。郦道元悚然起身，月光下，只见一黑色巨龙在潭中翻滚。

郦道元屏住了呼吸，胸中如有黄钟大吕敲响，周围的一切都消失了，天地之间只有他和黑龙在清凉如水的月光下遥遥对视。他已经寻龙30余载，今日终于得见，是上苍终于被他的诚意所感动了吗？郦道元的眼睛湿润了，恍惚中，他看到黑龙游至岸边，攀援上岸，四爪着地，盘旋屈曲，昂首，数根龙须随风颤动。

郦道元慢慢爬下山石，此时，他距离黑龙仅有三丈之遥。若古人所言不虚，龙必非凶猛野兽，乃性情温和之物也。但古人也说，龙有逆鳞，触之则怒[②]。郦道元细观之，黑龙脖颈下似有异色鳞片覆之，但他不敢进行验证。

郦道元慢慢走近，细细观之，此黑龙身长十数丈，牛首鼍身，而非蛇身；额有双角，类牛角，而非鹿角；脖如马颈，鳞甲森然，颚下

---

① 此处记载于《水经注·卷三十七 夷水》，详见附录。

② 《韩非子·说难》中云："夫龙之为虫也，柔可狎而骑也。""然其喉下有逆鳞径尺，若人有婴之者，则必杀人。"

有龙须数根，四爪粗壮，腥气袭人。远观之，更类蜥蜴之属，而非蟒类。

此时，黑龙正目光如电望向郦道元，郦道元的心脏几乎停止了跳动，他想停住脚步，但却一步步走向黑龙，直到走到黑龙面前，直至近之可触。黑龙似乎察觉到了郦道元的善意，并无异状，它低下头颅，龙须微微颤动，眼皮微闭。郦道元大着胆子伸手摸向黑龙脖颈，触之微凉，细细观之，黑龙全身覆青灰色鳞片，身脊之上的最大，脖子与尾部的鳞片稍小，鳞片之形类于鲤鱼之鳞。

黑龙垂下脑袋，把脖颈让于郦道元之前，同时微晃头颅。郦道元心中一动，此龙虽非神异之物，但也绝非畜类，乃灵物，可与人心意相通。他试着将双手放置于黑龙脖颈之上，黑龙并无异状，他把心一横，抬腿翻身而上，乘坐于黑龙脖颈，抓住黑龙双角。黑龙察觉到脖颈上有人，仰天长啸一声，挺起身躯，调转方向向水中爬去。郦道元心知黑龙并无恶意，却依然有些惊惶，但更多的是兴奋。能在此生得见黑龙已属万幸，能骑乘黑龙者又有几人？此时，虽死亦无憾矣！

韩非子诚不我欺，龙族性情温顺，柔可狎而骑也！

在郦道元的放声大笑中，黑龙入水，乘风破浪，黑龙刻意让脖颈浅浮，以令郦道元不至入水窒息。黑龙在潭中游弋两圈，转头向石穴冲去。起初非常狭小，且水浅，黑龙四爪并用，爬进石穴。入数十丈，水又变深，黑龙转而潜游。郦道元双手紧抓黑龙之角，身体紧伏在黑龙脖颈之上。黑暗中不能视物，他不知头顶石壁距离几何，只知双脚沉浸在水流之中，冰冷刺骨。黑龙身体矫健，如鱼得水，在暗河中飞快前行。郦道元只知他们正一直向地下潜行，突然，他发现已能视物，他惊奇地发现黑龙身上的鳞片发出青色幽光。

本应如此！郦道元心中大喜，这更验证了他的推论，龙族本生活于地底深渊，暗无天日，若要视物，自会另有光源，借助鳞片之光，足以视物捕食。但龙族也不类某些暗河无眼之鱼，龙生于水，欲上则凌于云气，欲下则入于深泉[①]。借助鳞甲之光，郦道元已经能看清身处的环境。他望向四周，他们正身处一条蜿蜒向下的暗河之中，暗河多有分岔，黑龙显然十分熟悉路径，遇到岔路从不犹豫。水流随地势时而平缓，时而湍急，气温也变得湿热起来。郦道元仿佛已经失去了时间感，不知深入地下多久，突然前方水声大了起来，雾气氤氲。郦道元心道不好，前方乃地脉瀑布是也！还未及多想，黑龙猛然一跃，已然腾空飞跃至半空之中。

郦道元心猛地一沉，他们已然来到了一个巨大的山洞，这是一个存在于地底的巨大空间。但黑龙并未真的腾空，而是在雾气氤氲中飞速下降，落入水中。郦道元屏住呼吸，随黑龙在水底潜行片刻，才再次浮出水面。他回头望去，他们出来的地方隐约悬挂着一条白色的瀑布，在去地表不知几千丈之深的空间中汇聚成渊[②]。

此渊不知多深，举目望去，只见氤氲雾气笼罩，不见洞壁边缘。道元思忖，此地下之海必有出口，出口可能在深渊之底，更通极深之渊，但郦道元以人身恐难亲至。黑龙驮负郦道元在水中游弋，渊水温热，隐约可见极深之处有发光之物穿行隐没。不知是其他龙族，还是某些会发光的奇异生灵。

不久之后，一人一龙行至一岛，黑龙四爪并用，攀援上岸，低下头颅。郦道元从龙身跃下，踏足岛上。他回头望向黑龙，黑龙也正望着他。郦道元抚摸龙角，轻声道："汝带吾至此，是有事相求于我？"

---

① 此处出自《管子·水地》。

② 据估算，埋藏在地下的水是地球表层之水的数十倍，加拿大学者推测，在距离地面15—20千米的岩层中仍有可能存在含水层。

黑龙眨巴一下眼睛，龙须兀自抖动不已，它没有理会郦道元的问询，而是四爪并用，向岛屿深处爬去。郦道元心知黑龙必有事相求，他迈开脚步，紧随黑龙向前走去。黑龙似水中之物，行于陆地之上颇显吃力，四爪无力托起修长的身躯，伏地而行。一人一龙在四周传来的水声中行进，郦道元忽然意识到，此深渊之水另通其他伏流地脉，涌泉无数，为地下庞大水系的一部分。伏流地脉如同人之血管筋脉，此类深渊湖海如同人之五脏六腑，万物皆有灵也。郦道元以人之躯，恐怕只能抵达这里。行进良久，黑龙停住了身躯，郦道元向前望去，隐约可见一座白色小山。这时，黑龙做出一个奇异举动，它盘起身躯，以头触地，做俯首状，龙须顺服贴在嘴边，紧接着，黑龙抬起头颅，发出一声清亮龙吟。

郦道元这才看清，那白色小山并非土石小山，乃龙骨堆成，无数龙骨盘绕堆砌，发出幽幽磷光。此地……郦道元惊骇地倒退两步，此地原为龙族埋骨之地。他终于明白了黑龙为何要带他来此，黑龙想告诉他，为什么人间从未见过龙族遗骨。当龙预感到自己死期将至之时，会来到这个岛屿，这个实为龙之墓的岛屿。

远处也传来附和的龙吟声，渐渐地，龙吟声此起彼伏，无数龙族纷纷引颈长吟。郦道元浑身发抖，泪如雨下，这些灵物世代生活在大地深渊、地下之海，经伏流地脉潜至地表深潭水池，甚至人家水井之中。

有龙腾空飞跃，在洞穴的雾气中蜿蜒飞腾。又有无数黄龙、黑龙、白龙引颈长吟，此情此景，如梦似幻，郦道元已然痴了。

…………

一道亮光袭来，郦道元不禁闭上了眼睛，待眼睛适应了光线，他睁开双眼坐了起来，却发现自己依然身处山石之上。已是清晨，第一缕阳光越过陡峭山峰射进山谷，照在他栖身的山石之上。

是梦？

竟然是梦？

郦道元悚然站起，望向水潭，水潭依然古井无波，并无黑龙身影。

原是一场奇梦！郦道元想放声大笑，所谓日有所思，夜有所梦，郦道元已经思龙数十载，却只换得这一场虚妄之梦！

虚妄之梦！

郦道元终于放声大笑，又放声大哭，涕泪交并。他爬下山石，绕潭奔走，状若疯癫。忽有一道亮光炫目刺眼，郦道元走向前，见一物于石缝间闪闪发亮。他将其捡起，细观摩之，乃归。

自此归来，郦道元再未远行，此次夷水之行，是为郦道元一生之行之绝唱。

龙血玄黄

阴盘驿亭。

叛军在山岗下扎下营盘，围而不攻。山岗之上，士卒已掘井十数丈，仍未见水。越来越多的士卒因缺水而无力作战，郦道元心急如焚。

"兄长。"郦道峻的嘴唇业已干裂，声音沙哑，"依然无水。"郦伯友与郦仲友也焦虑地看着父亲，他们两人的情况也非常不好。

"十数丈？不够。"郦道元道，"还需更深。"

"十数丈已是极限，井底多石，难以挖掘，"郦道峻叹道，"这阴盘驿亭取水之处原本在山岗之下，这……唉！"

郦道元默然无语，他心知人若三日不饮水，则有性命之虞，更无体力挖井和作战。可是今天已经是断水的第七日了。郦道元走出营帐，郦道峻和两位公子追随在他身后。士卒们东倒西歪地躺在临时搭建的石墙之后，看到御史中尉，甚至都无力气站立。一个士兵中箭，伤口竟无鲜血流出。

郦道元并不惧死，但这些士卒却因他而死，弟弟郦道峻、长子郦伯友与次子郦仲友也将因他而死，一思至此，郦道元就心如刀绞。他一生都在寻水，可今日，却要死于无水。他一生刚正不阿，却要死于奸佞小人之手。苍天真是跟他开了一个天大的玩笑！

郦道元举头向天，天空没有一丝云迹。

"道峻。"郦道元看向弟弟，"此次恐怕凶多吉少，兄长对不住你。"

郦道峻肃然道："兄长何出此言，援军必至，南平王一定已经得到了消息。"

郦道元再看向两子，道："伯友，仲友，郦家世代为官，为国尽忠，今日之难，恐难脱身。为父……"他竟已说不出话。

郦伯友和郦仲友对视一眼，一起铿锵说道："父亲不必自责，郦家子孙何惧一死？若在死前能手刃几个逆贼，也死而无憾！"

"好！"郦道元点点头，他行至井边，有麻绳缒下，此时井底已经空无一人，他张开双臂，道，"给为父绑上！为父亲自掘井！"

"父亲不可！""兄长不可！"

三人急急阻止，郦伯友抢先道："这井下幽暗狭窄，不能视物，父亲您……"

"老夫遍寻天下之水，你们谁人比我更懂水？"郦道元威严道，"绑上！"

三人执拗不过，只好含泪帮郦道元于腰间绑上绳索，目送老人缒井而下。

郦道元下至井底，抬头望去，井口已如铜钱大小，井底狭窄，昏暗不可视物。他摸到一只铁锹，开始向下挖掘。地下有水，郦道元知道，地下不仅有水，还有暗流涌动，江河湖海。

郦道元站立半晌，开始挥动铁锹。

无水。

鲜血淋漓，染红了铁锹的木柄，依然无水。

一筐筐泥土被吊出井口，依然无水。

他遍寻天下之水，对每一条河流都如数家珍，他见过全天下最多的水，却难以从井中挖出一滴水。他恪守为官之道，执法公正，却遭奸贼算计。

但郦道元已无憾矣，《水经注》已成，足以流传后世，造福万民。《七聘》已成，足以慰藉天下苍生。

他继续挥动铁锹，依然无水。

老人力竭，终于昏厥过去。

当郦道元清醒过来之时，发现自己已经身在井边。叛军已经攻进石墙。幸存的士卒拼死抵抗，却无力地倒地死去。更多的士卒连站起来的力气都没有，被叛军杀死在地。

郦道元看到郦道峻已经身首异处，郦伯友与郦仲友也已伏尸在地。他站立起身，手拄铁剑，怒视来人。

"御史中尉郦大人。"来者明盔明甲，深鞠一躬，"吾乃行台郎中郭子恢是也，特来取你项上人头一用。"

"本官知尔乃萧宝夤属下。"郦道元挺直身躯，一头花白的头发在风中飞舞，"当年，那萧宝夤如丧家之犬般逃至寿春，大魏庇之！萧宝夤事魏已久，封王爵，拜尚书令，许以重任。即一再免官，亦由宝夤之丧师致罪，非魏之过事苛求也。况旋黜旋用，宠眷不衰，彼乃妄思称尊，构兵叛魏，实属罪无可赦！萧宝夤者，于家为败类，于国为匪人，于物类为禽虫，不忠不孝不义不信之匪类也！"[①]

郭子恢大怒，挥动腰刀，气急败坏地喝道："杀！杀！杀！"

郦道元仰天大笑："无胆鼠辈，若要本官人头，且自来取之！"

　　宝夤虑道元图己，遣其行台郎中郭子恢围道元于阴盘驿亭。亭在冈下，常食冈下之井。既被围，穿井十余丈不得水。水尽力

---

① 此处改编自《南北史演义》蔡东藩语。

屈，贼遂逾墙而入。道元与其弟道峻二子俱被害。道元瞋目叱贼，厉声而死。宝夤犹遣敛其父子，殡于长安城东。事平，丧还，赠吏部尚书、冀州刺史、安定县男。

《北史·卷二十七　列传第十五》

鲜血从郦道元的无头尸身汩汩流出，流入井底，最终回归伏流地脉，汇至九旋之渊。后人评曰：道元之死，犹神龙失水而陆居兮，为蝼蚁之所裁。

尾 声

郦道元死后，萧宝夤谎称为叛军所为，不久之后，萧宝夤又杀死南平王元仲冏和封伟伯，自称齐帝，改年号为隆绪，正式反叛。武泰元年（528 年）春，魏军收复长安，郦道元还葬洛阳。道元陵墓所在何处，今日已不可考。

四子郦继方将一方黑匣放置于父亲灵柩，随同下葬。黑匣之中，除《七聘》之外，匣底还有一片巴掌大的奇异鳞片。

三子郦孝友承袭爵位。现存郦氏后人，皆为郦继方之后。

郦道元死后，晋阳与京师发生两件奇事：

> 庄帝永安二年（529 年），晋阳龙见于井中，久不去。
>
> ——《魏书·灵征志上》

> 肃宗正光元年（530 年[①]）八月，有黑龙如狗，南走至宣阳门，跃而上，穿门楼下而出。
>
> ——《魏书·灵征志八上 第十七》

另，魏收修撰《魏书》，将郦道元列入《酷吏传》。

---

① 史载此事实际发生于约 520 年，此处行文需要，略作改动，请读者见谅。

附　录

《水经注》中部分关于龙的记载

　　县有龙泉，出允街谷。泉眼之中，水文成交龙，或试挠破之，寻平成龙。畜生将饮者，皆畏避而走，谓之龙泉，下入湟水。

《水经注·卷二　河水二》

　　建武中，曹凤，字仲理，为北地太守。政化尤异，黄龙应于九里谷高冈亭，角长三丈，大十围，梢至十余丈。

《水经注·卷三　河水三》

　　祁夷水东北迳青牛渊，水自渊东注之。耆彦云，有潜龙出于兹浦，形类青牛焉，故渊潭受名矣。

《水经注·卷十三　漯水》

白狼水又东北迳龙山西，燕慕容皝以柳城之北，龙山之南，福地也，使阳裕筑龙城，改柳城为龙城县。十二年，黑龙、白龙见于龙山，皝亲观龙，去二百步，祭以太牢，二龙交首嬉翔，解角而去。皝悦，大赦，号新宫曰和龙宫。立龙翔祠于山上。

《水经注·卷十四　濡馀水》

秦武公十年，伐邽，县之。旧天水郡治，五城相接，北城中有湖水，有白龙出是湖，风雨随之。故汉武帝元鼎三年，改为天水郡。

《水经注·卷十七　渭水》

县有赤水，下注江。建安二十九年，有黄龙见此水，九日方去。此县藉江为大堰，开六水门，用灌郡下。北山，昔者王乔所升之山也。

《水经注·卷三十三　江水一》

灵道县一名灵关道，汉制：夷狄曰道。县有铜山，又有利慈渚。晋太始九年，黄龙二见于利慈。县令董玄之率吏民观之，以白刺史王濬，濬表上之晋朝，改护龙县也。沫水出岷山西，东流过汉嘉郡，南流冲一高山，山上合下开，水迳其间，山即蒙山也。

《水经注·卷三十六　沫水》

　　县北十馀里有神穴，平居无水，时有渴者，诚启请乞，辄得水。或戏求者，水终不出。县东十许里至平乐村，又有石穴，出清泉，中有潜龙，每至大旱，平乐左近村居，辇草秽著穴中。龙怒，须臾水出，荡其草秽，傍侧之田，皆得浇灌。

《水经注·卷三十七　夷水》

　　水上有燕室丘，亦因为聚名也。其下水深不测，号曰龙渊。

《水经注·卷三十九　深水》

敦煌遗书

玻尔兹曼囚笼

"飞天号"宽大的舰桥上，星海联邦最高执政官负手而立。

联邦最高参议团成员和各人类殖民星球代表都悉数到场，他们将见证人类获得这场漫长战争的最终胜利。

从舰桥上用肉眼是看不到囚笼的。但是囚笼外侧无处不在的亚光速探测器不断地将拍摄到的画面传回舰船。最高参议团面前的舷窗上投射出一幅画面，这是一个旋涡状星系，但和其他所有旋涡星系不同的是，这个星系的中央有一个直径约 200 光年的空洞，在空洞的中央，是敌人最后的一颗星球，也是它们发源的母恒星系。人类经过数千标准地球年的苦战，付出了巨大的牺牲，终于将敌人驱赶回了它们的母星系。

人类无法彻底摧毁这个可怕的种族，只能将其永远囚禁起来。无数光点在空洞外围突然显现又突然消失，一道道空间畸变的波纹以光速传导出去。在星系外围，人类的舰船正在不停地打开虫洞，将奇异物质砖块牵引进虫洞，然后安置在它们应该待的地方。

"我听说，古中国人曾经做过相同的事情，"人类星海联邦最高执政官说道，"他们为了阻挡北方的敌人，在边境线上建起了一道万里长城。"

"是的，阁下。"最高军事指挥官点点头，"但随着军事技术的发

169

展，长城最终失去了防御功能，但是长城绝非毫无意义。后来，万里长城成为那个伟大民族的精神象征。阁下，我向你保证，这种事情不会再发生，我们建造的这道宇宙长城是永远无法被突破的，克里特人将永远被囚禁在这座囚笼里，直到这个宇宙的末日。"

"我们为什么不能直接摧毁它们呢？"一名来自联邦偏远殖民星球的代表有些好奇地问道，他所在的星系距离人类母星系非常遥远，几乎未被战火波及，对这场伟大的战争了解甚少，在这最后的时刻，人类所有的殖民星球都被邀请派出代表来见证这个伟大的时刻。

"这可不是普通的囚笼，阁下。"一位科学家代表回答，"在这个囚笼内部，宇宙能级被降低，玻尔兹曼量子涨落被抑制。而囚笼壁是由无法被概率波穿透的奇异物质制成，所以敌人将无法再使用概率波武器。如果我们选择摧毁克里特人，它们只要在我们摧毁它们之前启动概率波武器，就有可能在任意一个时空中再生。为了取得这场战争的胜利，我们的舰队甚至跃迁到了时间的尽头，在整个时空上对克里特人进行了封锁。而这个囚笼封锁的不仅仅是空间，还有时间。从某种意义上来说，这个囚笼是将敌人从我们的本宇宙中驱逐到了一个直径200光年的小宇宙里。囚笼合围的那一刻，概率波会在囚笼壁上反射，这个小宇宙中的物理法则都会发生变化，克里特人的历史将会被重塑，它们不会记得与人类发生的战争，它们也不会记得本宇宙，它们会认为它们的宇宙一直都只有200光年，并且早已经发展出了成熟的小宇宙大统一理论。当然，它们会是这个宇宙中唯一的智慧文明，永远不可能知晓本宇宙的存在。"

"但是破坏已经造成，"最高军事指挥官指出，"克里特人已经使用过了概率波武器，幸好我们及时制造出了屏障，保存了真实数据。"

"将军阁下，"一名参谋说道，"请放心，时间军团已经开始组建。

克里特人只使用过一次概率波武器，目标是人类的起源行星——地球。所以，时间军团的战场将以地球为核心。但是，我们的时间军团本身也会受到概率波武器的袭击，所以我们必须从整个时空中进行时间特工的招募。详情已经生成文件发送至最高参议团每个成员手中，讨论通过后，会需要您亲自批准此命令。"

"也就是说，时间特工的作战半径是有限的，是否可以这样理解？"最高执政官问道。

"正是如此，阁下，您的理解非常准确。"科学家代表说，"我们的时间特工本身也会受到概率波的影响，他们每一个的作战半径都是有限的。"

"如果从整个时空中进行招募，那么会不会对我们的战略造成连锁影响？"最高执政官再次问道。

"战略组考虑到了这种可能性，因此时间特工的遴选将会非常严格。"科学家代表回答，"克里特人这次使用的概率波武器直接攻击了我们的本源，对我们来说，如果我们补救的速度不够快，我们将走向灭亡。从乐观的方面来看，这也意味着我们的战场是有限的，所以我们只需要从地球上遴选时间特工，这也让我们的工作量大大减少。"

"事实上，遴选已经开始。"另外一名科学家补充道，"我们会选择那些即使从本时空中消失也不会对本时空的历史造成任何影响的人来作为时间特工的人选。"

"这可能吗？"最高执政官严肃地说，"任何一个人，只要曾经在人类社会中生活过，就不可能不留下任何痕迹，也不可能不对历史产生任何影响，不是吗？"

"并非如此，阁下。"科学家代表说，"恕我直言，人类历史上的绝大多数人都无法在历史上留下任何痕迹，甚至绝大多数人的基因都无法流传下来。从历史的长河来看，只有极少数人才能留下自己的后裔。但这不是重点，重点在于，大多数人都是可替代的，这些人对历史不会造成任何影响。事实上，根据数据记录，在 21 世纪的地球，每年都有上百万人失踪，并没有对整体历史进程造成任何影响。"

"你是想告诉我，一个个体对整个历史根本无法造成影响，是吗？"

"阁下，这种说法是不准确的，每一个水分子都无法阻止一场海啸，但海啸却是由无数个水分子组成的。"科学家代表说，"就人类文明来说，每一个个体都是历史的创造者，但每一个个体对历史的影响都微乎其微。只有少数个体恰好位于历史的节点，才能够对历史产生重大影响，这也是拯救计划的理论基础。我们用整整一个星系的物质造出的人类有史以来最强大的计算机才计算出了每一个需要修复的节点。"

"很好。"最高执政官点点头，"诸位，人类文明存亡在此一举，执行计划吧。"

"遵命，阁下。"

画面上，囚笼正在完成合拢，这个星系将成为联邦的禁区，任何民用飞船都不得进入。星系中任何一个可能产生生命的星球都将处于联邦的严格监视之下，不服从联邦的文明将被彻底抹除，任何可能危及囚笼的因素在还没有出现之前就杜绝了出现的可能性。

而在遥远的银河系，人类的起源地地球上，星海联邦首次派出的时间军团正整装待发。

他们将赋予已经发生过的历史新的意义。

异灾来袭

2021 年 8 月 21 日，地球，中国，敦煌。

今天已经是吴奕泽在莫高窟里待的第三个晚上了，前两个晚上，王璃还饶有兴致地来窟里陪着吴奕泽，没过两天她就不耐烦起来，晚上宁愿自己待在景区的酒店里休息，也不愿意跟着吴奕泽跑到莫高窟来了。吴奕泽倒也落得清静，可以在晚上专心绘画了。

吴奕泽将带来的两盏冷光灯分别放置在甬道南侧壁画的两端，清冷的光芒温和地洒在长达 8.2 米的长卷壁画上，忠实地反射着壁画本来的颜色，不会对壁画造成任何伤害。吴奕泽在壁画前小心地支开画布，各色画笔在他面前一字排开。

吴奕泽已经不是第一次见到这幅《张议潮统军出行图》了。20 年前，还是孩子的吴奕泽跟随父母第一次来到莫高窟旅游时，他就被这幅独特的壁画深深地迷住了。当时他愣愣地在壁画前站了很久，甚至连父母催他离开的声音都完全没有听到。用老人的话讲，这个孩子好像一下子就被这幅壁画吸走了魂儿。

这幅壁画和莫高窟中大多数描绘佛经故事的壁画不同，它描绘的是张议潮将军统军出征抗击吐蕃大军的场面。画卷上百余人物栩栩如生，张议潮将军身着圆领红袍，系革带，戴幞头，骑着高头大马，显得英姿勃发。他身前的仪仗队旌旗招展、鼓乐喧天，身后跟随的骑兵队伍和兵士们执马槊、弓箭、横刀，五方军旗遮天蔽日，显得格外威武雄壮、意气风发。

这幅壁画已经有至少 1500 年的历史了，据说是张议潮的侄子张淮深为了纪念张议潮的丰功伟绩，请工匠开凿了这个石窟，然后请人将张议潮率军出行的场景画在甬道南壁上，而北壁对应的则是张议潮的妻子宋国河内郡夫人宋氏出行图。

吴奕泽想象着那些不知名的画师们先在打磨平整的砂岩上均匀涂抹上有黏性的敦煌土，然后打平表面，再上一层白粉做底，然后在墙上打好草稿，用毛笔勾画出人物线条，最后用珍贵的矿物颜料精心上色。这个过程也许花费了他们几周，也许几个月，甚至更久……然后画师们离去了，他们继续生活，然后衰老，死去，化为风沙中的枯骨，但他们留下的画作却穿越了千年的时光呈现在吴奕泽面前。

不知道这些工匠作画时在想些什么，他们能想到千年后的后人会看到这幅画吗？

正当吴奕泽全神贯注地勾勒着仪仗队中一个婀娜多姿的舞姬时，他听见身后传来一阵轻快的脚步声。吴奕泽转头看去，意外地看到女友王璃从窟外走了进来，在她的身后，黑压压的三危群山被明亮的月光染上了一层白霜，看起来像是一幅超现实的辽阔画卷。

156 号洞窟位于鸣沙山东麓断崖的中部，按照景区的规定，车子是不能开进景区的，不管是旅游大巴还是私家车都只能停在景区外的停车场上。要从大门口步行到 156 号洞窟来，可是要花十几分钟甚至更久。而且，黑夜的莫高窟和白天看起来截然不同，白天看起来庄严肃穆的一排排洞窟在黑夜里更像是一排排似乎随时要择人而噬的怪兽之口。而甬道中白日里看起来慈眉善目的塑像也变得阴森诡异，更是让人望而却步。有些胆小的女孩子在夜里是绝不敢一个人在莫高窟里停留的。

"你怎么来了？"吴奕泽放下画笔，轻声问道。王璃向来胆小，尽管不知道她为什么要在这个时候跑到洞窟里来，吴奕泽还是感到心里有些暖意，同时也生出一丝愧疚。

"来看看你嘛，一个人在酒店里待着太无聊了。"王璃走到男友身后，脚步声在悠长的甬道中回响，一阵若有若无的香气钻进吴奕泽的鼻孔，"真搞不懂，整天画这些有什么用，这些画不是都已经数字化了吗，网上到处都能看到高清的。"

"我跟你说过，那些复制品没有灵魂……"

扑哧一声，王璃笑了起来，她在吴奕泽身后走了几圈，新问题又冒出来了："奕泽，我一直想问你一个问题，莫高窟里有那么多好看的壁画，什么飞天啊，菩萨啊，佛祖啊……你怎么非要一直画这幅呢？"

吴奕泽微微皱眉，是啊，敦煌莫高窟中有无数壁画，他为什么非对这幅画情有独钟。吴奕泽曾经也问过自己这个问题，但他却找不到答案。不，他并非没有自己的答案，但这个答案过于离奇，他从未给别人说过。

"王璃，你相信前世吗？"吴奕泽轻声问道。

"前世？"王璃站住了，似乎对男友的回答有些意外，"我不知道，你不会告诉我你相信人有前世吧？"

"你有没有过这种感觉，有时候我们到一个陌生的地方时，会有一种奇异的熟悉感。"此时的洞外万籁俱寂，只有一阵阵从三危山吹来的风鸣咽着在大地和群山间回荡，不知道为什么，吴奕泽有一种错觉，他和王璃所在的洞窟似乎飘浮在银色的宇宙中，外面的世界都被银色的群星所取代，他们仿佛是永恒孤寂的宇宙中唯一的存在，在这种突如其来的心境中，吴奕泽突然有了一种强烈的倾诉欲，"就好像，你曾经来过这个地方，经历过一些刻骨铭心的事情，但你很确定你从来都没来过这个地方。"

"我不知道。"王璃似乎察觉到了男友话语中的阴郁，沉默了一会儿，她的声音才重新响起，"奕泽，这就是你每年都要来这里画这幅画的原因吗？"

"是的。"吴奕泽点点头，"王璃，你知道吗，我8岁那年第一次看到这幅壁画时，脑海里就好像出现了壁画中的真实场景，我看到有很多人骑着马，还有各种颜色的旗帜，黄沙漫天，就好像我也是其中的一员，我就站在远处的一座小山丘上看着这幅画面，我心里知道，这是大军凯旋……"

吴奕泽痴痴地看着壁画，不知道为什么，他总觉得壁画上的人物随时都好像能活过来，他的耳边仿佛又响起了雄壮的战鼓声和婉转悠扬的箜篌声。那次，从敦煌回北京之后，他总觉得自己将一些很重要的东西留在了敦煌，留在了那幅壁画前。就好像有一根看不见的丝线将他和那幅画紧紧地连接在了一起。吴奕泽久久地凝视着其中的每一个人物，每一道笔触和色彩，渐渐地，吴奕泽感觉自己似乎变成了其中一位画师，他想象着自己用画笔勾勒出每个人物的轮廓和形态，然后用珍贵的不会褪色的矿物颜料对每个人物进行上色，仿佛自己也亲身参与到了这幅伟大的壁画的创作之中。

吴奕泽大学毕业后，又专门找了个时间回到敦煌莫高窟。那次他站在这幅壁画前就再也没有那种奇怪的幻觉了。也许他就是想象力太丰富了，有很多时候，孩子们总是分不清幻想和现实的界限。

后来的每一年，吴奕泽都会趁休年假的时候再来莫高窟，修身养性也罢，躲避繁忙的工作也罢，似乎只有在这方小小的天地里，才能找到那种久违的平静。不同的是，再次来到莫高窟的吴奕泽带来了画布和画笔，在征得了敦煌研究院的许可之后，他开始学着临摹这幅壁画。不过，每次休假的时间都有限，所以他每次都没有足够的时间将壁画画完，每次都带着没有完成的画卷依依不舍地离开这片土地，重新回到熙熙攘攘的城市。今年已经是他第 7 次来到敦煌了，他的画功也日益精进，这一次他有信心一次就将画作完成。

"那你觉得你是画里的哪个人啊？"王璃轻柔的声音把他从回忆中拉回现实。

"我不知道。"吴奕泽摇摇头。

"好吧，那这幅画到底是画什么的？"

吴奕泽暗自叹了口气，但他还是耐心地说："学者们一般都认为这幅画描绘的是张议潮将军率军出征吐蕃时的情景。"

"张议潮？那是谁？"

吴奕泽微微皱眉，轻声说："好了，别闹了。"

"我说真的。"王璃的声音却没有一丝开玩笑的意思，"张议潮到底是谁？"

吴奕泽放下画笔，心境已然全无，他分明记得刚到莫高窟的那天，他就给女友讲过这幅壁画的历史，也许王璃根本就心不在焉，也许她根本就是想再听他讲一遍。

吴奕泽决定不去计较，他开始娓娓道来："大唐安史之乱后，那是……770 年左右吧，河西走廊被雄踞在青藏高原的吐蕃趁机入侵，凉州、甘州、肃州、瓜州相继沦陷，最后，只有河西最繁华之地沙洲——也就是现在的敦煌还在坚守，但也被吐蕃大军重重围困。大唐因为安史之乱元气大伤，国力衰退，无力援救，沙州成为河西走廊唯一的孤岛，在坚守了整整 10 余年之后，最终沦陷。当时的守将阎朝在得到吐蕃不迁徙沙洲人民的承诺下，无奈开城投降。从此沙州被吐蕃统治 60 余年。848 年，张议潮率领沙州各族人民趁吐蕃内乱，统治不稳，组建归义军起兵反抗吐蕃在敦煌的统治，他率军连克瓜州、沙洲、甘州、肃州、伊州、西州等十一州，拓地千里，重新让这片大地恢复了大唐的荣光。这幅壁画——"吴奕泽指了指墙上的壁画，"就是后人为了纪念他，描绘的张议潮将军率军出征时的场景。"

"等等……张议潮……我好像听过这个名字。"王璃却似乎完全没有听进去，她喃喃自语着，突然，她大叫一声，"啊，对了！我想起来了，你又骗我是不是！我知道这个张议潮的故事，他的确起兵反抗了，但他分明战败了好不好，他根本就没有像你说的那样！"

"你说什么？"吴奕泽疑惑地回头看向王璃，"张议潮怎么战败了？"

"历史课上可是学过的。"王璃露出一个狡黠的笑容，"你别以为我历史学得不好，我可记得的，你前面说的都没错，张议潮的确在敦煌——那时候叫沙州吧——起兵了，但很快就被吐蕃平息了啊，而且，吐蕃还进行了大规模报复，屠杀了沙州几乎所有的唐朝遗民，这片土地再也没有回到大唐的统治之下。"

"你记错了。"尽管心中有些疑惑，吴奕泽还是淡淡地说。

"才没有！"王璃反击，"再说了，谁告诉你这幅画画的就是张议潮呢，即使真的是张议潮，肯定也是后人遗憾于他的失败，在画作中想象他成功了而已。"

"你该回去休息了。"吴奕泽叹了口气，"我今晚都要待在这里，等我画完了再好好陪你。"

"月牙泉，我好想去月牙泉看看，听说月牙泉又变大了呢，现在都已经快变成满月了，不知道为什么还要叫月牙泉，我看应该改名叫月亮泉算了……"王璃在他身后踢踏着步子，"我们什么时候去？"

"也许明天……"

"明天、明天……你每次都说明天……"王璃不满地打断他，不用回头，吴奕泽都能想象得出王璃噘起嘴巴的样子，"算了，好无聊，我先回去了，你也早点回来啊，真不知道你为什么不白天画，非要每天大半夜的在这儿，你也不怕闹鬼吗？"

"白天游客太多了，而且，这里可是佛门圣地，即使世上真的有鬼，也不会来这儿的。"

王璃趴到他的背上，吴奕泽感觉到背后传来一阵温暖，女友的发梢掠过他的脸庞，痒痒的，她的双臂绕过吴奕泽的脖子，脑袋轻轻放在他的肩上。她轻咬着吴奕泽的耳朵，咕哝着："不过，我就喜欢看你认真画画的样子，现在像你这样的怪人可不多了呢。"

"怪人？"吴奕泽微皱眉头。

"没错！"王璃站起身，咯咯笑着，"不过，我就喜欢你这样的怪人，那我先走啦……"

"等等我，我跟你一起走。"吴奕泽突然说道。

"真的？"女友惊喜地站住了。

吴奕泽点点头，站起身开始动手收拾画布和冷光灯。

"你怎么改变主意啦？"王璃也动手和他一起收拾。

"我们今天就去市里住，然后我明天陪你去月牙泉和鸣沙山。"吴奕泽指了指壁画，"这画已经在这里1000多年了，反正也跑不掉，要是再不陪你，万一哪天你跑掉了，我这样的怪人想再找个女朋友就难啦。"

王璃顿时发出一阵银铃般的笑声，她马上开始计划起来："这样，咱们先去酒店放下东西，然后去夜市吃烧烤怎么样？敦煌夜市就在酒店附近，走路十几分钟就到了。那条夜市可有名了呢，有小吃街，有卖纪念品的，还有好吃的大漠烧烤……"

"好，今晚都听你的。"吴奕泽说。

"太棒了！"王璃高兴地跳了起来。

他们收拾完东西，走出洞窟，沿着栈道走下山崖，穿过景区大门，来到停车场。将东西放进后备厢后，吴奕泽发动了汽车，很快就拐出了景区的小路，回到了通向敦煌的专线公路。一路上，兴奋的女友一直叽叽喳喳说个不停。吴奕泽的心里却越来越愧疚，这其实是他和王璃确定关系之后的第一次旅行，结果他每天晚上都跑来莫高窟里彻夜作画，白天就在酒店里呼呼大睡，从来没有陪女友四处转转。王璃虽然嘴上不说，心里恐怕也有怨言，细细想来，自己也是真的有些过分了。

敦煌历史底蕴深厚，美景更是层出不穷。世人只知敦煌有鸣沙山、月牙泉和莫高窟，却不知道敦煌有著名的二十盛景，分别是：三危山、白龙堆、莫高窟、贰师泉、渥洼池、阳关、水精堂、玉女泉、瑟瑟监、墨池、半壁树、李庙、贞女台、安城祆祠、三攒草、贺拔堂、望京门、相思树、凿壁井、分流泉。

吴奕泽暗自决定，剩下的几天里，就不来洞窟作画了，要好好陪陪王璃。

半个小时后，他们就驱车回到了敦煌市区，王璃拿着手机导航到了预订好的酒店。时值8月，正是敦煌的旅游旺季，酒店楼下停着好几辆旅游大巴，兴奋的游客们叽叽喳喳地提着大包小箱挤满了明亮的酒店大堂，他们在举着小旗子的导游们的带领下办理入住手续。

吴奕泽和王璃穿过熙熙攘攘的人群，乘电梯回到房间，将东西放回房间里，然后两人就重新下楼出了酒店。8月的敦煌干燥凉爽，和内地相比别有一番风味。王璃又拿出手机看着地图开始导航，果然，地图显示，著名的敦煌夜市距离他们下榻的酒店只有几百米，两人随即决定直接步行过去。

敦煌夜市是一个著名的旅游景点，是诸多游客在敦煌市内绝不会错过的地方。敦煌夜市又称沙洲夜市，位于阳关东路，有鲜明的地域特色和民族风情。

两人心情放松，边走边聊。敦煌历史悠久，在《山海经》中就曾记载了"敦薨"，被认为是敦煌最早出现在文献中的称呼。公元前111年，西汉首次设置敦煌郡，并建起阳关和玉门关，扼守河西走廊。东汉应邵注《汉书》时，将字面之意解释为："敦，大也。煌，盛也。"可见在东汉时期，敦煌已然成为河西走廊中的一颗明珠。

敦煌又坐落在河西走廊的枢纽上，自古以来民族众多，中原文化、佛教文化、中亚文化、西亚文化在敦煌汇聚、碰撞、交融，形成了欧亚大陆上著名的文化名城。今日的敦煌，文化更加繁荣，在这里能找到世界三大宗教的寺庙和教堂，甚至还有古波斯的拜火教遗迹。

大街上很是热闹，车水马龙，来自天南海北的游客们操着各种口音来来往往。吴奕泽和王璃说说笑笑，吹着清凉的夜风，好不惬意。

王璃已经计划好了，先去吃一碗敦煌特色小吃浆水面，据说这浆水面已经有上千年的历史了。然后再去吃大漠烧烤，要多放辣椒和孜然，还要去小吃街买酒枣，要是肚子还有地方的话，一定要尝尝大名鼎鼎的榆钱饭。

突然，异象突现，不知道为什么，整个天空都亮了起来，吴奕泽和王璃都惊奇地停住脚步望向天空。只见天上有一团青色的光芒在云中涌动，照亮了整个夜空。

"哇！那是什么？"王璃惊呼道。

"看起来好像有点像极光……"吴奕泽喃喃地说，"不过在敦煌肯定看不到极光啊……"

那团光芒正在夜空中以肉眼可见的速度移动着，它大致呈球形，边缘还在缓缓地流动。大街上的人们纷纷惊奇地指指点点，许多人都掏出手机来开始拍摄录像。

"我知道了！一定是 UFO！"王璃兴奋地大叫，她也掏出手机对准天空，"我还没见过 UFO 呢！"

那团光芒似乎是不定形的胶状物，吴奕泽心中微微一动，他意识到那团光芒似乎正好在莫高窟上空，难道莫高窟的盛名把外星人都吸引来了？突然，他似乎隐约看到一道光柱落下，然后光芒突兀地消失不见了。

王璃意犹未尽，沉浸在兴奋之中："咱们也算真正目击到 UFO 了！咦？我的手机咋没信号了？奇怪，你的呢？"

吴奕泽掏出手机，点亮屏幕，低下头看去，顿时也皱起眉头："我的手机也没信号了。奇怪，你用的是联通号吧？我的是移动，两家运营商不大可能一起出问题啊……"

"对啊……"王璃嘀咕道，她戏谑道，"嘿，我知道了，没准儿是外星人屏蔽了咱们的手机信号，然后要开始抓人了……"

不知道为什么，吴奕泽突然觉得有些不对劲儿，他四处张望，这才意识到，不知不觉间，整条大街都变得冷冷清清。刚才大街上熙熙攘攘的游客似乎转瞬间都消失不见了，就连刚才穿梭不息的车流都消失得无影无踪。吴奕泽停住脚步，开始观望四周，王璃见他不走了，伸出手拉住他的胳膊，问道："怎么了？"

"好奇怪，怎么突然没人了？"吴奕泽说，"你没发现吗？"

"什么人？"王璃问。

"就大街上的人啊。"吴奕泽指着空荡荡的大街，有些焦躁地说，不仅人群不见了，就连街道上川流不息的汽车也消失得无影无踪，"怎么突然一个人都没了？"

一种不祥的预感从吴奕泽心底升起，他焦躁地四处张望着，突然感觉到王璃松开了他的手臂，没有再说话。

"你看——"吴奕泽转头看向王璃，却大吃一惊，王璃已经无影无踪了。

时间特工

吴奕泽顿时大惊，他记得自己分明转过头去就过了几秒钟，而这段时间绝对不足以让王璃藏起来。王璃虽然喜欢开玩笑，但绝不会开这种无聊的玩笑。距离他们最近的可隐蔽的地方就是人行道与公路之间的绿化带，但一眼就能看出绿化带里根本没有人。

转眼间，整条大街上就只剩下了吴奕泽一人。他大叫着王璃的名字，没有人回应，而且周围也突然静得可怕，完全没有一丝声音，仿佛突然之间整个敦煌市都变成了一座鬼城。

吴奕泽奔跑起来，很快就来到了一个十字路口。他惊慌地四处张望，惊喜地发现另外一条街道上正有一群由导游带领的游客在行走。吴奕泽急忙冲上前去，同时喊着："嗨！你们等等，等等！"

但那群人对吴奕泽的喊声充耳不闻，他们沉默着继续前进。吴奕泽心中不安，但也别无选择，他很快就跑到了那群人的身后，伸出手去拍走在最后的那个人的肩膀。更离奇的事情发生了，吴奕泽的手毫无阻碍地穿过了那个人的肩膀，他差点一个趔趄摔倒在地。

吴奕泽大惊，他手忙脚乱地从地上爬起来，再看向那群人，只见那群人的身躯逐渐变得透明，然后渐渐消失了。

吴奕泽顿时感到好像头皮炸了一般，他清晰地察觉到每一根头发和汗毛都竖了起来。8月的敦煌夜晚气候宜人，吴奕泽却感到一股森森的寒意从心底升起，他不禁浑身瑟瑟发抖，牙齿也止不住地上下打架，发出咯咯声响。

吴奕泽呆立在原地，浑然不知到底发生了什么，难道王璃和街上的所有人都像刚才那群人一样凭空消失了？还有刚才天空中的那团诡异的光，难道真的是外星人把全城的人都绑走了？

不，有什么地方不对劲儿。吴奕泽突然察觉到周围的高楼建筑也似乎正在变得透明，仿佛变成了一团团幻影。有些建筑已经彻底消失了，还有些建筑没有消失，但是也起了莫名其妙的变化。吴奕泽亲眼见到一座高楼消失之后，原地留下了一座古朴的二层木质小楼。而他脚下的柏油马路也消失了，变成了坑坑洼洼的沙土地。

吴奕泽使劲儿掐了掐自己的手臂，一股尖锐的疼痛感袭来，这不是梦……

目力所及之处的建筑都仿佛海市蜃楼般从现实世界中退去。吴奕泽注意到许多建筑虽然变得半透明，但似乎还叠加着其他的影像。这些奇怪的影像交替显现，就好像所有不同年代的幻象都突然一起出现，在争夺着凝结成现实的权力。

路上出现一片朦胧的黑影，细看之下，却是一片生长于沙漠之中的红树林。有那么一会儿，吴奕泽身处漫漫黄沙之中。还未反应过来，沙漠隐去了，一个破旧的古城又出现了，到处都是低矮的木石建筑，他分明看到身边有一些穿着奇怪的影子走来走去，猝不及防间，一匹半透明的高头大马朝他冲了过来，马上还坐着一个身披甲胄的将军，手中的长刀散发着冷冷的寒光，吴奕泽连连后退几步，一屁股坐在地上。但是什么都没有发生，那个骑士掠过了他的身体，消失了。

疯了，要么是自己疯了，要么就是整个世界疯了。

吴奕泽闭上眼睛，祈祷这个疯狂的梦快点过去。过了好一会儿，他听到身边传来一阵脚步声，紧接着，"咦？"一个清晰的女声在他耳边响起。

吴奕泽猛地睁开眼睛，转头望去，只见一个陌生的女孩出现在他身边。女孩身着一身黑色制服，面白如玉，眼若繁星，一头柔顺的黑色头发整齐地扎在脑后，手中还拿着一只巴掌大的银色圆盘，正好奇地睁大眼睛打量着他。

"你……"吴奕泽把后半句"是人是鬼"愣生生给吞了下去。

女孩没有理他，反而神色紧张地低下头在圆盘上捣鼓了一会儿，然后抬起头看着吴奕泽，脸上露出如释重负的神色，开口说道："奇怪，你怎么还在这儿。"

"你说什么？"吴奕泽环视四周，这才注意到那个熟悉的敦煌市又回来了，只是所有的灯光都熄灭了，大街上除了他们两个，还是空无一人。

奇怪的女孩却没有理会他，反而好奇地歪着脑袋打量了一下四周，神色凝重。

"你能不能告诉我，到底发生了什么事情？"吴奕泽焦急地问。

"这个节点已经被概率波武器袭击了。"女孩转过头看着他，认真地说，"现实世界开始变得不稳定了。"

"概率波武器？"吴奕泽一头雾水，"那是什么？"

"那是……"女孩摆摆手，"一时半会儿解释不清楚的啦，对了，现在是哪一年？"

"2021年……"

"2021年，没错了。"女孩晃了晃手里的银盘，俨然松了一口气，"至少时间定位还是准确的，不过，空间定位还是出了一点偏差，你得帮我尽快赶到泡泡去。"

"泡泡？"又是一个吴奕泽听不懂的名词。

"……就是时空泡……我们一般叫泡泡……"

"时空泡？"

"你有车吗？"女孩打断他的话。

吴奕泽下意识地点点头："能不能告诉我，其他人都去哪里了？刚才那些幻象是怎么回事？"

"……这很难给你解释……"

"难道他们都死了？"

"没有活过，怎么会死呢？"女孩摇摇头，"听着，你得帮我赶紧回到泡泡去，再晚可就来不及了。"

"……我连你是人是鬼都不知道。"吴奕泽突然有些愤怒，"告诉我这到底是怎么回事？刚才天上的光是不是你搞出来的？"

"现在没时间给你解释这么多。"女孩愣了一下，才又说道，"你要是想让这座城市恢复正常，想让你女友重新出现，你最好听我的。"

"王璃现在在哪儿？"

"她会没事的——不过，你如果不尽快帮我的话，可就不好说了……"女孩扬了扬手中的圆盘。

"你……"吴奕泽似乎别无选择，他掏出手机，果然没有信号，没办法，他只好带着女孩返回酒店停车场。街道上依然空无一人，连一辆汽车也看不到，只有明亮的月光偶尔从云缝间洒落下来，给这座城市抹上了一层清辉。

走了没多久，他们就走到了酒店大楼前。原本灯火通明的酒店也变得一片漆黑，吴奕泽推开玻璃大门，大堂里空无一人，而就在几分钟之前，大堂里还人声鼎沸，熙熙攘攘。

电梯是不能用了，吴奕泽凭着记忆走到通向地下停车场的楼梯口，他伸手推开门，门内黑洞洞的，几乎伸手不见五指。女孩从怀中掏出那只银色圆盘，在吴奕泽惊讶的目光中随手一抛。圆盘竟然悬浮在半空，散发出明亮柔和的光芒。

"这是什么……"吴奕泽大吃一惊，在他的认知中，人类尚未发明出这种明显能克服重力的装置。

女孩没有回答他，而是伸出手摸了摸墙壁，吴奕泽惊讶地看到她的手居然毫无阻碍地伸进了墙壁里，她缩回手，吴奕泽注意到她的手臂完好无损。"我们真要抓紧时间了，这个稳定性持续不了多久了。"

吴奕泽也伸出手，战战兢兢地去摸墙，但他却触碰到了冰凉的墙壁。"为什么我不能像你一样……"

女孩大有深意地看了他一眼，摇摇头："我们快走吧，后面会给你解释的。"

他们沿着楼梯下楼，圆盘一直无声地悬浮在他们前方，为他们照亮了黑暗的楼梯。他们很快就到达了 B2 层停车场，圆盘的光芒更亮了，照亮了整个停车场。只见停车场里空荡荡的，原本停满的车子此时都已荡然无存。

"你那个……泡泡……在哪里？"吴奕泽问。

"就在莫高窟，离这儿不远。"女孩好奇地四处张望，"你的车停在哪儿？"

吴奕泽看着空荡荡的停车场，苦笑一声："你为什么觉得我的车一定还在？"

"肯定在，你去找就是了。"女孩自信地说。

吴奕泽只好循着记忆去他的车子停着的地方。转过一个弯，吴奕泽皱起眉，只见偌大的停车区只有一辆车还孤零零地靠在墙角。

"看，我说的吧。"女孩拍拍手，"快走吧！"

吴奕泽走到车前，没错，这就是他那辆黑色标致。他伸手从口袋里摸出车钥匙，解锁车门，拉开车门坐了进去，车子里还残留着王璃身上的淡淡香水味儿。女孩也拉开副驾驶车门坐了进来，那只圆盘则飞到了车前方，似乎要为他们导航。

吴奕泽发动了车子，发动机轰鸣起来，他瞥了一眼女孩，只见她好奇地四处张望，似乎是第一次坐汽车。

"系安全带。"吴奕泽下意识地提醒道。说完之后，吴奕泽的心中不禁感到一阵酸楚。这是他经常对王璃说的话，王璃哪儿都好，就是对一些安全细节不太注意，她总是说相信吴奕泽的驾驶技术，什么安全带太勒人了，系着很不舒服，但吴奕泽却认为这种侥幸心理是不可取的，所以每次他都习惯性地提醒王璃系好安全带。

女孩转头看了看，然后伸手拉出安全带卡在卡扣上："走吧。"

吴奕泽摇摇头，打开车灯，启动了车子。片刻后，他们就飞驰在去莫高窟的高速路上。路灯都熄灭了，完全没有来往的车辆，吴奕泽打开了远光灯，这时他又注意到一个奇异的景象，远处的路面似乎变成了一片戈壁荒漠，但随着汽车的前进，公路又出现了，仿佛一直在朝前方延伸。

他看向后视镜，竟发现车后面的公路真的正在随着他们的行进在消失，重新变回荒漠。而远方的敦煌市已经完全看不见了，不，是完全消失了——他一眼就能看到远方地平线上的群山。

"现在能不能告诉我，这到底是怎么回事？"吴奕泽紧紧地握着方向盘，手心里都是汗水。

"概率波武器在袭击这个节点。"女孩抱着双臂，好奇地向窗外张望着，"我是一个来自未来的时间特工，我的任务是修复这些破坏点。"

"对不起，我听不太懂……你说，你来自未来？"吴奕泽转头看向女孩，恰好女孩也转过头，目光相对，借着汽车前上方圆盘发出的光芒，他注意到女孩有一对深灰色的瞳孔。

"是的，你没听错，我来自未来，我是一个时间特工，我的名字已经无法用你们的语言来描述，但你可以叫我 KY5811。"

"时间特工？你来自哪个时代？未来人真的发明了时间机器？"

"我必须告诉你，时间并不是线性的，所谓的时光旅行并不是简单的从未来回到过去，我没有办法告诉你我来自哪个年代，你只要知道我来自未来的某个时空就可以了。"

吴奕泽谨慎地点点头，示意 KY5811 继续。

"在我们那个时空，人类早已经进入了大宇航时代。人类的殖民地遍布本星系团，人类建立起了跨越数十万光年的星海联邦，联邦境内拥有数千万个人类殖民星球。"

"等等，你们已经懂得了超光速航行？"吴奕泽忍不住打断她。

"超光速本来就是一个伪概念。"女孩摆摆手，"我们是用了一种全新发展的理论来进行星际航行的，不过这不重要，重要的是，我们在星空中遇到了一个可怕的敌人——克里特人。"

"外星人？"吴奕泽兴奋起来，"真的有外星人？"

"当然，这有什么好稀奇的？"女孩轻描淡写地说，"宇宙这么大，没有外星人才奇怪呢。即使在银河系，我们也发现了数十万个智慧文明，但大多数文明都早已经消亡，少数依然还存在的文明也根本不是人类的对手。但人类文明也绝非顶尖的文明，也有许多比人类文明更高级的文明，幸运的是，大多数高级文明都对人类文明毫无兴趣，完全没有和人类文明交流的欲望。那些高级文明远远超出我们最狂野的想象，就像蚂蚁无法想象超光速飞船，在宇宙探索中，我们甚至遇到了真正的神。"

"真正的神？"吴奕泽皱起眉头，"世界上真的有神？"

"它们无处不在，无所不能，它们甚至可能是我们生存的宇宙的创造者。"KY5811说，"它们能够随意穿梭于任何宇宙之间，也能随意穿梭和操纵时空，在它们眼里，我们这些文明之间的战争犹如两窝蚂蚁打架一样可笑，它们如果想毁灭我们，动一个念头就能做到——这难道还不是神吗？不过，即使是蚂蚁，也有争取生存的权力，不是吗？"

"你们已经有了那么发达的科技，是否已经实现了永生？"

"你认为呢？"

"我想——"吴奕泽突然有些兴奋，"这应该不难做到吧，那时候的人类肯定已经可以用机械部件代替人体器官，甚至已经能够完成意识上传，或者将自身转换成能量体生命。"

KY5811却摇了摇头，她将目光重新投向车窗外："在你们那个时代，许多科学家甚至科幻作家都乐观地认为世界上第一个永生人可能已经出生。但很遗憾，在未来，即使人类所有的原生器官都已经能被人造器官所取代，人类的大脑却依然无法被人造物替代。也就是说，意识上传一直没有实现。所以，即使在我们那个时代，人类依然没有征服死亡，尽管我们的科技已经能够将人类寿命延长到几万年甚至几十万年。在彻底了解意识是什么之前，想做到将意识上传已经被证明是不可能的。而我们也没有破解意识的密码，意识可能是宇宙中最深的秘密。在我们探索宇宙的过程中，我们曾经遇到过无数个种族，包括生活在恒星中心的等离子体生命和生活在星云之中的能量体生命，但它们也没有实现永生。甚至那些能够随意穿梭时空的神灵拥有我们无法想象的亿万年寿命，但很可惜，它们也同样会死。"

"为什么会这样呢？"吴奕泽感到有些不可思议，"在我们这个时代，大脑内已经可以植入芯片了，我们都认为距离真正的意识上传已经只差临门一脚。"

"打个比方，19 世纪末期，以牛顿力学、热力学和电磁理论为三大支柱的经典物理学大厦已经建成，这座大厦基础牢固，理论完美自洽，几乎所有人都认为物理学已经再没有多少可研究的了，物理学家们剩下的工作就是对这座大厦进行一些小的修修补补，但是两朵不起眼的乌云却引发了物理世界的一场巨大风暴，直接催生了 20 世纪物理学的两大支柱——相对论和量子理论。"KY5811 意味深长地说，"而在脑科学和意识研究领域，你们甚至连遍布天空的乌云都没有意识到。"

吴奕泽沉默了，不知道为何，他突然想起了佛教所说的万事无常的道理，万事万物皆有成住坏空之因果，也许这世上本就没有永恒。

"想开点，宇宙终归走向热寂，生死轮回本身就是大自然的一部分，即使宇宙中有无数的秘密还未被破解，但有一点是所有宇宙中的文明都确定的，生命永远无法征服死亡。"KY5811 说，"任何一个文明都有生老病死，我们在探索银河系的另外一端时，遭遇了一个文明，这个文明为了避免灭亡，走上了一条与众不同的路。"

"就是你刚才说过的克里特人？"

"是的，准确地说，克里特人其实并非碳基生命，克里特人这个名字是我们和克里特人的探测器第一次接触时给它们起的名字，后来我们才发现，克里特文明甚至根本就没有单独的个体。"

"没有单独的个体？那是什么意思？"

"我们和克里特文明交战了数千个地球年，从未发现过任何一个能代表克里特文明的个体。根据科学界的研究，克里特人很可能是某个碳基文明创造的人工智能，但这种人工智能并非人类世界传统意义上的硅基计算机，而是一种自组织算法，这种自组织算法超出了人类科学的认知，简单来说，那更像是一种类似于场的东西，它能够将任何物质都感染成克里特文明的一部分。"女孩继续说，"所以，它跟人类完全无法沟通。总之，双方爆发了一场旷日持久的战争。这场战争持续了 6000 多个标准地球年，彻底改变了人类社会。这场战争是如此之漫长，以至于人类将历史简单地划分为战前和战时两个阶段。人类所有的殖民地都转换成了战时模式，所有的科技都是为了战争而服务，就是在这场战争中，人类对时空的本质有了更深的认知。克里特人也是如此，它们会随着和人类的接触程度加深而进化出更新式的武器，更可怕的是，只要人类应用了新武器，克里特人很快就会复制出同样的武器。到了战争后期，人类和敌人甚至都能够用物理定律作为武器来进行互相攻击。比如，人类曾经改变过某个区域之内的精细结构常数来摧毁一个敌人的军事星球。战况愈演愈烈，以至于每一场战役都会导致战场所在的星系被完全摧毁。敌人也在战争中进步，最终，克里特人开发出了一种终极武器——概率波武器。"

"概率波武器？"吴奕泽倒吸了一口凉气。

"是的。"女孩点头，"利用这种武器，克里特人可以修改人类的历史，这种武器从本质上来说，是一种因果律武器。"

"因果律武器？"吴奕泽感到有些匪夷所思，"可是已经发生过的历史是怎么被改变的呢？"

"你知道量子力学中的多世界诠释吧？"

"了解一些……"吴奕泽仔细回忆着脑子里不多的关于量子力学的知识，"如果我们的选择不同，宇宙会不断进行分裂，形成许多平行宇宙，对吧？"

"没错，在未来，这个理论被验证过了，部分是真实的，时空真的会分裂，但不会像多世界理论中说的那样容易，比如你出门前迈左脚还是迈右脚的不同选择就会导致宇宙分裂，那是不可能的，时空本身具备自我修复能力，只有比较重大的事件才会导致宇宙真正分裂。"

"不对吧。"吴奕泽敏锐地察觉到了女孩话语中的漏洞，"对我来说，出门的时候迈左脚还是迈右脚当然算不得什么重大的事情，但对于我脚下的小虫就不一样了，迈哪只脚能直接决定小虫的生死呢。"

"因为，多世界理论最大的谬误在于，世界并没有真正分裂成平行宇宙。"女孩说，"真正的实体宇宙只有一个，就是我们能真正感受到的宇宙。所谓的平行宇宙只是以概率波的形式存在的。"

"概率波？"

"是的，这个理论非常复杂，很少有人能够真正理解它。"女孩点点头，"用一个最浅显的例子来解释，当你早上出门时，选择先迈出左脚还是右脚，在作出这个决定之前，这两件事的概率都可以认为是50%，当你迈出左脚，那么迈左脚这件事的概率波就坍缩成一个实体事件，迈右脚的事件就以概率波的形式存在着，并未凝结成实体宇宙。如果按照艾弗雷特多世界理论，每一次选择都会造成宇宙分裂，那么平行宇宙的数量会无穷无尽。这个新的理论将多世界理论进行了修正，让这个理论至少能够符合常识。"

"我不太明白，一只虫子选择爬行的方向也会产生概率波吗？"

KY5811笑了起来："当然，但你忽视了重要的一点——人择原理。想想杨氏双缝干涉实验吧，在做实验的时候，在光子所通过的狭缝之间的空气中也同时飘浮着无数真菌和细菌，它们难道就不是观察者吗？为什么它们的观察无法影响实验结果？答案是，对于小虫来说，它能够产生的概率波非常微小，几乎没有凝结成现实的可能。事实上任何一个事件都会产生概率波，概率波有一个重要性质，概率波覆盖的范围是整个宇宙。但是和人类所造成的事件不同的是，人类是强观察者，所以产生的概率波更强。"

"你是说，弥散出去的概率波还有可能凝结成真正的现实？"

"可以这么理解，你甚至可以真的认为平行宇宙是存在的，只是无法和我们存在的实体宇宙发生任何交集。"KY5811继续说道，"所以，真实的时空图像就像是一棵不断生长的大树，大树上不断生长出新的枝丫。在有的宇宙里，人类灭亡了，在有的宇宙里，人类能够一直存续下去，而每个宇宙的规律都会有细微的变化，距离越远的枝丫，差别就越大，在有些宇宙中，甚至连时间流速都会大不相同。现在你应该明白为什么我无法告知你我来自未来的准确时间了吧。"

吴奕泽点点头。"我明白了……"他思忖着，"也就是说，你来自无数个未来中的一个，对吗？"

"是的。"女孩点点头。"对你们来说，未来的世界有许多个，但对我们来说，历史是唯一确定的。从远端的枝丫向根部回溯，有且只有一条确定的路线。总之，宇宙在不断分裂出可能的平行宇宙，而克里特人的概率波武器能够改变这个过程。换句话说，敌人有能力将世界分裂的过程进行逆转，也就是让曾经分裂出来的宇宙重新融合。"

"重新融合？"

"对，克里特人的目的是将人类存在的宇宙抹去。"女孩说，"如果敌人成功了，人类存续的未来会被抹除，人类的历史会直接导向消亡的方向。还有更可怕的一点，敌人甚至能够继续向前融合更多的宇宙，一直回溯到人类尚未出现的宇宙，将人类出现的宇宙抹除，从根本上杜绝人类出现的可能。"

"这太可怕了……"吴奕泽喃喃地说，"这到底是怎么做到的？"

"正如我刚刚告诉你的，平行宇宙在理论上的确是存在的，但实体宇宙只有一个，也就是我们能主观感受到的宇宙，其他的平行宇宙都是以概率波的形式存在的。"KY5811说，"你知道维尔纳·海森堡提出的空间量子涨落吗？在未来，我们已经证实，任何事件都会在时空中形成概率波，而这种概率波是能够影响量子涨落的，也就是说，虽然其他的平行宇宙并不存在实体，但克里特人的武器就是作用于概率波和量子涨落，使得不应该发生的事情发生，也就可以认为是它们强行让平行宇宙出现并且替代当前的实体宇宙。实际上，我们现在已经身处平行宇宙中，这个平行宇宙的历史和我们的初始宇宙的历史开始有了微小差别，如果我们不尽快修复历史错误，那么我们将会继续跳跃到与我们的初始宇宙相距更远的平行宇宙中去，直到我们彻底灭亡，甚至会出现根本没有人类存在过的宇宙。我们要做的，就是阻止这种事情发生。"

吴奕泽已经彻底被惊呆了，他张了张嘴，想说些什么，但什么都没说出来。

沉默了好一会儿，他才问："所以，刚才发生的一切，都是那种什么概率波武器弄的？"

"没错，你刚才看到的就是平行宇宙正在融合时的情景，如果我无法修复时间节点，那么刚才你看到的一切都会凝结成真正的现实——这个时代的敦煌根本不会出现，消失的那些人也从未存在过。"

吴奕泽的脸色变了。

"不过，不用担心。"女孩有些骄傲地仰起头，"我们已经找到了破解这种困局的方法，事实上，我们已经赢得了这场战争：克里特人已经被人类的舰队压缩到了一个很小的星域之内，我们建造了一个直径200光年的囚笼，能够彻底将它们的智能场屏蔽在内，它们永远不可能冲出来对人类造成威胁了。但是这种逆时空武器造成的后果还在，我们必须对已经改变的历史进行修复。只要我们修复了大部分错乱的时间节点，我们就能使我们的宇宙不被改写。敦煌和你的女友也都会恢复如初，对他们来说，什么都没有发生过。"

"不对。"吴奕泽突然问道，"你刚才说过，我们的每一次选择都会产生不同的概率波，可是你分明回到了过去，你修正过的历史会不会自己演化到其他方向？"

KY5811似乎对他这个问题感到有些意外，她沉吟了一会儿，才说道："你的思维非常敏锐，这是一个好问题。概率波还有一个重要的性质，就是它是时间不对称的，换句话说，这个理论并没有陷进机械决定论的陷阱。从理论上说，我们修复过的历史很有可能会再次演化到不同的方向，但根据我们做过的一些小范围实验，修正总比不修正要好。虽然我们已经无法回到原本的宇宙中，但至少我们会让我们身处距离初始宇宙最近的平行宇宙中。"

"没想到你们那个时代依然还有机械决定论和自由意志论之争。"吴奕泽摇摇头，依然感到有些不可思议，"至少在我们那个时代，上帝是掷骰子的。"

"上帝掷不掷骰子，只有他老人家自己知道了。你们那个时代，是物理学正在奠基的时代，也是人类开始真正探索自身和宇宙的时代。"KY5811不置可否地说，"虽然相对论和量子力学分别重新定义了经典力学和微观物理学，但人类对宇宙运行本质的了解还处于皮毛阶段，我只能告诉你，宇宙本质的复杂程度远超人类想象，即使在我们那个时代，尽管我们已经能够穿梭平行宇宙，甚至修改某个宇宙的物理参数，但我们甚至连大统一理论都没有完成。我们可能永远无法真正理解宇宙，就像我们无法拽着自己的头发把自己拉离地面。"

KY5811似乎不打算在这个话题上继续深入，她转而说道："我们还是继续谈谈我们的任务吧——我不能给你透露太多未来的事情，总之，我要告诉你的是，所谓的平行宇宙，并不是真的以实体的形式存在的，而是以概率波的形式发散在宇宙间，概率波会影响量子涨落。那种终极武器，就是通过影响概率波和量子涨落的激发关系，来影响现实宇宙的。"

说话间，车子已经接近了莫高窟。莫高窟又称千佛洞，位于鸣沙山东麓断崖上，自从336年乐僔和尚开凿了第一口石窟之后，经过上千年连续不断的开凿，莫高窟已经有了近千个洞窟，成为著名的佛教圣地。

吴奕泽转动方向盘，跨过宕泉河，向景区大门开去。越接近景区，吴奕泽就越心惊，只见景区大门之外的几座现代建筑都已经消失不见了，取而代之的是荒凉的土堆和几棵枯死的大树。

原本整洁的停车场所在的地方也变成了碎石遍地的戈壁滩。

"就停在这儿吧。"KY5811说，"我们得走进去。"

"你要去哪儿？"吴奕泽在原来停车场的位置停车熄火。

"定位仪会给我们带路的。"KY5811解开安全带，走下车。吴奕泽也下了车，空气清冷，但不知道为什么，他总觉得空气中有一种腐朽的气息。

圆盘开始向景区内移动，女孩示意吴奕泽跟上。走进景区，迎面看到的就是巍峨的大佛殿九层楼。仰头望去，诸多洞窟在山崖上仿佛一个个咧开的怪兽之口，随时都能将人吞噬。KY5811没有在大佛殿前面停留，而是直接向大佛殿的左边走去。

"在你们那个时代，莫高窟还在吗？"

"当然了，在我们那个时代，整个地球都变成了一个旅游区。"女孩解释道，"这种古老的遗迹当然还是旅游区里最有名的，我以前……不，应该是在未来的时候也来过这儿。"

过了不大一会儿，他们踩着栈道登上山崖，吴奕泽心中突然腾起一种奇怪的感觉，之前他和王璃从 156 号洞窟出来之后就是走的这条路离开的。随着距离 156 号洞窟越来越近，他心中奇怪的感觉也越来越强烈。果然，飞到 156 号洞窟时，圆盘停住了。

"就是这儿了。"站在洞窟口，KY5811 也停下了脚步，这时她才注意到吴奕泽目瞪口呆的神情，"你怎么了？"

"两个小时前，我刚从这里离开……"吴奕泽结结巴巴地说，"我本来打算今晚一直待在这里画画的……"

"噢？"KY5811 饶有兴趣地看了他一眼，然后若有所思地说，"果然是这样……"

"怎么了？"吴奕泽追问，一连串疑惑倾泻而出，"为什么其他人都消失了，我还在？为什么停车场里只有我的车还在？还有，刚才那公路，你看到了吧？我不在的地方，公路根本就不存在，我的车子开到哪里，公路就自动出现了……"

"没错，应该是这样。"KY5811 打断他，"定位仪本来就是以你为信标的，所以时空泡定位在了 156 号洞窟，但你却临时离开了，所以我被投射到了你的身边，这样就说得通了。"

"为什么？"

"因为你已经被选中了。"

"选中？选中什么？被谁选中？"

"吴奕泽先生，欢迎加入星海联邦时间军团，我们是同志了。"女孩的脸上露出机敏的笑容。

吴奕泽则大惊失色："什么？你说时间军团？"

"是的。"KY5811 指指洞窟，"我们先进去吧，泡泡里是安全的，外面的世界正在遭受概率波侵袭，随时都可能崩塌。"说罢，她就跟随圆盘一起走进了洞窟。吴奕泽回头望去，只见天空中的光芒又出现了，三危群山之上，出现了一团涌动的云团，群山的阴影随着光芒的变化不停地移动游弋着，就像黑暗的兽群在无边的旷野中奔腾。

他跟上 KY5811 的脚步走进刚离开不久的洞窟。他们走过前室，来到连接前室和主室的甬道内。

甬道内的场景依然如故，走进甬道之后，女孩没有再继续向前走，她走到壁画前，就像一个普通游客一样开始仔细欣赏壁画。

等待了一会儿，女孩伸出手，圆盘飞过来轻柔地落在她的手上。她低下头用另外一只手不知道在圆盘上点击了一些什么，圆盘的色彩突然有了新的变化，圆盘发出的银色光芒突然变成了明亮的绿色，整个洞窟都被柔和的绿光照亮。不知道为什么，吴奕泽总觉得眼前的壁画和甬道内的塑像似乎有了一些微小的变化。

甬道两旁的塑像冷冷地看着他，吴奕泽不禁感到浑身发毛。他突然注意到脚下不再是平整的砖石，而是松软的沙子。洞窟内的黄沙显然许久没有清理，窟底的黄沙甚至掩埋住了壁画的下边缘。

KY5811 查看了一下圆盘，又转头向洞窟外望了望，说："好了，泡泡已经稳定下来了，我们出去看看吧。"

说完，KY5811 就自顾自地朝外走去。吴奕泽急忙跟上。来到窟外，吴奕泽举目四望，他马上就注意到，整个石窟的样子都有变化，原本平整的道路变成了坑坑洼洼的沙土路，山崖下的树木也显得杂乱无章，河边杂草丛生，整个石窟看起来破败了不少。

KY5811 似乎是松了一口气："没错，这才是对的。"

"什么是对的？"

"时间，时间定位仪显示。" KY5811 挥了挥手中的圆盘，"我来到了正确的时间——不对，应该是我们。"

"什么？什么时间？"

"你知道现在是什么时候吗？"女孩打断他。

"当然……现在是 2021 年 8 月 21 日，不，已经过了零点了，现在应该是 22 日了……"

KY5811 摇摇头，她轻声说道："不对，如果我没弄错的话，现在是 1900 年。"

吴奕泽以为自己听错了："什么？你说 1900 年？"

"是的，你没有听错。"时间特工说，"准确来说，现在是 1900 年 5 月 24 日，光绪二十六年。"

藏经洞

吴奕泽一直都认为，每个人在一生之中都必然会遇到超出自己认知的事情。比如有些人声称自己遇到了幽灵，有些人声称自己遇到了UFO，还被外星人绑架到飞船上接受体检，还有人声称目击到新泽西恶魔和喜马拉雅雪人……但他没有，吴奕泽的生活非常平淡，他很早就意识到自己是一个普通人，世界也不是围着他转的。

他的智商不高不低，容貌不帅也不丑，上学的时候，成绩不好也不坏。从小到大，他都是班上最不起眼的那种人，就连上课点名也很少会被老师点到，更没有哪个女孩注意到他。

他早就明白自己是那种最平凡的芸芸众生之一，他也没有任何天赋，唱歌算不上五音不全但也会偶尔跑调，即使是画画也只是初级的临摹，而且画得也不算好。他考上的是一所普通的大学，既不是211也不是985，不好也不坏。大学毕业之后又找到一份普通的工作，当上了996的社畜。他有一夜暴富的美梦，也定期买着彩票，但中过最大的奖也就是50块钱。

他似乎早就一眼将自己剩下的人生看到了头。

平安就是福，吴奕泽总是这么安慰自己。

说起王璃，是他的初恋，也是家里人着急给他安排相亲，两人才认识的。王璃长得不算漂亮，但性格很温柔，如果没有意外，在不久的将来，他会和王璃结婚，可能会有一到两个孩子，生活会被无休止的油盐酱醋环绕，赡养父母，教育孩子……然后孩子们又会重复他的人生。

他早就认命了，仿佛一眼就能看到人生的尽头，他也从来不认为自己会遭遇什么大的波澜，更不觉得自己会有任何离奇的遭遇。

现在，吴奕泽有着同样的感觉，即使眼前的一切再荒谬，心底总有一个声音在告诉他，这不是真实的。

过了好一会儿，吴奕泽才意识到女孩在说什么："等等，你说我也是时间特工了，那我们是来 1900 年执行任务的吗？"

"没错。"女孩说，"我们抓紧时间吧。"

说完之后，KY5811 就沿着栈道原路返回，朝大佛殿的方向走去，一边走，还一边小心地低头查看着那只银色圆盘。吴奕泽再回头看去，只见洞窟外侧的附属殿堂已经消失不见了，不，仔细看的话还能看出几根朽断的横梁横插在黄土之中。他走上前，伸出手去触摸外殿本来柱子存在的地方，却摸了个空。这不是幻象，外殿真的消失了。

他仔细观察了一下那几根朽木，借着明亮的月光，能看出那几根木头的表面还残留着被处理过的斑驳痕迹，大部分地方都已经被沙砾磨得坑坑洼洼，原来光鲜明亮的色彩也早就褪去。吴奕泽突然想到，现在大部分洞窟外面的外殿都是后来为了保护石窟新建的，包括莫高窟著名的为了保护大佛建造的九层楼，以前也只有七层。如果现在真的是 1900 年……那么恰逢乱世，莫高窟还处于几乎无人打理的状态。

吴奕泽摇摇头，他现在似乎别无选择了，于是他转身朝 KY5811 追去。所幸女孩还未走远，此时她已经沿着栈道走到了山崖下面，吴奕泽急忙追上去，还没等开口，KY5811 就回过头看着他，做了一个噤声的手势。

"小心点儿，这里现在居住着一些喇嘛，这次的任务没必要惊动任何人，你跟我来。"

"你要干什么？"

KY5811 莞尔一笑："修复错误的历史。"

说话间，他们已经来到了大佛殿的正前方，也就是人们常说的九层楼。吴奕泽抬头望去，他心底最后的一丝侥幸已经荡然无存了，他看到大佛殿不仅只有五层，而且破败不堪，依稀能看到有一些维修的痕迹，但似乎半途而废，看起来整座建筑都摇摇欲坠，似乎随时都可能垮塌下来。

吴奕泽知道，1898 年，光绪年间，商人戴奉钰曾经试图对摇摇欲坠的大佛殿进行维修，但因为资金不足半途而废。如果现在真的是1900 年，那么现在看到的大佛殿应该就是戴奉钰修了一半的情景。直到民国时期的 1927 年，敦煌民众才集资对大佛殿进行维修重建，到1935 年彻底完工，就是在那次重建过程中，大佛殿才从五层变成了九层楼。一直到后来的 2021 年，九层楼又经过几次修缮，但结构却从未再改变过。九层楼早就成为莫高窟享誉全球的经典形象。

他们走过破败不堪的大佛殿，越过大佛殿，另外一旁的洞窟多是空的，是工匠们和僧众们居住的洞窟。远远望去，山崖上错落有致的洞窟如同一个个怪兽的巨口，只有一个洞窟内透出些许微光。

那里有人居住。

吴奕泽的心脏开始猛跳，他似乎突然明白了什么，1900 年，等等，1900 年？修复错误的历史？犹如一道闪电划破了长空，他突然想起来了，1900 年对于莫高窟是一个极为重要的年份，因为就在这一年，王圆箓发现了藏经洞！

天哪，他终于知道这次的任务是什么了，她是来阻止王圆箓发现藏经洞的！

自从迷上莫高窟之后，吴奕泽就在网上查阅了关于莫高窟的许多资料，几乎对莫高窟的历史如数家珍。其中最令人痛心的事情就是1900年王圆箓发现藏经洞之后，莫高窟就迎来了一场最惨重的文化浩劫。从来自英国的斯坦因，到来自法国的伯希和，俄国的奥登堡，美国的华尔纳，日本的大谷光瑞……他们盗走、骗取了大量珍贵的经卷，甚至暴力搬走珍贵的壁画和塑像，给莫高窟造成了不可估量的损失。以至于后世的敦煌学研究中心居然不在中国，这也成了中国历史上最惨重的文化浩劫之一。著名国学家陈寅恪曾感慨道："敦煌者，吾国学术之伤心史也。"

果然，KY5811径直向山崖最北端约200米处藏经洞所在的第17号洞窟走去。吴奕泽也逐渐想起来，王圆箓就是在修缮第16号洞窟时偶然发现的藏经洞。藏经洞位于第16号洞窟甬道北壁，大约是在851年开凿，原为当时河西释门都僧统洪辩的影窟。关于藏经洞为何而藏经，有几种不同的说法。一种说法是，景德三年，也就是1006年，从沙州寺院东逃的于阗人带来一个消息，黑韩王朝消灭了信奉佛教的于阗国，很可能会继续东进。为了躲避战火，莫高窟的僧人们将珍贵的经卷、佛像和幡画等秘藏于藏经洞，然后将洞窟封闭，并且在封闭的墙壁上绘制壁画加以掩饰。关于躲避战乱，还有躲避西夏军队和元军的说法，但这些说法均未得到确凿的证据证明。还有一种说法是，藏经洞是将莫高窟中多余的、积压的无处可放的神圣文献统一存放，这也从藏经洞被发现时，绝大部分经卷文物都用白布包裹，整齐摆放可以看出，的确不像是因为躲避战乱而仓促行事。

一想到藏经洞此时还未被发现，所有珍贵的文物都还静静地躺在密室中，吴奕泽竟然有些激动。他万万没想到自己竟然能够亲自参与到如此重要的历史事件之中，难道他们真的能改变历史吗？

不大一会儿，他们就来到了南区崖面北端底层大窟第 16 号洞窟的甬道内。甬道里积满了流沙，显然还未进行清理。吴奕泽知道，不久之后，王圆箓道士就会雇人清扫洞窟内的流沙，继而发现藏于墙壁之后的藏经洞。他们不约而同地走到一堵墙壁之前，墙壁上还存留着斑驳的壁画，壁画上描绘着端庄站立的菩萨像，周围是散落的繁花，虽经历千年之久，但壁画的色彩依旧清晰可辨。

"就是这里了。"吴奕泽定了定神，他指了指菩萨像的右边墙壁，原本后世存在于这里的长方形洞口还不存在，"这就是藏经洞的入口。"

KY5811 微微点头，银色圆盘无声地悬浮在半空中，散发出柔和的光芒，照亮了洞窟内的景象。此时，王道士还未发现藏经洞，在这堵墙壁后面，藏有五万多件珍贵无比的敦煌书卷。

让吴奕泽惊奇的一幕发生了，墙壁上的壁画居然开始逐渐淡去……不……吴奕泽瞪圆了双眼，不是壁画在消失，而是整堵墙壁都在变得透明起来。这只奇怪的银盘发出的光线居然能穿透墙壁。很快，墙壁就变得彻底透明了，他们清晰地看到了藏经洞内的情景。

吴奕泽几乎无法呼吸，胸中仿佛有黄钟大吕之音轰然作响。他亲眼看见，不大的窟室内整齐码放着用白布包裹的成百上千件经卷，密密麻麻，一直堆到了穹顶。这是世人第一次亲眼见到完好无损的藏经洞。

光线又有了新的变化，只见经卷也开始变得透明起来，渐渐显露出窟内的全貌。

洞窟北壁上画着两棵菩提树，树下两边分别站着侍女和比丘尼。窟中有一座禅床式低坛，另有一通石碑，该碑为高僧洪辩的告身碑。这都和后世吴奕泽在藏经洞中见到的景象别无二致，唯一的区别在于，此时壁画前空空荡荡，后世放置在这里的洪辩坐像还在 362 号洞窟中，1965 年才被搬回此窟。

"没错，就是这里。"KY5811 的声音将吴奕泽的思绪拉回现实，她转头看向吴奕泽，仿佛看穿了吴奕泽的心思，她轻声说，"放心吧，我不会让错误再次发生的。"

她做了几个奇怪的手势，悬浮在空中的银盘发出的光芒逐渐减弱，堆放整齐的经卷重新出现，遮住了墙上的壁画，紧接着，外墙也逐渐显现出来，藏经洞隐去了。

银盘射出一道淡青色的光，将藏经洞的隐藏门扫描了一遍，然后光芒熄灭了，洞窟里重新变回了黑暗。

"你都做了些什么？"吴奕泽忍不住问道。

"我用光障加固了洞口。"KY5811 回答，"这个屏障能让这堵墙壁保持 100 年不会发生变化。100 年后，屏障会自然消失，而且会让密室门的轮廓自然显现出来被游客发现，这正和历史记载是一致的。"

"我不明白……那怎么是历史记载呢？"吴奕泽缓缓摇摇头，心中充满困惑，"历史上就是王圆箓发现了藏经洞……"

"那不应该是真实的历史。"KY5811 打断他，"我开始就说过了，我是来修复错误的历史的。"

"你是说，我们的历史是错误的？"

KY5811 点点头："没错，你们——不，应该说人类的历史已经开始被改变了，我必须前往这条线上的所有关键节点修复错误的历史。在真实的历史上，王圆箓从来都没有发现藏经洞，他也从未在史书上留下过任何痕迹和名字。藏经洞将于 100 年后的 2000 年被一个游客偶然发现，震惊世界。所有的经卷文物都会被安然保存在随后成立的敦煌研究院中，没有任何一卷经卷丢失损毁。"

"我还是不明白……"吴奕泽紧紧地皱起眉头，"难道王道士发现藏经洞和张议潮将军起兵也能影响克里特人和人类之间的星际战争？这也太不可思议了吧。"

"你的确还没有明白，克里特人当然不知道莫高窟，也不会知道王道士和张议潮，但这些被改变的历史都是克里特人的因果律武器造成的，我们需要做的是去修复这些历史，我们已经对所有被改变的造成重大影响的历史关键点进行了精确定位。事实上，我们的历史早就被改变得千疮百孔，有无数跟我一样的时间特工被派往过去修复各个时间节点，这里——"女孩指了指墙壁后面的藏经洞，"就是我的任务之一。"

"可是，如果历史真的正在被改变，被改变的事件一定有许多，你们怎么可能去修正每一个事件呢？"

"好问题。"KY5811 打了一个响指，"如你所说，被改变的历史事件数不胜数，所以我们只能对影响度很大的事件进行修复。而藏经洞事件是一件影响度非常大的事件，只要我修复了这个事件，由它所引发的后续所有的错误都会自动被修正。也就是说，如果我们修复了所有的时间节点，历史就会重新回到正确的轨道上。"

"如果只是这样的话，听起来好像不是很难。"吴奕泽说。

"不是很难？不，逆时空武器造成的影响还在，还有平行宇宙正在继续和我们的宇宙融合，刚才你也看到了，新的历史改变点还在不断出现，如果新的错误出现的速度超过了我们修复历史节点的速度，那么一切都会无法逆转，人类存在的宇宙会被彻底抹除，我们所有的历史都将化为虚无。"

"我呢？我是怎么回事？我为什么会跟着你到 1900 年来？为什么我会被选中当什么时间特工？"

KY5811 微微摇头，她问道："你相信宿命吗？"

"宿命？"

"总有人认为，时间旅行是不可能的。"KY5811说，"但你看到
了，我们来到了1900年，你亲身经历了时间旅行，我们对历史造成的
任何影响都会激发出一个事件概率波，这个概率波会弥散在整个时空，
而我们这些时间旅行者都会成为历史的一部分，这也许就是你的宿
命——"女孩大有深意地看着他，"时间军团人员的遴选是非常严格的，
首先，时间特工的招募范围是整个时空；其次，招募对象是那些本身
就非常平凡无奇的人，即使消失，也不会对当前的历史造成大的影响。
具体的遴选对象是'星海'告诉我们的，至于为什么选中了你，我就
不得而知了。"

"星海是什么？"

"星海是人类建造的有史以来最强大的计算机，为了建造星海，我
们转化了整整一个星系的物质作为建造它的材料，为了给它供能，我
们又让另外一个星系中所有的恒星作为它的能量源"KY5811自豪地说，
"正是星海为时间军团的作战计划提供了可能，它计算出了每一个时间
特工的人选和需要修复的时间节点。"

"……那我还能回我的时代吗？"吴奕泽的心彻底凉了。

"你愿意回到你的时代吗？"KY5811认真地问，"如果你做一名时
间特工，等我们完成任务之后，你就有机会前往未来，你会成为一个
英雄。"

吴奕泽默然。

KY5811没有再多问，她收起圆盘："我们该走了，王道士就居住
在附近的洞窟，我们最好不要遇到他。"

"王道士？你是说王圆篆？"

"没错，不过他永远也不可能发现藏经洞了。"KY5811笑了笑，"即

使他用大锤子来砸这堵墙，也不可能砸开。"

"等等，如果他看见我们，会不会对历史产生影响？"吴奕泽突然
心中一动。

"不会的。"KY5811说，"在真实的历史上，王圆箓只是一个无名
小卒，没有人会记得他的名字，他也从未在历史上留下过任何痕迹。
而且，此人身份低微，没有人会相信他的话。"

"这我倒同意。"吴奕泽点点头，"这个人的确造成了藏经洞的浩
劫，虽然是他发现了藏经洞，但他却因为一点蝇头小利将珍贵的经卷
轻易地就卖给了外国的探险者们，以至于后来敦煌学的研究中心竟然
不在中国，此人实在是罪无可赦。"

"在你们那个时代，对王圆箓的评价已经是这样了吗？"KY5811
不置可否地说，"其实在整个20世纪，学术界对王圆箓的评价还多有争
议。吴奕泽，你知道作为一名时间特工，最重要的一点是什么吗？那
就是必须将自己代入当时的历史环境。作为时间特工，有很多任务并
不像封闭藏经洞一样轻松，有些任务里，时间特工必须扮演历史中的
某些人物，甚至有些时间特工会在执行任务时封锁自己身为时间特工
的记忆，仅仅在潜意识里保留坚定的任务目标。你要知道一点，后世
之人对历史人物的评价，往往容易忽视当时的历史局限性而代入上帝
视角。"

"那么，你们是怎么看待王道士的？"吴奕泽有些好奇地问。

"王圆箓只是一个小人物，他本是湖北麻城人，因为逃难背井离
乡、四处谋生，他曾经当过兵，后来他受戒当了道士，云游四方。3年
前，王圆箓第一次来到敦煌莫高窟，就被莫高窟的宏伟壮丽所征服。
他留在了这里，发下宏愿，立志要将莫高窟恢复往昔的繁华，所以他
就在莫高窟居住下来，每日清理沙石，供奉香火，收受布施。作为一

个道士，立誓保护佛教古迹，这本身就是一件非常了不起的事情。斯坦因《西域考古图记》中说：'他将全部的心智都投入到这个已经倾颓的庙宇的修复工程中，力图使它恢复他心目中这个大殿的辉煌……他将全部募捐所得全都用在了修缮庙宇之上，个人从未花费过这里面的一分一厘。'从这个角度上讲，此人虽然是个小人物，也没有什么文化，但绝非贪得无厌之徒。"

"可是，他后来的确将藏经洞中的经卷低价卖给了斯坦因和伯希和。"吴奕泽争辩道，"这总是事实吧？"

"没错，但是王道士在发现藏经洞之后，他都做了些什么呢？事实上，他做了一个正常人能做的一切。"KY5811微微摇头，"他带上两卷经文，徒步五十里，前往敦煌县城去找当时的知县严泽，希望得到清朝官员的重视，但严泽只将那两卷经文当成发黄的废纸，未加理会。两年后，敦煌来了一位名叫汪宗翰的新知县。王道士得知后，再次前往敦煌县城找汪知县，虽然这位汪知县比起严泽来说不算不学无术之徒，但他又做了什么呢？他带人来到了藏经洞，并且带走了几卷文书，然后趾高气扬地命令王道士看管好藏经洞，却没有给王道士任何物质上的支持。两次找知县都没有结果，王道士并没有放弃，他决定去找更大的官员，他收拾了两箱经卷，单枪匹马赶着毛驴前往八百多里外的肃州，一路上风餐露宿，冒着遭遇狼群劫匪的危险，终于安全抵达了肃州。他如愿见到了当时任安肃兵备道的道台廷栋，而这位道台大人翻阅了经卷之后，得出一个让人哭笑不得的结论，他认为经卷上的字还不如自己写得好，此事就不了了之了，王道士再次大失所望。后来陆续有官员得知藏经洞的事情，但他们要么随意索取，要么推卸责任，从来没有采取过有效的措施来保护藏经洞。王道士甚至给京城的慈禧写过一封密信，但他只是一个小人物，根本没有任何渠道将密信送到慈禧手中。即使真的能送到京城，以他的卑微身份私自给当时清朝的最高统治者写信，也是杀头之罪，王道士不会不明白这个道理，但他依然冒死这么做了。"

"后来，斯坦因来到敦煌藏经洞，为什么王道士会选择将经卷卖给斯坦因呢？有三个原因，其一，在长达7年的时间里，王道士尽了自己最大的努力试图让官方保护藏经洞，但无人过问，他彻底灰了心；其二，王道士本人对这些经卷的珍贵程度并不知晓，他的宏愿是重修洞窟，但需要经费，仅仅依靠香火布施是远远不够的；其三，斯坦因以唐玄奘的故事打动了王道士，他告诉王道士，自己是遵循着唐玄奘当时去天竺取经的道路重返汉地带走经卷，这是冥冥中佛祖的意志。但这些都不是最重要的原因，不管是斯坦因，还是后来的伯希和，他们都持有沿路官府的官方许可，一路上受到官兵保护，王道士根本无力拒绝他们。当这些西方掠夺者带着经卷文物离开时，各地政府及当时的海关也一路大开绿灯，完全没有做出任何阻拦之举，默许了敦煌经卷被带离中国。难道，敦煌经卷的流失仅仅是王道士一个人的责任吗？"

吴奕泽继续沉默着。

"后来，当斯坦因将敦煌经卷宣传于世后，官员们不仅没有保护藏经洞，反而大肆窃取，随意索要，纷纷将经卷据为己有。1910年，在藏经洞被发现的第10年，清朝政府终于意识到了藏经洞的重要性，命令将藏经洞中所有的经书文卷押送到京城。学部拨银六千两作为运输和修缮莫高窟的费用，但是经过大小官员的层层盘剥之后，落到王道士手中仅有三百两。在押运过程中，这些珍贵的经卷被随意装载在6辆马车上，仅仅以草席遮掩，饱受风雨侵袭，损毁无数。而且，沿途官员雁过拔毛，窃取了大量经卷。当运送经卷的马车抵达京城时，这些经卷只剩下 18 箱。即使是这样，马车都没有直接前往京师图书馆，而是首先被拉到了官员们的家中，再次被官员们洗劫。为了遮掩，这些官员甚至将完整的经卷撕毁，造成了重大损失。以至于当斯坦因再次来到敦煌时，王道士对斯坦因说，后悔自己当时没有勇气和胆识接受斯坦因的那笔钱款，将所有的藏经全部让斯坦因带走。"

沉默了一会儿，KY5811 继续说道："事情并没有结束，敦煌民间则流传着王道士收受了洋人的巨额钱财的传闻，当地人非常愤怒，要求王道士将钱财平分，他不得不装疯卖傻才逃过一劫。当他死后，渐渐地变成了敦煌藏经洞的千古罪人，背负着诸多骂名。但是，王道士只是一个普通人，他已经做了他能做的一切，将敦煌藏经洞遭遇的浩劫完全归责于王道士是有失公允的。不管是对于藏经洞中的经卷文物，还是对王道士本人，藏经洞的发现都是一场悲剧。幸运的是，我们还有机会改写这个悲剧。好了，我们走吧。"

他们走出第 17 号洞窟时，远远地看见一个消瘦的黑影朝洞口走来。

"那就是王道士吧。"吴奕泽轻声说。

"就是他。"KY5811 说，"他一定是看到了窟内传出的灯光。"

"我们要不要躲开？他看到我们不会产生什么影响吗？"

"不会，如果他没有发现藏经洞，他不会在史书上留下任何痕迹，他人微言轻，也不会有人相信他说的任何话，换句话说，此人能够产生的概率波太微弱了，根本不会对稳固的时空造成任何影响。"KY5811 摇摇头，"不过，我们还是尽快回时空泡吧。"

他们离开了洞窟口，沿着山崖向前走去。黑影越走越近，很快就借着明亮的月光看清楚了来人的装束和面容。在历史上，王道士只有一张照片留存，是当年斯坦因在莫高窟前为他拍摄的。吴奕泽一眼看出了来人正是王道士，他还穿着那件脏兮兮的道袍，个子不高，面容消瘦，戴着一顶灰布圆帽，他的视线在两人身上来回扫视着，脸上充满了警惕的神情。

KY5811 显然早就已经习惯了面对重要的历史人物，她没有停下脚步，继续向前走去，吴奕泽紧紧地跟着女孩。王道士侧身让开，站立在路边，依然警惕地看着他们，始终未发一言。这种沉默让吴奕泽感到有些喘不过气，他走过王道士身边时，克制着自己想看向王道士的冲动。王道士显然看到他们身上并没有带什么不该带走的东西，所以并未出言阻拦。吴奕泽终于和王道士交错而过，未来、现在和历史在那一瞬间被捉摸不定的命运连接在了一起。

走过几步之后，一种强烈的冲动让吴奕泽突然站住了，他转过身，看向王道士，只见王圆箓那饱经风霜的脸上依然保持着警惕和胆怯的表情。

"王道长。"吴奕泽开口说道，他也不知道王道士能不能听懂他的普通话，但有一种强烈的冲动让他继续说下去，"你独自修缮莫高窟，功德无量，后世之人会记住你的。"

王圆箓的脸上露出困惑的表情，他似乎想说些什么，但翕动了几下嘴唇，最终还是什么都没说。

吴奕泽朝王道士最后点点头，然后转身跟上 KY5811 的脚步。

王圆箓

　　王道士半夜出来出恭，无意中抬头一望，竟看到自己这几年正在清理的洞窟内大放光芒。王道士以为是菩萨显灵，不禁在心中高呼一声无量天尊，想想似乎有些不妥，又赶紧高呼一声阿弥陀佛，然后战战兢兢地朝那个洞窟走去。走到一半路程，光芒熄灭了，借着月光，他分明看到两个黑影从洞窟里走出来。

　　王道士强装镇定，向他们走去，渐渐地，随着距离拉近，王道士终于看清楚了，那是两个装束奇怪的男女。即使王道士信仰再坚定，他也知道这两个奇怪的人并不是菩萨显灵。他看到两人手中并无武器，也没有从洞窟中带出任何物件，心中不禁担心他们在洞窟中到底做了什么。

　　即将和他们相遇时，不知道为什么，王道士本能地闪到一边，心中惊惧不已，这两个人显然不是来自附近的朝拜者。他不敢说话，两只手抄在僧袍里，手心都是汗水。他们似乎不认识王道士，也没有和他交谈的欲望，错身而过之后，王道士正要走开，那个男人却突然转过身来，说了一句奇怪的话。

　　王道士听懂了，但心中却愈发困惑，他想说些什么，却什么都没说出来。男人转身继续跟着女人一起离开，王道士急忙跑到他们刚才离开的洞窟，洞窟内没有什么变化。他松了一口气，心中却又有些失落，他急忙跑出洞窟，远远地朝那两个人离去的方向跟了上去，他注意到那两个人并不是朝远离莫高窟的方向而去，而是前往另外一个位于崖壁中的洞窟。

王道士决定这一次无论如何也要问问他们到底是什么人。但是当他快接近洞窟时，洞窟内再次光芒大盛，紧接着就熄灭了。王道士大吃一惊，那绝不是火把能够发出的光，他走进洞窟，什么都没有，地上的积沙上也没有两人的脚印。若不是洞窟外连绵的脚印，王道士几乎以为自己是做了一场梦。

王道士双腿一软坐在地上，不由自主地念诵了一声无量天尊，心中暗想莫不是见鬼了。他越想越怕，漆黑的洞窟也变得狰狞恐怖起来，他连滚带爬地跑回了居住的洞窟，关紧木门，然后念了一晚上的清心咒直到天亮。

天亮后，王道士推开木门，眼见一道金灿灿的霞光横亘在莫高窟上空，光芒万丈，远处的三危群山被金光照亮，宛若三界诸佛降临人间。更令人惊奇的是，一团七彩祥云赫然高悬在莫高窟上空，流光溢彩，宛若天庭。

无量天尊……阿弥陀佛……王圆箓心中豁然开朗，经过一夜思索，他已然顿悟，不管昨夜发生的事情是真实还是幻境，那都是祥瑞之兆。

3年前，王圆箓初到莫高窟时，就发下宏愿，要让莫高窟这个佛门圣地重现辉煌。此时，面对这再次出现的神圣景象，他深深地朝庄严的弥勒巨佛跪拜下去，心中的目标更加坚定了。

数年后，当王道士清理后世编号为362号的洞窟时，在窟内发现一尊已经被流沙半掩埋的坐式和尚塑像。他将流沙清理出去，塑像重新显露出真身。不知为何，王道士总觉得这尊塑像非常眼熟，他总觉得自己年轻的时候似乎在什么地方见过这个人。但这是不可能的，这尊塑像已经年岁久远，年龄怕是不下千年。

　　直到弥留之际，平生的一幅幅画卷浮光掠影般重新在脑中回现，王道士才恍惚想起他到底在哪里见过那个和尚，但他已经说不出话来，只是微笑着合上了眼睛，溘然长逝。

　　王圆箓死后，弟子们为他在山崖下建起一座圆塔，以纪念王道士对莫高窟的无私奉献，此塔被称为道士塔，保存至今。

任务之二

离开王道士之后，吴奕泽和 KY5811 很快就重新返回 156 号洞窟，回到了时空泡之内。洞窟里依然积满了黄沙，到处都是破败的景象。

吴奕泽突然想起刚才王璃说的关于张议潮的话，难道王璃真的不是在开玩笑？难道张议潮真的战败了？他犹豫片刻，才把王璃的话告诉了 KY5811。

听完了吴奕泽的推测之后，KY5811 点点头："没错，你女友的记忆没有问题。在你们离开这个洞窟之前，概率波武器就起作用了，历史已经被改变了。时空泡是游离于主时间线之外的，所以时空泡中的 156 号洞窟并没有被融合的平行宇宙所影响，如果 156 号洞窟不在时间泡之内，那么你将看到《张议潮统军出行图》会消失。王璃说的没错，被改变之后的历史中，张议潮起兵失败被杀，并没有创造历史。"

说完之后，她望着墙上的《张议潮统军出行图》说："现在我们该去执行下一个任务了。"

"下一个任务？"

KY5811 的目光仿佛穿透了时空的迷雾，看到了张议潮统军前行的情景："还记得你女友说过的话吗？张议潮起兵失败，没能光复河西。我们要去修正这个新出现的错误点。"

"你是说，我们要去帮助张议潮将军？"吴奕泽的心脏开始猛跳。

"没错，我们必须去帮助张议潮顺利起兵，让历史回到正确的轨道上。"

吴奕泽突然感到一阵难以抑制的兴奋，简直如做梦一般，自己居然有机会亲自参与历史，这真的是冥冥之中的宿命吗？

"可是，我们应该怎么做？"

"帮助张议潮起兵可不像阻止王道士发现藏经洞一样容易。"KY5811来回走了几步，斟酌着词句，"我们要找到合适的切入点，你要知道，我们要去张议潮起兵的848年，吐蕃人已经统治沙州60余年之久，他们对沙州实施奴隶制度，统治非常残暴，早就引起了当时生活在沙州的各族人民的公愤。吐蕃人也察觉到了民众的不满，所以对民众的管控也日益严酷。我们必须小心行事，一旦暴露身份，任务就会失败。"

吴奕泽也意识到了这一点，两个奇装异服的人突然出现在沙州城里，别说吐蕃人了，就连汉人恐怕都得把他们给抓起来。

"我们是不是得先换一身衣服？"吴奕泽试探着问。

"不需要。"KY5811摆摆手，她神秘一笑，"这个任务可不像藏经洞任务那么简单了。"

"什么？"

"在真实的历史中，张议潮于848年，也就是大中二年突然起兵，只花费了一日时间就从沙州城内驱除了吐蕃守军，虽然史书上只是短短的一句话，而张议潮为了这一天，可是整整谋划了大半生，他起事那年已近50岁了。"

吴奕泽顿时默然，他第一次亲身体验到历史的厚重和沧桑，一想到自己即将去往张议潮所在的那个时代，不禁既兴奋又紧张。这时他突然注意到洞窟外的月光暗了下来，很快就变得一片漆黑，伸手不见五指。突然，眼前又亮了起来，原来是 KY5811 又拿出了那只银色圆盘，圆盘悬浮在洞窟正中，散发出柔和的青色光芒。

KY5811 转头向洞窟外看了一眼："时空泡已经脱离了修正后的宇宙，我们已经离开了 1900 年，现在这个时空泡不属于任何一个宇宙，不必担心，现在没有比这里更安全的地方了。"她晃了晃手中的圆盘，"这个时空定位仪正在定位我们要去的时代，可能会花一些时间，在此之前，我们只能慢慢等待了。"

"等等，你说什么？这个时空泡，不属于任何一个宇宙？"吴奕泽问道。

"因为它就是一个微型宇宙，这个宇宙有自己的时空法则，即使我们在这里待一年，在我们原来的宇宙里，时间也只过去了一瞬间。"KY5811 解释道，"所以我们有充足的时间去制定一下策略。"

沉默了一会儿，吴奕泽问道："那么，我们应该怎么去帮助张议潮呢？"

"张议潮之所以能够起兵成功，有三个重要的原因：其一，吐蕃在河西走廊的统治正在衰弱，连年遭遇灾荒，内部动乱频繁；其二，唐朝的河东节度使和凤翔节度使相继对吐蕃发动了一连串军事行动，并且全部取胜，这个消息传到沙州之后，给了张议潮极大的鼓舞；其三，张议潮广交豪杰，沙州副都督安景旻和沙州副千户长阎英达两人和他一起发动了起义。但是，在被影响的历史之中，安景旻却从未出现在史书之中，有人在起事当夜向吐蕃人告发了张议潮，张议潮得知消息之后匆忙起兵，但是吐蕃守军早有防备，而且早有信使前往瓜州搬救兵。经过三日血战，张议潮终于不敌吐蕃军，死于乱军之中。牵扯到起义之中的索氏、张氏、李氏等沙州豪门望族皆被满门抄斩。不仅如此，吐蕃人还对沙州城中所有汉人、粟特人军民进行了大清洗，一时之间沙州血流成河，河西汉人都几乎灭绝。"

"为什么会这样？"吴奕泽吃了一惊，他隐约记得安景旻是粟特人的代表，同时也是当时的沙州副都督。在张议潮的起义中，他和沙州副千户长阎英达作为张议潮的左膀右臂起了至关重要的作用，"那安景旻去了哪里？"

KY5811摇摇头："我不知道，他没有在史书上留下任何记载，但值得一提的是，吐蕃平定了起义之后，安氏家族没有遭到大规模清洗。"

"如果是这样，难道安景旻投靠了吐蕃？是他向守军告的密？"吴奕泽紧紧地皱起眉头，"可是这不可能啊，张议潮将军的母亲就来自安氏家族，张议潮和安景旻本身就有亲戚关系，而且生活在敦煌的粟特人和汉人一样都饱受吐蕃的压迫，他们怎么会帮助吐蕃人呢？这根本说不通。"

KY5811耸耸肩："你还是以原本的历史观来推导一个已经不存在的结果，记住，平行宇宙对现实宇宙的融合并不只是简单地改变一个特定的历史事件，而是会影响一些看起来微不足道的选择。这些看起来微不足道的选择会积累起来，然后导向一个完全不同的历史进程。别忘了，即使是已经形成的历史，也是充满了偶然性。所以，我们必须亲身去了解那个时代。"

"那——我们应该怎么做？"

"信标会根据收集到的信息将我们的意识投射到能够影响历史事件的重要人物身上，我们亲自去改变历史。"KY5811郑重地说。

吴奕泽顿时大惊失色："什么？你是说，投射意识？"

"是的，其实大部分任务我们都是这么做的。"KY5811轻描淡写地说，"我们不能保留记忆，但信标会将任务目标植入我们的大脑，打个比方，如果你的意识被投射到张议潮身上，你不会保留张议潮的全部记忆，你只是用意识去替代了他，但是信标会在你的潜意识里影响你的决策。而你的任何一个决策都是为了任务的达成。这样会将我们对历史的影响降到最低。"

"可是，为什么藏经洞任务中你没这么做？"

KY5811微微一笑："不仅仅是因为藏经洞任务很简单，这是一个简单的逻辑问题。你想想看吧，我们能投射的只是意识，而非记忆，即使我被投射到任何一个人身上，我并不知道关于藏经洞的任何事情，我怎么去阻止王道士发现藏经洞呢？"

"如果我们投射的人死了，我们也会死吗？"吴奕泽问出了一个关键的问题。

KY5811摇摇头："不，我们不会真正死去，如果我们投射的个体死去了，我们的意识会重新回到时空泡中的躯体内，但我们不会再有第二次机会进行投射，任务就失败了。"

"那么，我们两个人投射的人物都不一样，如果我们相遇，我们会认出对方吗？"

"不能。"KY5811露出一丝笑容，她抱起双臂，认真地看着吴奕泽，"但我们应该不会成为敌人的。"

风云初起

大中二年（848年），沙州城。

起风了。

狂风卷起漫漫黄沙，犹如一只怪兽铺天盖地席卷而来，将整个沙州城都吞入了腹中。沙州城，也称敦煌城，由罗城和子城构成。子城即内城，仿长安形制，三条南北向大街和三条东西向大路将整个子城划分为十六个里坊。里坊中有居民区，也有商业区，城中最高的建筑当属曾任东道节度使尚绮心儿亲自监造的圣光寺，这座寺庙也是唯一一座由吐蕃官方兴建的佛寺，但在敦煌民众心里，敦煌最殊胜的佛寺却是位于敦煌东北方向距离子城一里外罗城内的龙兴寺，只因这座佛寺是当年敦煌尚未沦陷时由大唐皇帝亲自下敕令建造，向来有官寺的地位。敦煌因此也有别称龙沙，龙则指的是龙兴寺，沙即为沙州之意。

城中处处栽着柽柳和杏树，柽柳又名三春柳，以其一年开花三次左右而得名。柽柳枝叶纤细，随风飘曳，耐盐碱，耐贫瘠，乃敦煌名树，有诗云："风摇柽柳空千里，日照流沙别一天。"

刮风沙的日子，天黑得总是比往常早些。白日里喧闹的酒肆、商铺都已早早打烊，街道上很快就没有了行人，只有身披甲胄的吐蕃巡逻队手持火把，腰佩色噶呼拍刀 ①，在城内四处巡视。

城南一座威严显赫的三进大宅院内，一位老者正在大堂中来回地踱着步子，还时不时地转头看向大门方向。此人正是时任沙州大都督张议潮，他今年已经年近 50，头发已然花白了一片，但臂膀依然健壮有力，双目也依然炯炯有神。

842 年，吐蕃赞普达磨因毁佛驱僧而被僧人刺杀，王后抱养的儿子永丹，与王妃的遗腹子欧松赞分别在吐蕃贵族集团和镇边大将的支持下爆发二王争位之乱。吐蕃驻洛门川讨击使尚恐热（又称论恐热）与吐蕃鄯州节度使尚婢婢连年交兵，给河西人民带来了深重的苦难。

在此吐蕃内乱的形势之下，大唐西部边境的压力骤然缓解。847 年，大唐河东节度使王宰率代北诸军，于盐州大败尚恐热所率吐蕃军。次年，凤翔节度使崔珙率军连克原州、威州和扶州，并收复七大关。而尚恐热倒行逆施，率军攻克鄯州后，纵兵劫掠河西鄯、廓等八州，杀戮青壮，连老人妇女都不放过，动辄施以劓刖之刑，更加残暴的是，吐蕃兵竟连嗷嗷待哺的婴儿都不放过，他们以槊将婴儿互挑为戏，人神共愤。乱军所过之处，生灵涂炭，五千里之地尽为赤地，俨然地狱降临人间。

消息传到沙州，人人惊惶，前去龙兴寺和莫高窟礼佛祈平安的沙州民众络绎不绝，没人知道乱军什么时候会来到沙州。敦煌城内更是暗潮汹涌、传言四起，吐蕃驻军也嗅到了这股暗流，加强了守备。大街上的巡逻队伍也比平时增多不少，气氛愈发紧张起来。已经有传言，尚恐热的兵锋直指沙州，准备血洗敦煌城。身为沙州大都督，张议潮

---

① 一种吐蕃战刀。

常年在汉人、吐蕃和粟特人之间虚与委蛇，尽力保护敦煌汉人和粟特人的周全，但身为汉人，总有力所不逮之处。吐蕃人自从占据敦煌以来，废除唐制，将敦煌下属十三乡裁撤并为七个部落。初始，部落使只能由吐蕃人担任，后来爆发了反抗吐蕃的驿户起义之后，吐蕃东道节度使迫于安抚河西豪族的形势，才增设了汉人部落、粟特人部落和通颊军部落，部落使改由本地人担任。在继承父亲的大都督职位之前，张议潮就曾担任过汉人部落的部落使。

虽然作为汉人，张议潮能担任都督之位，但吐蕃人知道大唐是因为重用胡人安禄山、史思明等人才爆发了导致国力大衰的安史之乱，所以对汉人颇为警惕，同样奉行"非我族类，其心必异"。这个大都督之位已然是非吐蕃人能做到的最高职位，却处处受到钳制，且不论在大都督之上，还有吐蕃人担任的节儿论、大监军和留后使。

张议潮来到院中，风沙漫天，夜色正浓，夜空一片漆黑，不见星月。看到此景，张议潮不禁暗自叹息一声，这河西之天已经黑暗了60余年了，何时才能重见曙光。

张议潮从未做过一天的大唐子民，他出生时，距离沙州沦于吐蕃的统治已经13年了。从小，张议潮就听老人们讲述着大唐的辉煌，霓裳华灯的大唐长安更是在他心底牢牢地扎下了根。同时，张议潮目睹了吐蕃对河西的残暴统治，"每得华人，其无所能者，使充所在役使，辄黔其面；粗有文艺者，则涅其右臂，以候赞普之命"，"令穴肩骨，贯以皮索，以马百蹄配之"，"丁壮者沦为奴婢，种田放牧，羸老者咸杀之，或断手凿目，弃之而去"。吐蕃统治沙州之后，信义分崩，礼乐道废，人情百变，累累罪行，罄竹难书。

张议潮从小便对故国心驰神往，立下宏愿，总有一日要驱除胡虏，恢复大唐山河。

张议潮曾跟随父亲前往逻些（拉萨旧称）朝见吐蕃赞普。一路上，张议潮细心观察吐蕃境内的各种风俗，暗暗将所见所闻都牢牢记在心中。遗憾的是，父亲张谦逸年事已高，仙逝于回来的路上。按照吐蕃官制，张议潮沿袭了父亲的官职，继任沙州大都督。

当上都督之后，张议潮更是暗中与河西各豪族结交，变卖家产资助诸豪杰，图谋起事。沙州豪族索氏、李氏、阴氏、翟氏，以及诸多粟特大族安氏、曹氏、石氏等都已明确表示了对张议潮的支持。但时机未到，贸然起事只会给沙州民众带来惨祸，多年前的驿户起义就是明证。

时光荏苒，不知不觉，今年已经是大中二年，明年就是张议潮的天命之年，他的双鬓都已染上白霜。聊以自慰的是，他从小熟读兵书，每日习武，强身健体，即使现在策马上阵，也自信能手刃敌人。

此时，张议潮正在等待粟特部落的部落使安景旻的到来。安景旻不仅是粟特部落的部落使，还担任沙州副都督，更重要的是，安景旻是张议潮的远房表弟，张议潮的母亲正是来自安氏家族。

一阵急促的脚步声从屋外传来，张议潮精神一振，急忙向外走去，借着明亮的烛火，张议潮看到来者并不是安景旻，而是通颊军部落的部落使阎英达。

"张兄！"阎英达头戴礼帽，身着高领左大襟毡片长袍，系着褐布腰带，脚穿高筒皮靴，一身河西人常穿戴的便装，看到张议潮之后，他一个箭步冲到张议潮面前，快速说道，"大事不好！"

"别急，先进屋，慢慢说。"张议潮伸手扶住阎英达的双肩，沉稳有力地说道。

两人来到大堂，侍者急忙为两人端上热茶。阎英达来不及就座，连声说道："张兄，我刚才和索琪大人本要出城，刚出东门，就遇到一路骑兵，看他们的装束似乎是刚从战场下来，盔甲上还有血迹残留。”

"怎么可能？"张议潮吃了一惊，"众所周知，沙州总管节儿论野绮立作为吐蕃镇边大将，坐观尚恐热与尚婢婢交战，尽管暗中资助尚恐热以粮草，但并没有公开投向任何一方，他绝无可能放任尚恐热的军队进入敦煌城"。

"我也是这么想的。"阎英达点点头，"所以我又仔细打量了一下队伍中的其他人，我发现一个熟人。"

"谁？"

"康秀华！"

"康秀华？"张议潮皱起眉，大感意外，"他怎么会和吐蕃骑兵混在一起？"

这康氏乃粟特昭武九姓之一，与曹氏、安氏等家族一样，都是沙州豪族。自从吐蕃占领河西之后，大唐通向西域的商路就被斩断，以商业为生的粟特人大批滞留在河西。这些粟特人历年经商，积有巨量财富，吐蕃军在初入敦煌城时，洗劫了粟特人中各富商家族，导致粟特人不得不开始从事农业等以前从来都不会正眼看一眼的事，甚至还有一些粟特人不得不沦为寺户和驿户。所以粟特人对吐蕃人的仇恨绝不亚于汉人对吐蕃人的仇恨。

驿户起义之后，吐蕃人将粟特人也整编成粟特部落，包含了曹氏、安氏、石氏、康氏、史氏等粟特后裔。康氏家族与安氏家族一样同为河西粟特豪族，一同把持着粟特部落的大权。这康秀华乃是康氏家族的现任家主，名义上是要听从粟特部落使安景旻的节制。但康氏和安氏素来有龃龉乃是公开的秘密。这康氏来自西域康国，安史之乱前，粟特人大部分都是同族通婚，鲜有与外族通婚，尤其是安氏、康氏、石氏等河西望族更是不与外族通婚，只在同族内通婚。安史之乱后，粟特人回国之路断绝，无奈之下，几个豪门望族也逐渐开始接受与外族通婚。粟特安氏家族就与汉人张氏家族联姻，张议潮的母亲安氏就来自粟特家族。而康氏则坚守不与外族通婚的传统，只在粟特人内部通婚，反而对安氏与汉族通婚的行为多有指责。

事实证明，安氏和张氏联姻是眼光高远之举，不仅如此，安氏还与索氏、李氏等汉族联姻，数十年来，安氏俨然已经成为粟特部落第一望族，粟特部落史皆由安氏出任就是最好的证明。对此，其他家族没有一点意见是不可能的，其中对安氏最为不满的就是康氏。

如若是在平时，康秀华和吐蕃骑兵偶尔混在一起倒也没什么，但在这个节骨眼儿上，事情就没那么简单了。

"不知道。"阎英达摇摇头，焦躁地说，"幸亏我穿着便服，他没有认出我。张兄，我担心的是，康秀华此人素来心胸狭窄，眼线众多，一直觊觎部落使甚至沙州都督之位，我们此次起事牵扯过多，康秀华即使不知内情，也能看出一二……"

"你担心康秀华向吐蕃人告发我们？"张议潮面色冷峻，听了阎英达的推测，他不禁心里一沉，如若真是这样，吐蕃人很可能会对安氏家族下手，不仅如此，恐怕事态已经非常紧急。

为了这一次起事，张议潮已经暗中准备了数十年，阿骨萨、悉董萨和悉宁宗三个汉人部落已经宣誓效忠，安景旻的粟特部落和阎英达的通颊军部落也决意一起举事。此次起事的关键就在于出其不意，如若在这个节骨眼儿被告发，后果可想而知。

"不怕一万，就怕万一，我赶紧派人跟上了那康秀华和吐蕃骑兵，如有任何异动，立即前来报告。"阎英达双眼寒光一闪，"张兄，事不宜迟，我们提前动手吧！"

阎英达乃名将阎朝之后，阎朝当年缢杀力主放弃敦煌城的大唐沙州刺史周鼎，坚守敦煌 10 余年之久。实在弹尽粮绝，无奈之下，得到吐蕃人不迁沙州之民的条件后开城投降。城破之后，吐蕃人依然不放心，又毒杀了阎朝。阎氏家族对吐蕃人向来恨之入骨，阎英达更是张议潮最坚定的左膀右臂之一。

"提前动手？"张议潮意识到了问题的严重性，他紧锁眉头，在大堂内来回走动着，摇曳的烛火映照着他阴晴不定的面容。此时已经入夜，子城的城门都关闭了，城内的义士不多，要起事的部落尚未集结。按照原来的计划，各大家族的好手会分批每日暗暗潜入敦煌藏匿起来，兵器甲胄早已藏在秘密地点，只待起事之夜，振臂一呼，驱逐吐蕃守军，夺取敦煌城。

张议潮深知，吐蕃守军兵力薄弱，起事并不难，难的是起事之后如何应对吐蕃大军。不管是沙州节儿论野绮立还是尚恐热都绝无可能就此放弃敦煌，一旦起事成功，论野绮立很可能会彻底倒向尚恐热，调集吐蕃大军卷土重来。而义军势单力孤，朝廷也鞭长莫及，很难正面对抗吐蕃大军的攻击。这也是张议潮迟迟没有下定决心的原因之一。

"是啊，张兄，再不动手一搏，可就再也没有机会了！"阎英达喝到，"安兄生死未卜，安氏家族很可能已经遭到血洗，来抓捕我们的吐蕃兵士没准儿已经在路上了！"

"阎兄莫慌。"张议潮猛地站住，"我自有安排，来人！"

一名侍者闻声跑了进来。

"去把深儿叫来，我有话说。"张议潮沉声命令道，侍者领命而去。

不大一会儿，一阵急促的脚步声从门外传来，一个身穿短打布衣，外披黑色大氅的青年跑了进来，只见他剑眉星目，眉宇间充盈着

勃勃英气。"叔父！"他紧接着又看到了堂中的阎英达，"阎叔叔，您也
来了？"

张淮深是张议潮的侄儿，自小聪慧，学富五车，熟读兵书，武艺
高强，10岁时就跟着张议潮处理政务，目光高远，屡出奇招，众人颇
为信服。张议潮在张淮深的身上依稀看到了自己的影子，对这个侄儿
也是着力栽培，隐隐将其当作接班人来培养。

"深儿。"张议潮朝侄子点点头，情势紧急，他将目前的形势给张
淮深一一说明，张淮深闻言不禁大吃一惊，他跳起来道："叔叔！我这
就去点齐兵马，救安叔叔回来！"

"万万不可！"张议潮厉声阻止，"现在形势还不明朗，一切都是推
测，你若带着兵马前去安家，被吐蕃人瞧见，可就说不清楚了。"

"叔叔，"张淮深急道，"难道我们就坐以待毙吗？当今之计，只有
以雷霆之势，提前举事，一旦城内战火四起，城外义军必然响应，到
时候鹿死谁手还不一定！"

"深儿说得有理，当断不断，反受其乱。"阎英达重重地将茶杯往
桌子上一撂，发出砰然声响，他霍然起身，"事不宜迟，我这就去召集
在城内的部落兵马，一同举事！"

"英达，深儿。"张议潮抬手打断他们，"这也正是我的意思，我们
不能冒险，今夜必须起事。英达，我这就派人去联络所有城内家主，
以火箭为号，三更起事。深儿——"张议潮从腰间摸出一张有夜间出
城权限的白银告身交给张淮深，"你有更重要的任务，你这就速速出城，
去龙兴寺找僧统洪辩大师，告知他我们即将起事。"

"洪辩？"阎英达皱起眉，"张兄，洪辩乃吐蕃赞普亲封的都教授，
统领河西佛门，为何要将如此机密事宜通知于他？"

"起事不难，"张议潮朗声说道，"难的是如何守住城池，英达，你

的先祖阎朝守了敦煌城 10 余年，结果又如何。大唐已经难以给河西真正的支持，孤城本就是死地。一旦起事失败，敦煌城必然会生灵涂炭，鸡犬不留。所以，我们必须要想好后路，洪辩大师乃河西佛域之首，如能获得他的支持，我们不仅能得到诸多僧兵相助，而且以洪辩大师的威望，河西各部落的诸多眼线就可以为我所用。"

"可是，张兄为何就笃定洪辩大师会帮我们？"阎英达皱起眉，"姑且不说洪辩乃吐蕃赞普可黎可足钦点僧统都教授，统领整个河西，洪辩乃佛门高僧，慈悲为怀，怎会沾染这血光之事？"

"阎兄可知，这洪辩大师本姓吴？"

阎英达点点头，若有所悟。

"洪辩大师俗名吴法成，龆龀之年[①]即削发为僧，跟随摩诃衍大师修行。他的父亲乃吴绪芝，曾任唐王府司马、千夫长、建康军使并授上柱国赐紫金鱼袋。吴绪芝任建康军使 20 余年，长期领兵戍守西陲边土，精忠报国，战功显赫。安史之乱后，陇右节度使哥舒翰率大军勤王，河西守备空虚，吐蕃乘虚而入。吴绪芝率兵殊死抵抗，终不敌吐蕃大军，随主帅杨休明一路退守敦煌，先后追随周鼎、阎朝守城 10余载。敦煌城破之后，吴绪芝仍然一心向唐，无心在吐蕃为官，遂归隐乡间，但此种失国悖宗之痛却从未隐去。而洪辩大师的母亲正是来自我河西张氏，我相信洪辩大师虽然一心向佛，但心底也一定心向大唐。"

顿了顿，张议潮接着说道："佛家自有菩萨低眉之慈悲，却也有金刚怒目之威严，吐蕃人在河西经营数十载，作恶多端，若放任吐蕃继续作乱，河西民众将继续遭受地狱之苦。《法华经》有云，'若有菩萨

---

① 龆龀之年，指七八岁的孩童。

行世俗忍。不治恶人。令其长恶败坏正法。此菩萨即是恶魔非菩萨也。亦复不得名声闻也。何以故。求世俗忍不能护法。外虽似忍，纯行魔业。'洪辩大师定然明白此中道理。"

听闻此言，阎英达和张淮深连连点头。张议潮年少时曾出家为僧，能熟背法华经经文，丝毫不令人感到惊奇。

"叔叔所言极是。"张淮深恍然大悟，"难道叔叔之前一直在为此事烦恼，所以才迟迟没有定下起事决心？既然这样，叔叔为何没有去找过洪辩大师呢？"

张议潮一时默然，过了一会儿，才缓缓说道："这洪辩大师在河西僧界地位极高，又在吐蕃任职多年，虽然他的母族和我们张家也是亲族，但终究放不下心。前几日，有人送来一封密信，密信上只有8个字，'菩萨低眉，金刚怒目'。这8个字犹如醍醐灌顶，令我豁然开朗。"

阎英达皱起眉："这密信，是何人送来？"

张议潮摇头："不知，有人将密信系在一块石头上丢进了院墙，门房出去查看时，送信人早已不见踪影。"

说罢，张议潮从怀中掏出密信交予二人观之。

"如此甚好。"张淮深将密信交还给叔叔，兴奋道，"我这就去找洪辩大师！"

"好！"张议潮点头，他的目光在阎英达和张淮深脸上扫过，斩钉截铁地说，"今晚起事！驱除胡虏，复我大唐河西江山！"

"遵命！"两人同时喝到，领命而去。

张议潮走进内室，夫人宋氏已经将他的盔甲擦拭干净，摆放在胡床上。两人不再多言，张议潮脱去便服，在宋氏的帮助下穿上盔甲。夫人又为他取来一把牛角长弓和一匣穿云箭，张议潮将箭壶系在背上，然后拿起一把横刀①，抽出之后，寒光四射，刀柄上缠绕着金丝细线，还镶嵌着一颗名贵的宝石。这是张议潮的父亲张谦逸的佩刀，唤作鸣沙刀，曾经跟随父亲多年。

父亲张谦逸在吐蕃为官多年，一直忍辱负重，一边忍受着吐蕃统治者的欺辱，一边背负着汉人不满其侍奉吐蕃的骂名，一心只想尽力保全遗民安全。

在从逻些返回沙州的路上，父亲不堪高原旅途劳顿，一病不起。临终前，父亲亲自将这柄佩刀交给张议潮，他告诉张议潮："记住，你是大唐的人，这把佩刀，从未沾染过唐人的鲜血。"

张议潮握紧了佩刀，寒光顺着刀锋缓缓流淌，映出了他已经布满皱纹的脸庞。

就在这时，外面有人来报。张议潮披挂走出内室，来到大厅，看到一名满脸胡须的粟特人正站在大堂之中。见到浑身披挂的张议潮，他猛地一惊，急忙说明来意："张都督，在下乃是阎大人手下，那康秀华带着吐蕃骑兵直接去了安城，在下不敢靠近，只敢远远跟着，只见突然喊杀声四起，想来必然是安家兵士与吐蕃人打了起来！"

"好。"张议潮点点头，"我知道了，你去吧。"

粟特人匆匆走了。张议潮唰的一声拔出鸣沙刀，顿时屋内寒光四射。张议潮凝视着薄如蝉翼的刀锋，在心里默默说道："父亲，今夜，鸣沙刀将沾满吐蕃人的鲜血。"

黄沙漫天，遮掩了璀璨的银河。

龙兴寺，昏黄的禅室内，只有一盏黄豆般大小亮光的油灯静静地

---

① 唐代刀的一种式样，为唐代主要军队的制式装备之一，短柄长刀。

燃着。两道白眉如霜的洪辩正在阅读一卷经书，心中一动，似有感应般，一个年老的僧人轻敲房门走了进来。

"大师，寺外有一人求见，来人说是张议潮张都督的侄子张淮深。"

果然来了。洪辩轻轻放下经卷，轻声吩咐道："好，让他进来吧。"

片刻后，一个英姿勃发的青年迈着有力的步伐走进了禅室，见到洪辩，他立即行了一个抱拳礼，声音爽朗道："张淮深见过洪辩大师！"

洪辩点点头，单刀直入："你所来何事？"

张淮深心一横，痛快地说明了来意，最后他说道："大师，叔叔希望您能帮助义军，以您的威望，振臂一呼，河西之地莫不响应。河西之民受困吐蕃已久，仍然心向大唐啊……"

洪辩当然知道张淮深说的都是真的。自从吐蕃占领敦煌，虽然信守了不迁居民的承诺，但也强迫本地人胡服蕃语，就说这敦煌城内，许多唐人家中依然暗自供奉着唐朝皇帝圣像，节日时也会遥向东方大唐故土祭拜。

张淮深说完之后，满怀期待地看着洪辩。洪辩慢慢开口说道："那封密信，是我亲自手书。"

张淮深闻言又惊又喜，简直要蹦跳起来，他搓着双手，连声说道："太好了，洪辩大师，这么说，您答应了？"

洪辩微微点头："张议潮将军宅心仁厚，虽以身事吐蕃，也属无奈之举。他身处沙州都督高位，却依然心念大唐，愿冒性命之危解民于倒悬，实乃菩萨之行。贫僧会尽力而为，请张将军放心。"

张淮深欢天喜地地走了。洪辩独自坐了一会儿，然后站起身走出禅室，站在院中，面向东方，遥遥望向大唐长安的方向。其实洪辩早已知晓张议潮准备起事，却一直没有下定决心帮助他。吐蕃虽然残暴，但也已经营河西数十载，且吐蕃崇佛，明知洪辩是汉人，还任命他为僧统之首，也属有恩。河西民众虽然生活困苦，但也可勉强活下去，而战祸一旦再起，恐怕这河西大地将赤地千里、生灵涂炭。

前几日，洪辩做了一个奇异的梦。梦中，洪辩来到了一片阴森的森林，森林中烟雾氤氲，他独自在林间行走，怪石嶙峋，鬼怪般的枝丫盘根交错，时不时地勾住他的衣衫。洪辩突然惊奇地发现，森林里到处都是尸骨，累累白骨几乎覆盖了整个地面，甚至有许多树木本身都是白骨尸骸盘结而成。梦中的洪辩顿时明白了，他这是来到了尸陀林之中。传说尸陀林是佛教的修行之地，许多僧人会到尸陀林中修行白骨观，参透生死轮回。

梦醒之后，洪辩似有所悟。接下来的几日，洪辩又梦到了父亲吴绪芝，他梦回父亲的临终时刻，想起父亲临终前握着他的手，叮嘱他的那番话："你要记住，我们本是唐人，长安才是我们的父母之邦。"

"父亲，"洪辩在心中喃喃自语，"我没有忘记，张议潮没有忘记，阎英达没有忘记，河西数万汉唐遗民都没有忘记，我们是大唐子民。"

洪辩今年已经六十有一，已过花甲之年，不知在有生之年是否还能看到河西重归大唐荣光。

不知过了多久，呼啸的风中传来依稀的喊杀声和兵戈交击声。洪辩转身登上佛塔，向子城方向望去。只见子城内火光冲天，依稀可见数条黑影正在城墙上搏杀，有人坠下城墙，发出一声惨叫后就悄无声息了。

起义终于开始了。冲天的喊杀声持续了整整一夜，洪辩也在佛塔之上静静地站了一夜。

直到天色微明，喊杀声才逐渐微弱下去，城门大开，时不时地有败军逃出城，向瓜州方向而去。

不久之后，消息传来，三更时分，张议潮以一支穿云箭射杀了当夜在城墙上巡逻的吐蕃校官，吹响了起义的号角。早有准备的将士们从藏身的小巷和各大宗族院落中蜂拥而出，全城军民无不响应，纷纷呼喊着杀贼，奋起杀敌。在阎英达和索琪及其他各家族的通力配合下，张议潮已经率军驱逐了所有吐蕃守军。可惜的是，节儿论野绮立似乎早有戒备，全身退走，不知所踪。洪辩思忖了一会儿，吩咐左右，在僧侣的陪伴下前往罗城。

一进罗城，一行人就看到到处都是砍杀的痕迹，城门处还有没来得及收拾的尸体，从衣着可见有吐蕃士兵，也有汉人兵士，有些士兵直到临死前还保持着拼死搏杀的姿势，可见战况之惨烈。

城内还有许多木楼的火苗尚未熄灭，各部落的兵士们和民众们正忙着四处救火和救治伤兵，此时无风，黑烟四起，在敦煌城上空形成一团浓重的阴云，仿佛给敦煌城披上了一件灰色的殓衣。但与之形成鲜明对比的是民众脸上发自内心的笑容。洪辩不禁心中一颤，虽然天空布满阴霾，但沙州民众的心中却第一次拨云见日，朗朗乾坤再次出现在这沙州大地上。

在张府，洪辩见到了一身戎装的张议潮，以及阎英达、索琪、阴文通[①]等人正在商议事情。即使已经鏖战了一夜，张议潮依然精神矍铄，他身上的盔甲还残留着未干的血迹。

见到洪辩，张议潮急忙走上前来，脸上是掩不住的喜色："洪辩大师，深儿给我说过了，有了您的鼎力相助，归义军必能做出一番事业！"

"归义军？"洪辩心中微微一动，他双手合十行了一个佛礼，悄无声息地改了称呼，"张将军，此次虽然事成，但那论野绮立绝不会善罢

---

① 史料记载，阴文通为阴氏家族成员，后娶张议潮之女为妻。张承奉时期，阴氏家族成为节度使母族，参与了张承奉夺回归义军政权的斗争。

甘休，诸位将军还需早做准备。"

"大师不必多虑。"明盔明甲的阎英达朗声说道，"吐蕃人的战力不过尔尔，昨夜三更，张议潮将军一支穿云箭射死城门守卫，整个沙州民众无不奋起响应，吐蕃守军根本就不堪一击，只是可惜了那狗奴论野绮立，居然让他给跑了！没想到这狗奴跑起来倒也不慢！"

阎英达的话语引起了一阵哄然大笑。

"英达，"张议潮转向意气风发的通颊军部落使，"大师提醒的极是，沙州乃是一座孤城，论野绮立必然会勾结尚恐热卷土重来，我们需做好万全准备。"

"如此，"洪辩微微颔首，他盯着张议潮的眼睛，问道："将军，贫僧有一问，还请赐教。"

"大师请讲。"张议潮也察觉到了洪辩话语中的深意，他肃容道。

"将军起事，拯救河西苍生于水火，其心可嘉，但将军又志在何方？"洪辩问道。

"这……"张议潮皱起眉，众将也疑惑地望着洪辩大师，一时竟不知道洪辩想说什么。

"如若诸位将军仅仅志在沙州，你们已然做到了。"洪辩的目光在诸位家族族长和部落使的脸上挨个儿扫过，"但接下来，吐蕃大军必将再次来袭，阎朝将军曾带领沙洲军民在吐蕃军的围攻下守城10余载，连那吐蕃赞普亲临指挥攻城都无功而返，但结果又如何？"

"我们要向大唐求援。"索家家主索琪说，他是一个面色红润的中年人，下巴上留着一缕山羊须，如若不是身着铠甲，看起来更像是一位儒生，"朝廷已收复三州七关，兵锋正盛，倘若得知我们光复沙州，定会派兵支援，到时里应外合，一战定乾坤！"

"索将军，这沙州与长安之间隔有瓜州、肃州、甘州、凉州，距离长安数千余里，即使道路通畅，有沿途驿站，信使往来一次也要耗费数月，尚且不论这四州还在吐蕃手中，道路断绝，我们如何将消息传到长安？"洪辩沉声说道，"即使我们的使者能够躲开吐蕃人的追捕到达长安，朝廷要发兵，也是要首先攻打凉州，如果朝廷真的有攻打凉州的实力和意愿，还会等到今日吗？"

听了洪辩大师的一番话，众将皆默然。正在此时，一个身披沾满血迹和沙尘、已经看不出原本颜色甲胄的青年风风火火地闯了进来，洪辩愣了一下，才认出来人正是昨夜去罗城龙兴寺找他的张淮深。

"洪辩大师！"见到洪辩，张淮深眼睛一亮，他马上就意识到自己的装束布满血迹和沙尘，急忙抱拳行礼，"失礼了！"

洪辩摆摆手道："无妨，军情紧急，你们先谈。"

"好。"张淮深对他点点头，也不避讳，转向张议潮，急道："叔叔，找到安将军了！"

"哦？"张议潮还未来得及说话，和张淮深差不多年龄的阴文通就跳起来，大叫道，"他在哪里？"

这阴文通乃阴氏家族年轻一代中最出色的青年，与张淮深私交甚好。阴家乃敦煌本地望族，先祖阴伯伦曾协助阎朝守城，城破之后，阴伯伦审时度势，转而与吐蕃人合作，忍辱负重，以谋大事。这阴文通长得浓眉大眼，孔武有力，自幼习武，也是自幼听闻大唐故事长大的一代，对吐蕃人尤其痛恨，也是阴氏家族下一代的家主继承人。

"安叔叔还活着。"张淮深的一句话让大家都松了一口气，"那康秀华果然勾结了吐蕃人，将我们要起事的计划告知了论野绮立，但论野绮立似乎并不相信，他随即安排兵士跟着康秀华一起去抓捕安叔叔，也就是阎叔叔在东城门遇到他们的时候。"

阎英达点点头，恨恨地握紧了刀柄："那康秀华人呢？后来发生了什么事？”

张淮深神情古怪："出了一件怪事，那康秀华不知中了什么邪，接近安城祆祠的时候，途中突然暴起，手刃了吐蕃骑兵队长，然后单枪匹马冲进安城，大呼大叫示警。守卫马上关闭大门，安叔叔赶紧率兵士抵抗，但吐蕃骑兵众多，攻进了安城，双方大战一场。好在康秀华事先示警，安氏家族不是毫无准备，虽然损失惨重，但总算打退了吐蕃兵。后来的事情你们都知道了，咱们在罗城起兵，和安氏家族互相牵制了吐蕃军。正在进攻祆祠的吐蕃军发现罗城兵变，急忙回援，安叔叔点齐闻讯前来的粟特部落兵马在身后掩杀，机缘巧合之下，形成内外交击之势，吐蕃守军才会那么快就溃败。"

"原来如此。"索琪的脸上显出恍然大悟之色，"安景旻果真是一条好汉，他现在在哪儿？"

"安叔叔受了重伤，已经被送回祆祠救治，但性命无虞。"张淮深说，"不过，那康秀华却全身而退……"他的目光看向张议潮，欲言又止。

"此事有古怪。"张议潮开口说道，"如果那康秀华不率先示警，吐蕃骑兵直接冲进祆祠的话，安氏家族定然无法组织起有效的抵抗。可是，这康秀华到底为什么要这么做？如果他根本就不想告发我们，他完全不必事先去找论野绮立，可见他的确是想破坏我们的大事。难道康秀华高声示警是一时良心发现？"

"不大可能。"索琪肃然道，"康秀华此人素来心胸狭窄，对安氏家族早有不满，作为康氏家族族长，绝无可能做出如此轻率之事。那康秀华如果真的是为了帮助起事，完全可以将计划告知张将军，何必行此险招儿？"

众人纷纷议论了一会儿，都认为索琪说的有道理。

"那康秀华何在？"张议潮问道。

"侄儿已经率兵将其捆了，"张淮深得意地说，"静候叔叔发落。"

"好。"张议潮显然很认同侄儿先斩后奏的行为，"不要伤他，此事需从长计议。"

"他有说什么吗？"这时，洪辩突然开口问道。

"大师，康秀华的精神有些恍惚。"张淮深转向洪辩，恭敬地回答道，"他一直在说，一切都是天意，是佛祖显灵……"

"一派胡言，难不成是佛祖让他去告发我们？"站在一旁的阴文通啐道。

"不，"张议潮打断他，"这康秀华的意思恐怕是佛祖显灵让他临时反戈一击，手刃吐蕃骑兵队长，给安家示警之意。"

"阿弥陀佛。"洪辩大师双手合十，呼了一声佛号。

此时，众人细细思索，才明白此间凶险，如若那康秀华没有临时反戈，恐怕在座所有人的人头此刻都已悬于城门之上，而这敦煌城也必然遭到血洗。此时，众人又感到心中一片欣喜，佛祖显灵，说明他们的举事得到了佛祖保佑，何愁大业不成。

"张将军。"洪辩说道，"正如贫僧刚才所说，我们绝无可能在短时间内得到朝廷帮助，当务之急是做好万全准备，防备吐蕃军的反扑。"

"大师有何高见？"张议潮问道。

"兵法有云：'守大城必有野战，守孤城坐以待毙。'贫僧以为，困守孤城绝不可取，"洪辩肃然道，"虽然我们已经将吐蕃人从城内驱逐出去，但吐蕃还占据着河西十州之地，实力尚存，一定会进行反扑。如若孤守沙州，必是死局。我军决不能让吐蕃军再围困沙州城，必须进行野外决战，一举击溃吐蕃军，才有一线生机。"

"大师所言极是。"索琪附和道，他斟酌着字句，"不过，义军实力

240

有限，而吐蕃军向来凶悍，擅长野战，如果要与吐蕃军野战，恐怕我们实力不足啊。"

"这正是我们的生机所在。"张议潮目光炯炯，猛地一掌击在桌上，"我们自己人都认为我们不敢和吐蕃军野战，吐蕃人一定也这么认为。那么，我们就和他们野战！"

不等众人说话，张议潮转向洪辩，深深地行了一礼，言辞恳切地说："大师，您刚才问道，我们志在何方，现在我就可以告诉您，我们既然起事，就一定要光复河西十一州！让河西五千里之地重归大唐！"

"如此，"洪辩面露欣慰之色，他正色道，"贫僧会全力配合张将军。"

"有大师相助，大事必成。"在座诸将都面露喜色，他们都知晓洪辩是河西僧界最高领袖，在各族裔中都是一言九鼎之人物。河西寺户众多，即使想参加义军，如果没有洪辩都教授点头，他们也决然不敢。现在有了这位河西僧统都教授洪辩大师点头允许，想必平时饱受吐蕃欺压的寺户也能贡献许多兵源。但洪辩最大的作用绝不仅仅是贡献僧兵，只要他全力配合，义军就有了无数眼线。换言之，河西所有的信众都是洪辩的耳目，吐蕃军的一举一动都将在义军的掌握之中。

古人云，知己知彼，百战百胜。有了洪辩相助，义军又多一成胜算。

议事结束后，诸将纷纷领命散去。洪辩却一直没有离去，待屋内只剩下洪辩和张氏叔侄二人之后，洪辩问道："那康秀华何在？"

张淮深道："大师，康秀华现在被关押在祆祠，有专人看管。康氏族人也暂无异动，大势已定，他们仍在观望。"

"在观望的可不只是他们。"张议潮冷冷道，"论野绮立号称麾下三万大军，但有夸大嫌疑，足额兵员有两万倒是不假，但这两万大军里，真正的吐蕃兵最多只有五千，其他兵士皆为回鹘、党项、粟特和汉人。另外，还有许多家族也正在观望，如若我们能一战击溃吐蕃军，这些非吐蕃兵士本身在吐蕃军中就地位低下，届时各族首领振臂一呼，他们还会不会继续为吐蕃人卖命就不好说了。"

"的确如此，看来张将军早有谋略，贫僧倒是多虑了。"洪辩点点头，"张将军准备如何处理康秀华？"

"他勾结吐蕃人，意图破坏起事大计，证据确凿。"张议潮森然说，"罪不可恕，当斩立决。"

张淮深吃了一惊，他微微皱起眉："可是，叔叔，他已经幡然悔悟，及时预警，也没坏了大事，如果杀了他，这恐怕……"

"深儿，你须谨记，慈不掌兵。康秀华背叛在先，差点让安氏家族灭族，也差点毁了我们的大事。如若放过他，难免人心浮动，军心不稳。"张议潮道，"康秀华虽然幡然悔悟，但那是因为他的行为实在令人不齿，人神共愤，佛祖才显灵阻止，康秀华的人头正好用来祭旗！"

"让我见见他。"洪辩缓缓说道，"我有事问他。"

半个时辰后，洪辩在张淮深、阴文通，以及左右僧人的陪伴下来到祆祠。

自从西汉张骞出使西域，打通了中原通向西域的商路之后，善于经商的粟特人就大批沿着商路来到中原。敦煌作为中原连接西域的、最靠西也是最繁华的城市，有大批粟特人逐渐聚集在此，逐渐形成聚落，由于信奉祆教者众多，经官府批准，安景旻的先祖主持建造了这座祆祠，所以，敦煌祆祠位于罗城以东一里处的安城之内，又称祆庙、拜火庙，甚至有些人也直接将祆祠唤作安城。

祆祠周回约百步，院中有一正方形尖顶的祆教神殿，周回四十步，环以回廊。院落靠南有一个柴房，正中有一座石制神龛，内有灰烬。祆教又名拜火教，来自西域波斯，教徒多为粟特人，以火能驱逐黑暗之意，认为火有神性。又拜日月，有双月环日之图腾，汉人经常分不清同样崇拜日月的摩尼教和祆教。

眼下并非祆神祭祀之日，又逢时事巨变，祆祠内冷冷清清，没有一个信众。祆祠主人是一位名叫翟光的老者，翟光出自粟特翟氏家族，也是敦煌有名的望族。翟氏家族与安氏、张氏等粟特、汉族等大族广为通婚，关系最为亲密。

翟光看到洪辩一行人，急忙从神殿内走出："洪辩大师，您怎么来了？"

洪辩双手合十，施了一礼："翟祠主，贫僧是来见那康秀华的，多有叨扰，还请见谅。"

翟光连连摆手："谈何叨扰，大师快快里边请。"

一行人走进神殿大门，门内赫然耸立着三尊雕像，位于正中的是祆教中的最高神祇阿摩神，这阿摩神额头正中有第三只眼，与汉家的二郎神却有相似之处。阿摩神左手边是祖儿万大神，一传此神又是佛教护法梵天的化身，右手边则是双目微闭的四臂女神娜娜，一手持月，一手持日，端坐在一只雄狮身上。

众人都不是第一次来到祆祠了，倒也没有什么新奇，阴文通问道："翟祠主，那康秀华关在何处？"

"请随我来。"翟光带着众人来到殿堂左边的一个小房间门口，掀开布帘走了进去。屋子只在南墙有一个很高的小窗，光线昏暗。待到众人适应了黑暗之后，看到一个被捆得结结实实的人正倚在角落。小屋内还有两个手持陌刀的士兵正神色戒备地看守着他。屋内本就狭小，一下子涌入这么多人，屋子里显得更昏暗了。

看到洪辩为首的一行人，康秀华似乎有些意外，他眨眨眼，却没有说话，更没有挣扎。

作为康氏一族的家主，一夜之间沦为囚犯，想必这康秀华心中定然不好受。眼下沙州大势已定，康氏家族已经乱作一团。张议潮并没有追究康氏家族的罪责，默认此事只是康秀华一人所为，但假如义军败北，康氏家族的下场也可想而知了。

洪辩沉默了一会儿，他转头看向张淮深和阴文通，开口说道："二位，能否暂时回避一下，贫僧想单独和他谈谈。"

张淮深和阴文通交换了一个目光，一起点点头道："大师请便。"然后带头转身离开了小屋。洪辩摆摆手，其他人包括那两个士兵也随之离开了，屋内一下子安静下来。

洪辩缓步走到康秀华面前，先双手合十施了一礼，然后盘腿坐下，问道："康家主，贫僧就直说了，你是否真的想告发张议潮秘密起事？"

"是的。"康秀华仰起头，毫无惧色地看着洪辩，"洪辩大师，我的确想告发张都督。"

洪辩点点头，接着问道："你为什么要这么做？"

康秀华发出一阵惨笑："大师，我康氏家族在河西经营数百年，眼见这山河变色，归国之路断绝，难道我们就不想河西重归大唐吗？我康氏家族也是跟随阎朝将军坚守过沙州城的，多少康氏子弟为了大唐战死沙场。沙州沦陷，山河变色，康氏家族和许多家族一样，多少子弟不愿侍蕃，遁入空门，削发为僧。大师，难道您也真的认为这沙州能重回大唐吗？"

洪辩说："诸行无常，万事万物皆有成住坏空之理。吐蕃不可能永远统治河西，当前吐蕃内乱，征战不休，河西民众日益困苦，民心所向，当顺势而为。"

"大师。"康秀华说，"在此之前，我一直是这么想的，也是这么做的，但大唐和吐蕃的长庆会盟①彻底击碎了我的幻想！大师，您还不明白吗？大唐已经永远放弃河西了！"

沉默了一会儿，洪辩才说："长庆会盟已经过去20余载，对大唐来说，也只是权宜之计。安史之乱之后，大唐藩镇做大，内乱不止，朝廷不愿再竖强敌，也情有可原。"

"如若在长庆会盟之前，有人起事，我定然粉身碎骨也当追随，可是今日起事，只会陷河西民众于水火。"康秀华恨恨地说，"难道要让沙州数万民众为张议潮不切实际的幻想陪葬吗？如若我告发成功，死的只会是一些领头的人，诸大家族都可得以保全。退一万步，即使参与起事的家族都被灭族，为了河西民众的安危，也是值得的！"

洪辩沉默半晌，才双手合十，诵了一句佛号："阿弥陀佛，康家主有怜悯之心，我不入地狱，谁入地狱。可是，贫僧还有一问，康家主为什么又临时改变主意？"

此话一出，康秀华顿时颓唐地垂下了脑袋，竟一语不发。

洪辩心中一动："难道真如张淮深所说，是佛祖显灵？"

康秀华抬起头看着洪辩："我不知道，大师，那一刻，我的身体好像完全不受控制，我的心中只有一个想法，张议潮一定会成功，他不仅能光复沙州，还能在接下来吐蕃军的反扑中击溃论野绮立，顺势占领瓜州，然后在3年内连克瓜州、伊州、西州、甘州、肃州、兰州、鄯州、河州、岷州、廓州十州，于861年又攻克凉州，拓地千里，河西之地尽归大唐……我好像沉入了一个漫长的幻境，看到了未来数年发生的一切……在这种情绪的驱使之下，我才突然砍倒吐蕃兵，大声

————————
① 唐穆宗长庆元年至二年（821—822年），唐蕃进行第八次会盟，称为长庆会盟。

预警……"

说到这里，康秀华长叹一声："我明知道这绝不可能，吐蕃虽然内乱，但绝非沙州一城能够独抗，区区几千兵士，如何能对抗数十万吐蕃大军！"

洪辩却面色不变，他略微思索，点头道："康大人，此乃佛家六神通之一的天眼通，天眼通者，能照见六道众生之生死，参透后世之事。但康家主非佛家弟子，看来真的是佛祖显灵。"

"大师，您真的相信我在幻境中看到的那些事情吗？"康秀华抬起头，目光闪烁不定，"您真的认为张都督能收复河西十一州？"

"事在人为。"洪辩没有正面回答康秀华的问题，他思忖片刻，才又说道，"康家主能否细细告诉我，你在幻境中都看到了什么？"

"很多。"康秀华答道，他顿了顿，抬起头，目光仿佛穿透了黑暗的墙壁看向未知的因果，"……那论野绮立很快就纠集了大军前来，张都督没有困守孤城，反而主动出击，竟然一举击退了吐蕃军，并且乘胜追击，收取瓜州，义军所到之处，民众无不起来响应……"

"康家主，你还记得事情的具体细节吗？"

"当然。"康秀华的脸上不知不觉浮现出一丝光彩，"虽然只是短短一瞬，但我似乎在幻境中经历了数十年，每一件事都是那么真实。我记得的最后一件事是跟随张将军——不，那时我们已经和朝廷取得联系，朝廷册封张将军为河西节度使，统管河西十一州——我跟随张将军率领七千骑兵去攻打凉州，那一战持续了近 3 年，最终，我们击败了吐蕃军，光复了整个河西。那就是我看到的最后一件事情了。"顿了顿，康秀华的脸上再次显出颓唐之色，他苦笑道，"而我因战功显赫，升任瓜州刺史。"

幻境中的显赫和现实之中的境遇无疑在康秀华的心中引发了激烈

的冲突，让这位康家主走到了疯狂的边缘。

"如此，"洪辩长叹一声，"看来这真是佛祖的旨意，康家主心怀怜悯，佛祖授之以天眼通，让康家主参透因果，看到未来之事，也是幸事。"

康秀华抬起头看着洪辩，再次问道："大师，您真的相信这一切都会发生？"

这一次，洪辩先是点了点头，但又马上摇了摇头："世间万物，无非因果二字，缘起则聚，缘尽则散，缘起性空，因果远非定数。佛祖虽然授之以天眼神通，并非意味着未来已成定数，康家主看到的乃是最大可能之果。所谓众生畏果，菩萨畏因，这因果之事，无人能轻易参破。所谓事在人为，我们如若把握不住因，你看到的果也终究是水中之月，镜中之花，一场幻梦而已。"

听了洪辩一席话，康秀华似有所悟。但紧接着，他再次发出一声苦笑："事已至此，我已是戴罪之身，我的果已然造下了，多说无益。"

"不，康家主，你还未参透这幻境，人生一世，这芸芸众生所经历之事，又何尝不是一场幻境。"洪辩说，"所谓事在人为，康家主如若能将幻境中所见所闻一一告知贫僧，我会将其全部记录下来，此乃佛祖预言，对义军光复河西事业必然会大有帮助。也许这才是佛祖点化你的真正用意，康家主万万不可再违逆天道行事。"

"如果张将军果真能击败吐蕃军，光复瓜州，印证了幻境中的事情……"思忖许久，康秀华才说，"到时，我定然会将所有在幻境中的见闻都告知大师。"

"如此甚好。"洪辩点点头，他伸手解开捆绑康秀华的绳索，"康家主在这里委屈了，随我回龙兴寺吧。张将军那边不必担心，我会跟他解释的。"

看到洪辩和康秀华一起从屋内走出，在大堂内等候的张淮深和阴文通等人都大吃一惊。

张淮深面露疑惑之色，他小心问道："大师，您这是……"

"康家主得到佛祖启示，看到了未来之事。"洪辩说，"我要带他回龙兴寺，张将军那边，我自会亲自去知会。"

众人无言，只好默默让开。

洪辩带着康秀华回到了龙兴寺。不知道为什么，洪辩总有一种奇怪的感觉。康氏家族遁入空门为僧之人并不少见，虽然身为粟特人，但康秀华也经常带着家眷到龙兴寺参禅礼佛。洪辩倒是很少和康秀华说话，仅有点头之交。

不知为何，和康秀华的交谈让洪辩也想起了自己行走于尸陀林的幻梦，他的心中不禁一凛，暗自问自己，如若不是那个幻梦，他会全力支持张议潮起兵吗？

难道冥冥之中，佛祖真的在看着世间的一切吗？

难道佛祖终于听到了信众们几十年来的虔诚祈祷吗？

回到龙兴寺之后，洪辩将康秀华安置在禅室内，然后派出僧使前往各州各部落，将法旨传遍河西各地。随着洪辩法旨的到来，整个河西都暗流涌动起来。

这些天，每日都有僧兵前来敦煌州署报到，张议潮将他们悉数安置在城东临时搭建起的军营中。沙州民众无不欢欣鼓舞，纷纷捐粮捐物，家中有青年子弟的，无不送来参军，短短几日，义军人数就由之前的两千余人暴增到五千多人。

敦煌州署位于城南距离城门不远处，节儿论野绮立被赶走之后，在众人的请求下，张议潮将义军议事所安置在了州署之内。这几天来，事务繁多，张议潮几乎夜不能寐，但每个人的脸上都洋溢着快乐的笑容。

张议潮得知洪辩大师将康秀华从袄祠中带走之后，并没有多说什么。当夜，洪辩大师就亲自来到张府，屏退左右，两人在密室中进行了一番密谈。洪辩向张议潮讲述了康秀华所说的未来之事。

张议潮听完洪辩讲述之后，不禁面露欣喜之色，连声说道："既然佛祖保佑，那么大事必成！"

洪辩点点头："如若不是阎英达在城门口遇到康秀华，如若不是佛祖在危急时刻点化康秀华，今日此时，我们所有人都早已人头落地。但是，张将军，贫僧此来有三件事。其一，此事万万不可对任何人泄露，这未来之事，只是最大可能之因果，如若传播开来，众将士必有轻敌之念，且人人畏死，大事必将不成；其二，将军须知，康秀华所见之果乃众人所造，诸将需万众一心，绝不可困守孤城，需主动出击；其三，这康秀华不可杀，如若将军能取瓜州，印证因果，康秀华会将幻境所见一一道出，对义军事业大有帮助。"

张议潮思忖片刻，痛快答应道："大师所言极是，事在人为，如我能取瓜州，必会重用康秀华，也许他真的能成为瓜州刺史也未可知。"

"取瓜州之后，将军要做的是尽快派出使者前去长安报信。"洪辩轻叹一声，"河西陷蕃已久，大唐也深陷藩镇做大，内忧外患，无力西进。将军收复沙州瓜州，对大唐朝廷来说，定能极大地鼓舞人心。"

"如此，就依大师所言。"张议潮点点头。

洪辩和张议潮告别之后，独自走出州署。夜已经深了，街道上已然空无一人，只有身披甲胄的军士三三两两在城中巡逻，他们都已换回了大唐制式的甲胄，腰间也带上了久违的大唐陌刀。望见此景，洪辩不禁百感交集。

今夜天空万里无云，一道璀璨的银河横亘天际，时不时有一两颗流星从苍穹划过，转瞬即逝。

　　洪辩仰头望去，面对着璀璨星空，只觉浑身通透，心情大为舒畅。身在这历史洪流之中，每个人都是一粒微不足道的恒河之沙，但恒河之沙数无穷尽，若万众一心，必将移山倒海，做出一番轰轰烈烈的大事业。

金戈铁马

848 年，张议潮在沙州发动起义，驱除吐蕃守军。在全城军民的同仇敌忾下，仅仅一夜之间就光复沙州。

> 议潮乘隙率众擐甲噪州门，汉人皆助之，虏守者惊走，遂定沙州。
>
> ——《补唐书张议潮传》

接着，不甘失败的论野绮立集结吐蕃军果然大举来袭，意图将沙州起义扼杀在摇篮中。张议潮听取了僧统都教授洪辩大师的建议，尽起城中之兵，率军在沙州城外与卷土重来的吐蕃军大战一场。吐蕃军没料到归义军竟敢出城野战，猝不及防之下，竟大败而逃，吐蕃军中的粟特人、回鹘人、汉人纷纷倒戈相向。归义军声势大振，张议潮领兵衔尾追击，一举攻克瓜州。

光复瓜、沙两州之后，张议潮派出十支信使队伍秘藏蜡丸经由不同的路线前往大唐长安报信。十支队伍中只有洪辩的徒弟悟真在洪辩的指点下另辟蹊径，北上绕行，遇大唐天德军相助，历经万难险阻，行程数千里，两年后终于到达长安。

长安万人空巷，人们身着盛装，涌上街头，文武百官也在唐宣宗的带领下举行盛大的欢迎仪式。当悟真风尘仆仆到达长安时，顿时鼓乐喧天，欢声雷动。沙州光复的消息震撼了整个长安城，整个大唐无不传颂着归义军的壮举。唐宣宗亲自前往太祖太庙，含泪哽咽告慰大唐诸位先帝沙州瓜州光复的好消息。

但这并不是结束，在起事后的3年里，张议潮率军接连打退吐蕃军的多次反扑，又多次主动出击，金戈铁马，气吞万里如虎，相继攻克伊州、西州、甘州、肃州、兰州、鄯州、河州、岷州、廓州等十州。

> 851年（唐大中五年），张议潮发兵略定其旁瓜、伊、西、甘、肃、兰、鄯、河、岷、廓十州，复派其兄议潭和州人李明达、李明振、押衙吴安正等二十九人入朝告捷，并献十一州图册，归于有司，于是河、湟之地尽入于唐。
>
> ——《资治通鉴》

大中十年（856年），吐谷浑王率军攻袭河西，意图趁火打劫。但张议潮早就侦知消息，亲自披挂率军迎战，一战击退吐谷浑大军，接着率军奔袭千里，直捣吐谷浑王庭，俘虏其宰相三人，当场斩首以示三军。张议潮令全军擦亮盔甲战刀，列队齐声高唱《大阵乐》鼓噪而还，森严军容震慑四方，周遭部落无不镇服。

大中十二年（858年），年逾花甲的张议潮再次披挂出征，与张淮深、康秀华、安景旻、阎英达、索琪、阴文通等诸将率归义军七千余，进攻河西最后一个被吐蕃占据的城市凉州。猛将如云，兵士人人身先士卒，悍不畏死，经过3年血战，归义军终于克复凉州，河西之地尽归大唐，归义军的声势达到了顶峰。

咸通四年，三月，归义军节度使张议潮奏。自将蕃汉兵七千，克复凉州。

——《资治通鉴》

（归义军）分兵两道，裹和四方。人持白刃，突骑争先。须臾阵和，昏雾张天。

汉家持刀如霜雪，虏骑天宽无处逃，头中锋矢陪垅土，血溅戎尸透战袄。

——《张议潮变文》

凉州光复，由河西前往大唐已是一片坦途，张议潮上表："河陇陷没百余年，至是悉复故地。"

西尽伊吾，东接灵武，得地四千余里，户口百万之家，六郡山河，宛然而旧。

百年左衽，复为冠裳；十郡遗黎，悉出汤火。

——《唐书》

咸通八年（867年）二月，张议潮身在长安的兄长张议潭去世，已经68岁的张议潮将河西事务交予张淮深，启程前往魂牵梦萦的长安。他依次走过被光复的城市，河西民众无不夹道欢迎，不禁感慨万千。到达长安后，大唐朝廷授之以右神武统军，赐田宅，加官司徒。

咸通十三年（872年）八月，张议潮在长安寿终正寝，结束了轰轰烈烈的一生，享年73岁，朝廷赠太保。

后人以诗赞曰："河西沦落百余年，路阻萧关雁信稀。赖得将军开旧路，一振雄名天下知。"

康秀华，粟特人，昭武九姓之一，康氏家族家主。于大中年间参加张议潮收复瓜沙及河西等一系列战争，南征北战，战功卓著，经过 5 次晋升，为瓜州刺史兼左威卫将军。乾符三年（876 年）前后病逝，终年 74 岁。

张淮深，生于 831 年，年仅 17 岁便追随张议潮发动起义，在归义军的建立过程中立下了汗马功劳。张议潮入朝之后，张淮深接替了张议潮处理归义军军务。在位期间，多次击败甘州回鹘，后世敦煌文书中留下了张淮深变文来记载张淮深的丰功伟绩。大顺元年（890 年），张淮深夫妇连同六子一同被杀，凶手是何人，至今未有准确定论，成为一个历史之谜。一说张淮深是被张议潮女婿索勋杀害。

阴文通，敦煌阴氏家族成员，生于 831 年，与张淮深同年，17 岁起追随张议潮南征北战，参加了沙州起义到收复凉州所有大的战役，战功卓著，曾任河西节度左马步都押衙检校太子宾客兼侍御史，娶张议潮女为妻。卒于咸通五年（864 年），年仅 33 岁。

阎英达，阎朝之后，曾任大蕃部落使、沙州副千户长，848 年追随张议潮起兵，是张议潮最得力的左膀右臂之一。大中五年（851 年）曾跟随朝觐团前往长安朝觐，卒年不详。

安景旻，粟特人，昭武九姓之一。曾任沙州副都督、敦煌粟特部落使。848 年追随张议潮发动起义，后出任归义军副节度使，大中五年（851 年）曾作为粟特人代表与张议潭、阎英达等人前往长安朝觐，卒年不详。

索琪，敦煌索氏家族成员，一说曾任沙州都督，一说曾任敦煌郡长史。沙州起义时，以索琪为代表的索氏家族是归义军的鼎力支持者，索氏家族在归义军政权中任职者甚多。索琪之子索勋与张议潮之女联姻，曾担任瓜州刺史兼墨离军使。

洪辩大师于 851 年开始在莫高窟七佛堂下开凿新窟，历时 16 年，于 867 年才告完成。后世将此窟称为"吴僧统窟"，也叫"吴和尚窟"，后世编号 16。

洞窟开凿期间，洪辩在甬道内久久徘徊，似有感应，又亲自在甬道北壁指定位置，令人开凿影窟，作为讲经堂。窟成之日，僧众请洪辩为之命名，洪辩站在洞窟口，似有所悟，喃喃自语，有距离他较近的一名年轻僧侣依稀听到"藏经洞"三字，仔细询问，洪辩却又笑而不语，此事未被记载于任何经卷写本之中。

869 年，距离沙州起义已经过去了整整 21 年。

张议潮老将军已经去长安两年了，恐怕此生再也不能相见。

洪辩也已经 82 岁高龄了，他在侍从们的搀扶下最后一次来到了影窟。影窟北侧多了一张禅床，禅床上安置着工匠们为他制作的一座塑像，洪辩久久地凝视着那座以自己为原型的塑像。只见他身着通肩袈裟，结跏趺坐，面部饱满，目光炯炯，嘴角似乎含有一丝笑意，看起来庄重从容。

"像，太像了。"洪辩喃喃地说。

当夜，一代名僧洪辩大师悄然圆寂于龙兴寺，消息传出，河西人人举哀。弟子们将他的塑像安置在讲经堂之中，供人凭吊。

洪辩圆寂后第二日，瓜州刺史兼左威卫将军康秀华才赶到龙兴寺，遗憾未见洪辩最后一面。

7 年后的 876 年，康秀华病逝于瓜州。

200 多年后，西夏统治敦煌期间，黑韩王朝攻灭西域佛国于阗，消息传至敦煌，僧众惶恐，遂将重要的经卷和佛像、幡画、文书、外典等秘藏于洪辩影窟之中，并将洞口封闭，外墙画上壁画掩饰。随着知情者的逐渐离世，此窟不再为世人所知，直到2000年，被游客偶然发现后才广为人知。后世由此将此窟称为藏经洞，编号17。

僧人们将经卷藏至藏经洞时，不得不将洪辩塑像请出，搬至362号洞窟中安置。后来洞窟被废弃，流沙将其掩埋，后被王道士发现，清理流沙，使之重见天日。

1906年，王圆箓道士主持在16号洞窟外修建了三层楼，保存至今。

藏经洞被发现之后，后人又将洪辩塑像搬回17号洞窟，物归原位。

尾　声

吴奕泽睁开眼睛，一时恍惚，竟不知自己身在何方。

过了好一会儿，他才意识到自己在哪里，一只银白色的圆盘悬在半空，发出柔和的光芒。

甬道南壁上的《张议潮统军出行图》依然完好。

他回到了时空泡，但窟内空无一人，只有他自己。

"原来我就是洪辩，洪辩就是我。"吴奕泽喃喃道。

短短一息间，已然恍如隔世。

他亲自参与了历史，他们成功地将历史改变回原来正确的轨道上。

吴奕泽回忆着发生过的一切，不禁感慨万千。可是 KY5811 在哪里？不，在沙州，KY5811 是谁？

答案再明显不过了，KY5811 就是康秀华。正是她投射到康秀华身上，才改变了康秀华的想法，及时制止了暴乱。

吴奕泽的脸上露出一丝笑意，至少 KY5811 没有说谎，他们真的没有成为敌人。

洪辩圆寂之时，康秀华依然健在，也就是说，KY5811 现在还是康秀华。

他默默地等了一会儿，却突然想到，时空泡中的时间流逝和沙州的时间流逝大不相同，如果 KY5811 能回来，即使在那个世界多待几十年，现在也应该回到时空泡中了。

但他没有慌乱，再世为人，吴奕泽的心境已然平静如水。

这时，圆盘的光芒突然起了变化。吴奕泽走上前，看到圆盘正中射出一道光芒，在圆盘上方形成一个全息场景。

只见蓝色的天空下，一道黄色的山崖之上，一个身穿青色长衫的僧人正在山崖之上行走。

画面陡然消失了，一行文字和一个暗红色的虚拟按钮出现在圆盘上方。"下一个时间节点已经成功完成定位，目前尚未有其他时间特工前往，是否选择前往？"

吴奕泽思忖片刻，微笑着摇摇头，然后伸出手指，在按钮上虚按一下。

果然，银色圆盘识别出了他的身份信息，按钮变成了鲜明的绿色，一行新的文字出现了："时间特工身份已经确认，有足够的权限前往完成任务。任务目标：确保莫高窟建成。请再次确认是否前往。"

吴奕泽没有犹豫，他再次轻点按钮，按钮和文字都消失了，圆盘也消失了，洞窟悄然隐去，吴奕泽陷入了一片黑暗之中。

前秦建元二年（366 年），秋。

男人从一个怪异的梦境中醒来，他坐起身，左右看看，发现自己正坐在一座月牙形的沙丘上，四周到处都是茫茫沙漠。晚风轻轻吹拂，沙丘如凝固的海浪，不时被风扬起阵阵沙雾，如梦似幻。风声掠过沙丘，在天地之间回荡，如泣如诉，婉转悠扬。

天色已近黄昏，一轮硕大的红色圆日正在西沉，几道紫色的云彩环绕在落日周围，情景异常地粗犷壮丽。

他低下头，看到自己身穿一身青色长袍，黑色布鞋，小腿上缠绕着已经看不出颜色的绑腿布。他心念一动，站起身来，一汪清澈的月牙状湖水出现在他眼前。

乐僔知道这是哪里了，这是鸣沙山，月牙泉。

他举目四望，忽见三危群山之上俨然有一金色光团涌动，七彩祥云环绕。隐约间，三世诸佛竟然化显出真身，不尽数的菩萨罗汉庄严矗立在三尊金佛身后，讲经说法，宝相庄严。佛音浩荡，充斥天地之间，无数美丽绝伦的飞天仙女环绕飞翔，撒落花瓣，纷纷扬扬撒向天地之间，俨然佛国降临人间。

乐僔双手合十，默诵经文，眼见奇景，胸中有黄钟大吕轰然作响。片刻后，佛国圣境才悄然隐去。

3 日后，乐僔手持铁钎，在鸣沙山东麓山崖上敲下了第一块石头。

2021 年 8 月 23 日。

"哎，你快醒醒，咋就睡着了？"一个女人的声音在他耳边响起。

吴奕泽睁开眼睛，正看到王璃微笑的脸庞。他眨眨眼，一时间恍然不知自己身在何时何地。过了一小会儿，记忆的碎片凝结成现实的回忆涌入他的脑海。他想起来了，昨夜他们在敦煌夜市吃了烧烤，今天一大早就驱车来到了鸣沙山和月牙泉。

周围到处都是欢乐的人群，孩子们来回穿梭打闹，情侣们依偎而坐，不时有人伴随着低沉的隆隆声从鸣沙山上滑下，掀起一片欢声笑语。山下的月牙泉平静无波，几株垂柳垂下枝条，在水面上随风划出阵阵涟漪。

一切都很好，只是，吴奕泽总觉得自己做了一个漫长的无止境的梦，但他已然不记得梦中的任何事情。

"我睡了多久？"他问道。

"几分钟？最多十几分钟。"王璃侧身卧在他身边，手肘支撑着身体，一头黑色的秀发随风飘扬，"你太累了，都怪我，昨天晚上非拉着你玩到那么晚，早上又要起这么早……"

不知道为什么，一种强烈的冲动让吴奕泽坐起身，伸出手把王璃拉进怀里，他紧紧地拥抱着女友，把脑袋深深地埋进了女友的头发里。

"哎呀——"王璃不好意思地想要推开他，脸上升起两朵红霞，"你干吗啊，那么多人看着呢……"

吴奕泽完全不在乎别人的目光，他紧紧地拥抱着王璃，他说："我再也不会离开你了。"

王璃不再挣扎，任由男友抱着她。吴奕泽的目光投向远方，隐隐约约间，他似乎看到一位身着青衣的僧人正站在远处的沙丘上双手合十，遥遥地望着他。

他眨眨眼，僧人却随着一阵风化为风沙飘然而去，他只看到荒芜的沙丘。

沙丘严守着时光的秘密。